CUENTOS HISPANOAMERICANOS

Des Andes aux Caraïbes
Mythe, légende et réalité

volume 1

Lubio Cardozo
Ricardo Palma
Flor Romero de Nohra
José Martí
Manuel Gutiérrez Nájera

Rubén Darío
Rómulo Gallegos
Gabriel García Márquez
Lisandro Otero
Rubén Bareiro Saguier

Enregistrement sur cassette

Choix, traduction et notes par

Julian GARAVITO   et   Christian RÉGNIER
Traducteur   *Directeur de l'École*
Professeur à l'Institut   *des Cadres*
du Tourisme et des Loisirs   *Professeur au CEILA*
                                         (Centre d'Études Ibériques
                                         et Latino-Américaines
                                         Appliquées)
                                         Université de Paris IV -
                                         Sorbonne

Les langues pour tous

**Collection dirigée par Jean-Pierre Berman,
Michel Marcheteau et Michel Savio**

Langues disponibles dans la collection
**Les langues pour tous :
Anglais/Américain – Allemand – Arabe – Espagnol –
Français – Latin – Italien – Néerlandais – Portugais – Russe**

Vous pouvez aborder ces langues à votre niveau et selon vos
besoins, à l'aide des séries suivantes :

☐ Pour débuter (ou tout revoir) :
   • **40 leçons** (Anglais – Allemand – Arabe – Espagnol – Italien
     – Latin – Néerlandais – Portugais – Russe).
☐ Pour mieux s'exprimer et mieux comprendre :
   • **Communiquer** (Anglais – Allemand – Espagnol).
☐ Pour se perfectionner et connaître l'environnement :
   • **Pratiquer** (Anglais – Américain – Allemand – Espagnol –
     Italien).
☐ Pour évaluer et améliorer votre niveau :
   • **Score** 200 tests (Anglais – Allemand – Espagnol – Français
     – Italien – Portugais).
☐ Pour aborder la langue spécialisée :
   • **Série économique & commercial** (20 dossiers) (Anglais
     – Allemand – Espagnol – Français – Italien).
   • **La correspondance commerciale** (Anglais – Allemand –
     Espagnol).
   • **Dictionnaire économique, commercial et financier**
     (Anglais – Allemand – Espagnol).
☐ Pour s'aider d'ouvrages de référence :
   • **Dictionnaire d'aujourd'hui** (Anglais – Allemand).
   • **Grammaire** (Anglais – Allemand – Italien).
   • **Correspondance pratique pour tous** (Anglais).
☐ Pour prendre contact avec des œuvres en version originale :
   • **Série bilingue** (50 titres) (Anglais – Allemand – Espagnol
     – Italien – Néerlandais – Portugais – Russe).
☐ Pour les plus jeunes (à partir de 8 ans)
     Cat you speak English ?

Sommaire

Principales abréviations
utilisées dans les notes

△	attention à
adj.	adjectif
adv.	adverbe
cf.	confer (voir)
compl.	complément
Esp.	Espagne
fam.	familier
fut.	futur
id.	idem (de même)
impf.	imparfait
indic.	indicatif
ind.	indirect
inf.	infinitif
litt.	littéraire
loc.	locution
m. à m.	mot à mot
p.p.	participe passé
part. irr.	participe irrégulier
pers. pl.	personne du pluriel
pers. sg.	personne du singulier
pl.	pluriel
prés.	présent
qqn	quelqu'un
qqch.	quelque chose
subj.	subjonctif
syn.	synonyme
v. irr.	verbe irrégulier

H désigne l'usage plus particulier aux pays hispano-américains (Hispanoamérica).

Colombien par sa naissance et ses racines, français par sa vie, Julian GARAVITO enseigne l'espagnol depuis 1951 et traduit depuis 1964. Il a participé à l'élaboration et à la traduction des numéros d'*Europe* sur la *Littérature de Colombie* (juillet-août 1964), la *Littérature du Pérou* (juillet-août 1966), le *Guatemala* (septembre 1968), le *Paraguay* (juin 1970), le *Chili* (octobre 1976), *Cuba* (octobre 1984).

Julian Garavito a publié une *Introduction à la culture colombienne* (Dakar, 1971). Il est co-auteur de *Pratiquer l'espagnol* (Presses Pocket, 1983) et de *España y América ¡ al habla !* (Sediac).

Principales traductions :

Carlos Luis Fallas : *Mamita Yunai,* roman costaricien (EFR, 1964). Jaime Díaz Rozzotto : *le Général des Caraïbes* (EFR, 1971). Miguel Angel Asturias : *L'Homme qui avait tout, tout, tout* (G.P. Rouge et Or, 1973). Fray Bartolomé de Las Casas : *Très brève relation sur la destruction des Indes* (Mouton, 1974).

Christian RÉGNIER a enseigné la langue et la littérature espagnoles en France dans l'enseignement secondaire, et en Espagne aux étrangers (Instituto de Estudios Castillo de Peñiscola — Universidad de Valencia) avant de se spécialiser dans la langue des affaires en devenant professeur à l'École Supérieure de Commerce de Paris, puis à l'École des Cadres du Commerce et des Affaires Économiques, dont il est aujourd'hui le directeur. Il s'intéresse aux problèmes économiques, politiques et sociaux du monde hispanique et hispano-américain, qu'il enseigne au Centre d'Études Ibériques et Latino-Américaines Appliquées (Université Paris IV - Sorbonne), où il est professeur depuis plusieurs années.

Il est co-auteur de *Temas generales de ponencias y debates* (Éditions Marketing 1975 Paris) et de *Pratiquer l'espagnol « Un passeport pour l'Espagne et l'Amérique Latine »* (Presses Pocket, Paris, 1983).

Il collabore à plusieurs revues et dirige chaque année en Espagne, à Sitges, un séminaire consacré aux « Pequeñas y Medianas Empresas ».

Il est par ailleurs vice-président du Paris Université Club.

PROMENADE A TRAVERS LE TEMPS
ET L'ESPACE

Il se dégage de la prose de fiction en Amérique hispanique — riche et foisonnante à souhait — une double impression d'unité et de diversité que nous avons voulu faire partager au lecteur.

Nous promenons donc celui-ci du Pérou au Venezuela, de la Colombie au Mexique, de Cuba au Nicaragua ou au Paraguay, sans céder au « typique » local, mais, au contraire, en essayant de présenter des thèmes universels : mythe de la création de tradition orale *(le Petit Singe Pwacari)* ou réécriture d'une légende *(la Route de l'Eldorado)*, présence estompée du racisme *(la Poupée noire)* ou problème de la création artistique *(le Voile de la reine Mab)*, difficultés économiques évoquées sur un ton proche du picaresque *(le Vagabond* ou *la Chambre d'en face)*, abus des dictatures et luttes révolutionnaires *(Ces yeux ont vu sept Siciliens morts* ou *Dans la Ford bleue)*, fantastique quotidien *(Lycanthropie)*. Mais le parcours est également temporel : de l'aube préhistorique au XXᵉ siècle en passant par l'époque précolombienne et la période de formation des nationalités.

L'Argentine, le Chili et l'Uruguay — du fait de leur peuplement — sont proches de l'Europe et connus, ce qui a sans doute permis à des écrivains comme Borges, Neruda, Galeano, Gabriela Mistral, Sábato ou Benedetti d'accéder ici à la gloire littéraire, tout comme Miguel Angel Asturias abondamment traduit en français.

Aussi, nous avons délibérément choisi de privilégier les pays andins et la Caraïbe et de présenter des auteurs, déjà classiques sur le continent américain, mais peu diffusés en Europe, comme Martí, Darío, Gutiérrez Nájera ou Gallegos, en espérant faire naître le désir d'une découverte plus large de chacun d'eux.

Les Auteurs

Comment utiliser la série « Bilingue » ?

Cet ouvrage de la série « Bilingue » permet aux lecteurs :
• d'avoir accès aux versions originales des nouvelles célèbres en espagnol, et d'en apprécier, dans les détails, la forme et le fond ;
• d'améliorer leur connaissance de l'espagnol, en particulier dans le domaine du vocabulaire dont l'acquisition est facilitée par l'intérêt même du récit, et le fait que mots et expressions apparaissent en situation dans un contexte, ce qui aide à bien cerner leur sens.
Cette série constitue donc une véritable méthode d'autoenseignement, dont le contenu est le suivant :
• page de gauche, le texte espagnol ;
• page de droite, la traduction française ;
• bas des pages de gauche et de droite, une série de notes explicatives (vocabulaire, grammaire, particularités de l'espagnol des divers pays d'Amérique hispanique).
Les notes de bas de page et les révisions à la fin de chaque nouvelle aident le lecteur à distinguer les mots et expressions idiomatiques d'un usage courant aujourd'hui, et qu'il lui faut mémoriser, de ce qui peut être trop daté ou trop exclusivement lié aux événements et à l'art de l'auteur.
Il est conseillé au lecteur de lire d'abord l'espagnol, de se reporter aux notes et de ne passer qu'ensuite à la traduction ; sauf, bien entendu, s'il éprouve de trop grandes difficultés à suivre le récit dans ses détails, auquel cas il lui faut se concentrer davantage sur la traduction, pour revenir finalement au texte espagnol, en s'assurant bien qu'il en a maintenant maîtrisé le sens.

◉◉ Un enregistrement sur cassette (une cassette de 60 mn) d'extraits de longueur et de difficultés croissantes complète cet ouvrage. Chaque extrait est suivi de questions et de réponses qui permettent de contrôler et de développer la compréhension auditive.

Flor Romero de Nohra, *La Ruta de Eldorado*
© Flor Romero de Nohra

Romulo Gallegos, *El cuarto de enfrente*
extrait de *Cuentos venezolanos* (Espasa Calpe, SA)
© Romulo Gallegos

Gabriel García Márquez, *Estos ojos vieron siete sicilianos muertos*
extrait de *Obra periodística completa* (vol. IV)
© Gabriel García Márquez, 1958

Lisandro Otero, *En el Ford azul*
© Lisandro Otero

Rubén Bareiro Saguier, *Licantropía*
© Rubén Bareiro Saguier, 1986

© Presses Pocket 1986 pour la traduction, les notices biographiques
et les notes.

ISBN : 2-266-02537-6

CONTE DE L'ETHNIE BARÉ (VENEZUELA)

La historia del monito [1] Pwácari

L'histoire du petit singe Pwacari.

C'est à Lubio Cardozo, chercheur de l'université des Andes de Mérida (Venezuela), et à son interprète Mercé Morillo, que nous devons de pouvoir lire la version espagnole d'un conte de tradition orale *baré*. Il s'agit d'un échantillon d'une des littératures primitives de l'Amérique. Les Baré vivent dans le département d'Atabapo, au sud-ouest du Venezuela, près de la frontière colombienne. C'est une population qui vit dans la forêt vierge avec d'autres groupes (Banibas, Piapocos, Puinabes, par exemple) qui totalisent environ 30 000 personnes. Ce conte a été recueilli à San Fernando de Atabapo, auprès d'une personne de 61 ans.

L'intérêt de la littérature de tradition orale pour la connaissance des mythes et des éléments fantastiques est de plus en plus reconnu par les spécialistes.

Le conte est tiré de *Cuentos indígenas venezolanos*, présentés par Lubio Cardozo (*Universidad de los Andes*, Mérida, 1968).

Cuando andaba entre la gente Porunamínari
— creador de la tierra, del agua y de todas las cosas,
padre de las jinnátati(*) y de los jéinari(**) — un
mono se casó con [2] una india llamada Foméyaba,
quien siempre olía muy bien [3], a las mejores flores...
Foméyaba salió embarazada [4] y desde ese momento
los otros monos y los rabipelados [5] le tuvieron rabia [6].

Un dia el marido [7] le dijo :

— Vaya a casa de mi madre [8] a rallar yuca para
hacer casabe [9]. Pero al llegar a la montaña ponga
cuidado [10] porque hay dos caminos. En uno va a
encontrarse un pedazo de cola [11] de rabipelado y en
el otro un rabo de waca(***). El primero conduce [12]
a casa del rabipelado, el segundo a la choza [13] de mi
madre.

Pero el rabipelado habia escuchado la conversación
y salió corriendo [14] a cambiar las señales [15]. De manera
que Foméyaba se equivocó [16] y fue a dar donde la
madre [17] del rabipelado. Por el mal olor conoció el
lugar [18], mas cuando pudo regresar [19] ya era tarde
porque el animal le cerró el paso [20] y la agarró.
Forcejearon un rato [21] ; después que el rabipelado
abusó de ella la dejó ir [22].

(*) Mujeres, en lengua baré.
(**) Hombres.
(***) Pájaro de la región.

---

1. **monito** : dim. de **mono** : *singe* ; el mono azul : *le bleu
(de travail)* ; **mono** (adj.) : *mignon* (Esp.) ; *blond* (H.).
2. **se casó con** : de **casarse con** : *se marier (avec qqn)*.
3. **olía muy bien** : *sentait très bon* ; **oler** (v. irr.).
4. **salió embarazada** : *fut (apparut, tomba) enceinte*.
5. **rabipelados** : m. à m. : *à queue pelée* ; *opossum*
(Venezuela) : l'extrémité de sa queue est dénudée.
6. **le tuvieron rabia** : de **tener** (v. irr.) **rabia a** : *ne pas
pouvoir voir qqn* ; **rabia** : *rage, colère* ; **dar rabia** : *mettre
en colère*.
7. **el marido** : *le mari,* syn. el esposo.
8. **vaya a casa de mi madre** : *allez chez ma mère* ; la 3e
pers. sg. est souvent utilisée entre membres de la famille ;
équivaut (dans ce cas) au tutoiement français.
9. **rallar yuca para hacer casabe** : *râper du manioc pour
faire la cassave* (galette de farine de manioc).
10. **ponga cuidado** : de **poner cuidado** : *faire attention*.

A l'époque où Porunaminari, créateur de la terre, de l'eau et de toutes choses, père des hommes et des femmes, vivait au milieu des gens, un singe épousa une Indienne appelée Foméyaba, qui fleurait toujours très bon le parfum des meilleures fleurs... Foméyaba devint enceinte et depuis ce moment-là, les autres singes et les opossums ne purent plus la supporter.

Un jour le mari lui dit :

« Allez chez ma mère râper du manioc pour faire la cassave. Mais en arrivant à la montagne, faites attention parce qu'il y a deux chemins. Sur l'un d'eux, vous allez trouver un morceau de queue d'opossum, et sur l'autre une queue de waca. Le premier conduit à la maison de l'opossum, le second à la cabane de ma mère. »

Mais l'opossum avait écouté la conversation, et il partit en courant changer les signaux. De sorte que Foméyaba se trompa et aboutit chez l'opossum. A la mauvaise odeur, elle reconnut l'endroit mais lorsqu'elle put repartir, il était trop tard car l'animal lui barra le passage et se saisit d'elle. Ils luttèrent un moment ; après que l'opossum eut abusé d'elle, il la laissa partir.

(*) Femmes, en langue baré.
(**) Hommes.
(***) Oiseau de la région.

---

11. **pedazo de cola** : *morceau de queue.*
12. **conduce** : de **conducir** (v. irr.) : *conduire, mener.*
13. **choza** : *hutte, cabane, case* ; syn. *cabaña*
14. **salió corriendo** : *partit en courant* ; **salir** (v. irr.) ; **correr** : *courir, couler (fleuve, mois, année).*
15. **cambiar las señales** : *changer les signaux (marques).*
16. **se equivocó** : de **equivocarse** : *se tromper.*
17. **fue a dar donde la madre** : *elle aboutit chez la mère* ; **ir a dar** : *arriver par hasard* ; **donde** : (ici) *chez* ; *où.*
18. **conoció el lugar** : *elle reconnut l'endroit* ; **conocer** (v. irr.) : *connaître* ; **lugar** : *lieu, endroit, village.*
19. **mas cuando pudo regresar** : *lorsqu'elle put repartir* ; **mas** : *mais,* syn. *pero* ; **pudo** : de **poder** (v. irr.) : *pouvoir.*
20. **le cerró el paso** : *lui barra le passage* ; **cerrar** (v. irr.) : *fermer* ; **paso** : *pas, passage.*
21. **forcejearon un rato** : *ils luttèrent un moment.*
22. **la dejó ir** : *il la laissa partir* ; **dejar** : *laisser.*

11

El marido usó[1] flores, hierbas y bastante agua[2] para quitarle el mal olor a su mujer... No obstante[3] siempre le quedó un poquito[4].

Los otros monos querían matarla[5] para que no diera a luz[6]. Hicieron[7] un largo viaje hasta donde ella estaba[8]. En un descuido[9] de su esposo la descuartizaron[10]. Sin embargo, la criatura de sus entrañas[11] logró sobrevivir[12] aunque apenas tenía forma. Una araña del río[13] la terminó de formar. Como era varón[14] lo llamó Pwácari. Era muy pequeñito y olía un poco a rabipelado. Aprendió a hablar como la corriente del río cuando cae por las chorreras[15]. "Cum-Cum" dice el agua. "Cum-Cum" dice el Pwácari.

Estando más grandecito lo crió la raya[16].

Equivocadamente, la raya guardaba una cesta llena de camarones rojos[17], y creía que eran ajíes[18]. Un día Pwácari se los comió.

— Ay, ay ¿ Quién me comería[19] mis ajíes ?

— Eran camarones, los ajíes son diferentes — le dijo Pwácari. Al rato le trajo un poco de ajíes. La raya al comerlos se picó[20] y para calmarse se tiró al río[21]. Pwácari le tiró un flechazo y se lo pegó en el rabo[22]. Ese es el origen de la espina[23] que llevan las rayas debajo de la cola.

---

1. **usó** : de **usar** : (ici) *utiliser ;* user : gastar.
2. **bastante agua** : *pas mal d'eau ;* **bastante,** adj. : *assez de :* ¡ basta ! (adv.) : *assez !*
3. **no obstante** : *néanmoins, cependant.*
4. **siempre le quedó un poquito** : *il lui en resta quand même un petit peu ;* **siempre** : *toujours ;* **poquito** : dim. de **poco** : *peu ;* rester : **quedar** (sujet : chose), quedarse (sujet : personne).
5. **querían matarla** : *(ils) voulaient la tuer ;* de : **querer** (v. irr.) : *vouloir* (choses), *aimer* (personnes) ; **matarla** : enclise du pron. pers. compl. obligatoire à l'inf.
6. **para que no diera a luz** : *pour qu'elle n'accouchât pas ;* **dar** (v. irr.) **a luz** : *accoucher.*
7. **hicieron** : de **hacer** (v. irr.) : *faire.*
8. **hasta donde ella estaba** : *jusqu'à l'endroit où elle était ;* **hasta** : *jusqu'à ;* **hacia** : *vers* (direction).
9. **descuido** : *négligence ;* descuidar : *négliger.*
10. **descuartizaron** : de **descuartizar** : *mettre en pièces.*

Le mari se servit de fleurs, d'herbes et de pas mal d'eau pour ôter à sa femme la mauvaise odeur... Néanmoins, il lui en resta quand même un petit peu.

Les autres singes voulaient la tuer pour qu'elle n'accouchât pas. Ils firent un long voyage jusqu'au lieu où elle se trouvait. Dans un moment d'inattention de son mari, ils la mirent en pièces. Cependant, le fruit de ses entrailles parvint à survivre bien qu'il fût à peine formé. Une araignée d'eau acheva de le former. Comme c'était un garçon, elle le nomma Pwacari. Il était tout petit et sentait un peu l'opossum. Il apprit à parler comme le courant de la rivière lorsqu'il tombe en cascade. « Cum-Cum » dit l'eau. « Cum-Cum » dit Pwacari.

Une fois devenu plus grand, ce fut la raie qui l'éleva.

Par erreur, la raie conservait un panier plein de crevettes rouges et croyait que c'étaient des piments rouges. Un jour, Pwacari les mangea.

« Oh ! la la, qui a bien pu manger mes piments rouges ?

— C'étaient des crevettes rouges, les piments rouges sont différents », lui dit Pwacari.

Aussitôt il lui apporta quelques piments rouges. La raie se piqua en les mangeant et se jeta à l'eau pour se calmer. Pwacari lui tira un coup de flèche et la lui planta dans la queue. C'est là l'origine de l'épine que les raies ont sous la queue.

---

11. **la criatura de sus entrañas** : *le fruit de ses entrailles* ; **criatura** : *créature, bébé, enfant.*
12. **logró sobrevivir** : *parvint à survivre* ; **lograr** : *réussir.*
13. **araña del río** : *araignée d'eau* ; **río** : *fleuve, rivière.*
14. **como era varón** : *comme c'était un garçon* ; **varón** : *de sexe masculin* ; **hembra** : *de sexe féminin, fille, femelle.*
15. **cuando cae por las chorreras** : *quand il tombe en cascade* ; **chorrera** : *rigole* ; **chorro** : *jet.*
16. **lo crió la raya** : m. à m. : *la raie l'éleva.*
17. **una cesta llena de camarones rojos** : *un panier plein de crevettes rouges* ; **camarón** : *crevette,* syn. **gamba.**
18. **ajíes** : *piments rouges* (très piquants).
19. **¿ quién me comería ?** : *qui a bien pu manger ?* Cond. de probabilité pour indiquer le passé.
20. **se picó** : *(elle) se piqua* (la langue).
21. **se tiró al río** : *elle plongea dans le fleuve* ; de : *tirarse.*
22. **se lo pegó en el rabo** : *il la lui planta dans la queue.*
23. **espina** : *arête, épine.*

En aquella época los animales se transformaban en otros y así Pwácari se transformó en culebra [1] para llegar donde su abuelo [2] porque su padre había muerto [3] de tristeza. El abuelo la cogió y le cayó a correazos [4] pero de immediato Pwácari se descubrió como su nieto [5].

El abuelo y el nieto vivieron un tiempo juntos [6]. Una vez el abuelo le dijo :

— En esta choza siempre se me mete [7] un mato(*) [8] muy grande y gordo. Yo lo quisiera tomar. Como estoy viejo [9] no me es fácil. Tú sí lo puedes hacer [10]. Cuando lo veas aparecer [11], fléchalo [12].

El abuelo salió. Al rato entró el mato. Pwácari se encaramó [13] en el techo [14] y desde allí lo flechó por la cabeza. El lagarto se revolvió [15] de un lado para otro, partió la flecha [16] y huyó con la punta encajada [17].

Al rato el viejo regresó [18]. Pwácari le notó una puntilla metida por detrás de la cabeza. Se parecía a [19] la de su flecha.

— Yo me convertí en mato [20] para probar tu valor y puntería [21]. Ahora sí debes ir a vengar a tu madre, a matar a los monos.

Pasó el tiempo. A los monos había llegado la fama [22] de Pwácari, pero no lo conocían. Se lo imaginaban muy grande.

(*) Lagarto.

1. **culebra** : serpent ; syn. serpiente (la).
2. **abuelo** : grand-père ; los abuelos : les grands-parents, les aïeux ; la abuela : la grand-mère.
3. **había muerto** : était mort ; v. irr. : **morir.**
4. **le cayó a correazos** : il lui tomba dessus à coups de courroie ; la correa : la courroie ; el correo : la poste.
5. **nieto** : petit-fils ; nieta : petite-fille ; nièce : sobrina.
6. **juntos** : adj. : ensemble ; el conjunto : l'ensemble.
7. **se me mete** : entre, s'introduit ; **meterse** : se glisser, s'introduire ; le pron. pers. **me** indique une sorte d'insistance ; **no se meta** : ne vous en mêlez pas.
8. **mato, lagarto** : caïman, alligator ; lagartija : lézard.
9. **estoy viejo** : je me fais vieux ; **estar** (v. irr.) + adj. : résultat d'une action, d'une transformation.
10. **tú sí lo puedes hacer** : toi, tu peux le faire ; **sí** : (ici) vraiment, réellement ; **poder** (v. irr.) : pouvoir.
11. **cuando lo veas aparecer** : quand tu le verras apparaî-

A cette époque, les animaux se transformaient en d'autres animaux et ainsi Pwacari se changea en serpent pour aller chez son grand-père parce que son père était mort de chagrin. Le grand-père le saisit et lui tomba dessus à coups de courroie mais aussitôt Pwacari se découvrit comme étant son petit-fils.

Le grand-père et le petit-fils vécurent ensemble un certain temps. Une fois le grand-père lui dit :

« Dans cette cabane s'introduit toujours un caïman très grand et gros. Je voudrais l'attraper. Comme je suis vieux, ce n'est pas facile pour moi. Toi, tu peux le faire. Quand tu le verras apparaître, perce-le d'un coup de flèche. »

Le grand-père sortit. Le caïman entra aussitôt. Pwacari se percha sur le toit et de là lui tira une flèche dans la tête. Le caïman remua d'un côté sur l'autre, la flèche partit et il s'enfuit avec la pointe enfoncée.

Le vieux revint aussitôt. Pwacari remarqua qu'il avait une pointe derrière la tête. Elle ressemblait à celle de sa flèche.

« Je me suis changé en caïman pour éprouver ton courage et ton adresse. Maintenant tu dois aller venger ta mère et tuer les singes. »

Le temps s'écoula. La renommée de Pwacari était parvenue chez les singes, mais ils ne le connaissaient pas. Ils s'imaginaient qu'il était très grand.

---

tre ; **cuando** + subj. prés. : *quand et futur.*
12. **fléchalo** : de **flechar** : *percer de flèches ;* syn. **asaetear.**
13. **se encaramó** : de **encaramarse** : *se percher.*
14. **en el techo** : (ici) : *sur le toit ; plafond ;* **la techumbre** : *la toiture ;* **el tejado** : *le toit.*
15. **se revolvió** : de **revolverse** (v. irr.) : *remuer, s'agiter.*
16. **partió la flecha** : *cassa la flèche ;* **partir** : *partager.*
17. **huyó con la punta encajada** : *s'enfuit avec la pointe plantée (enfilée, encastrée) ;* **huir** (v. irr.) : *fuir.*
18. **regresó** : de **regresar** : *revenir, retourner ;* syn. **volver.**
19. **se parecía a** : *elle ressemblait ;* **parecerse a** (v. irr.) : *ressembler à ;* **parecer** : *sembler, paraître.*
20. **yo me convertí en mato** : *je me suis transformé en caïman ;* **convertirse** (v. irr.) : *se changer en, devenir.*
21. **para probar tu valor y puntería** : *pour éprouver ton courage et ton adresse ;* **probar** (v. irr.) : *essayer, goûter.*
22. **fama** : *renommée, célébrité ;* **famoso** : *célèbre.*

Un día los monos elaboraban una curiara[1] en la playa del río. La aldea[2] estaba sola con su cacique[3]. A él se presentó Pwácari.

— Déjeme ayudarlo con la chicura(*)[4] a sembrar mientras sus monos hacen la curiara.

El cacique accedió y Pwácari con la misma chicura lo mató. Luego, en la tarde, fue donde los zamuros[5] y les pidió[6] una cesta de temaris(**). Se la llevó a los monos quienes quedaron con ganas de[7] comer más. Pwácari les señaló donde había un árbol cargadito[8]. Allí se fueron. Pwácari aprovechó para transformarle la curiara en caribes(***)[9] y babas. Como había muchos temaris la noche sorprendió a los monos encaramados. Pwácari hizo una laguna alrededor del árbol y les lanzó los caribes y las babas. Comprendieron el engaño[10] — el cual no podía ser sino de su único enemigo, Pwácari — cuando a uno de ellos se le cayó un fruto sobre el agua y por el ruido entendieron el peligro[11].

Pwácari se disponía a flecharlos cuando en eso[12] llegó el Corú-Corú(****) :

— Déjame que yo te los flecho — le dijo.

Más la primera flecha sólo sirvió de puente[13] y un grupo de monos se escapó. Pwácari lleno de enojo[14] le dio un duro golpe[15] en la cabeza al Corú-Corú, tan duro que se la pegó contra el pecho[16]...

(*) Instrumento largo punzante para introducir las semillas en la tierra.
(**) Frutos de un árbol de la región.
(***) Reptil parecido al cocodrilo pero mucho más pequeño.
(****) Ave pequeña de la zona.

---

1. **curiara** (mot caraïbe) : *barque à voile et à rame, légère et étroite.*
2. **aldea** : *village ;* **aldeano** : *villageois.*
3. **cacique** : *chef indien ;* (Esp.) : *notable rural.*
4. **chicura** : *plantoir* (instrument qui sert à introduire les graines dans la terre) ; **punzante** : *qui pique ;* **semillas** : *graines ;* **sembrar** : *semer.*
5. **zamuros** : *variété d'urubus* (vautours d'Amérique).
6. **pidió** : de **pedir** (v. irr.) : *demander* (qqch.) ; avec subj. : *demander à qqn. de faire qqch.*
7. **con ganas de** : *avec l'envie de ;* **tener ganas** : *avoir envie ;* **no me da la gana** : *je n'ai pas envie* (fam.).

Un jour les singes construisaient une barque sur la plage de la rivière. Il n'y avait au village que son chef. Pwacari se présenta à lui.

« Laissez-moi vous aider à semer avec la *chicura*(*) pendant que vos singes construisent la barque. »

Le chef accepta et Pwacari le tua avec le plantoir même. Ensuite, dans l'après-midi, il alla chez les urubus et leur demanda un panier de temaris(**). Il le porta aux singes qui eurent envie d'en manger davantage. Pwacari leur indiqua l'endroit où un arbre en était tout chargé. Ils y allèrent. Pwacari en profita pour transformer leur barque en caraïbes(***) et en crocodiles. Comme il y avait beaucoup de temaris, la nuit surprit les singes grimpés sur l'arbre. Pwacari fit une lagune autour de l'arbre et leur lança les caraïbes et les crocodiles. Ils comprirent la duperie — laquelle ne pouvait venir que de leur seul ennemi, Pwacari — lorsque l'un d'eux laissa tomber un fruit sur l'eau et grâce au bruit, ils comprirent le danger.

Pwacari se préparait à leur décocher des flèches lorsque, sur ces entrefaites, arriva le Corú-Corú(****).

« Laisse-moi leur tirer des coups de flèches pour toi », lui dit-il.

Mais la première flèche servit seulement de pont et un groupe de singes s'échappa. Pwacari en grande colère frappa un coup fort sur la tête du Corú-Corú, si fort qu'il la lui colla contre la poitrine...

(*) Instrument long et pointu servant à introduire les graines dans la terre.
(**) Fruits d'un arbre de la région.
(***) Reptile semblable au crocodile mais beaucoup plus petit.
(****) Petit oiseau de la région.

---

8. **cargadito** : *bien chargé (de fruits)* ; dim. de **cargado.**
9. **caribes** : m. à m. : *caraïbes (poissons très voraces).*
10. **engaño** : *tromperie, duperie, mystification.*
11. **por el ruido entendieron el peligro** : *par le bruit, ils comprirent le danger* ; **entender** (v. irr.) : *comprendre.*
12. **en eso** : *sur ces entrefaites, à ce moment-là.*
13. **sirvió de puente** : *servit de pont* ; **servir** (v. irr.).
14. **enojo** : *courroux, colère* ; **enojarse** : *se fâcher.*
15. **golpe** : *coup* ; **golpear** : *frapper* ; **de golpe** : *soudain.*
16. **se la pegó contra el pecho** : *il la lui colla contre la gorge* ; **pecho** : *poitrine, cœur, gorge.*

Por eso[1] el Corú-Corú tiene la cabeza gacha(*)[2].

Pwácari flechaba a los monos y éstos al caer se los repartían los caribes y las babas. Lo mismo le sucedía[3] a quienes desesperados se lanzaban para escapar de la venganza[4].

Cuando a Pwácari se le acabaron las flechas[5] se fue. A pesar de ello[6] no acabaron las calamidades para los monos. A uno que guindaba[7] de una rama[8] muy cerca del agua una baba le arrancó[9] el rabo y las nalgas[10]... De ese se engendraron las perezas(**)[11]. Otro mono[12] le dijo a una baba :

— Llévame hasta la orilla[13].

La baba aceptó con la intención de comérselo apenas tuviera lugar[14]. El mono no era tonto[15] y sospechaba[16] las ganas de la baba. Al rato, como tenía mucho calor, se lo expresó[17].

Apenas pasaron cerca de una rama cuando el mono saltó[18], la baba escasamente[19] pudo arrancarle el rabo... De él se formaron los que llaman monos chocotes[20] porque no tienen cola.

Esta es la razón por la cual todos los monos respetan[21] al mono Pwácari, pese a ser el más pequeño de todos ellos.

(*) Agachada.
(**) Perezosa, mamífero propio de la América tropical.

---

1. **por eso** : c'est pourquoi ; (ici) : c'est pour cela que.
2. **gacha** : penchée ; **agacharse** : se pencher, se courber.
3. **lo mismo le sucedía** : il arrivait la même chose à ; **lo** art. neutre souvent employé avec adj. : **lo bueno** : ce qui est bon ; avec un possessif : **lo mío** : ce qui est à moi, ce qui me concerne ; **suceder** : arriver, survenir.
4. **venganza** : vengeance ; **vengarse** : se venger.
5. **se le acabaron las flechas** : il n'eut plus de flèches ; m. à m. : les flèches se terminèrent pour lui ; **acabar** : finir, achever, terminer.
6. **a pesar de ello** : malgré cela ; syn. **pese a** ; **ello** : pron. pers. neutre : cela.
7. **guindaba** : de **guindar** : (ici) pendre ; hisser.
8. **rama** : branche ; **ramo** : rameau, branche (abstrait).
9. **arrancó** : de **arrancar** : arracher ; démarrer.
10. **nalgas** : fesses.
11. **perezas** : (ici) paresseux (animaux) ; **la pereza** : la paresse ; **perezoso** : paresseux, syn. **holgazán**.

18

C'est pour cela que le Corú-Corú a la tête penchée.

Pwacari tirait des flèches sur les singes et lorsque ceux-ci tombaient, les caraïbes et les crocodiles se les partageaient. Le même sort était réservé à ceux qui sautaient pour échapper à la vengeance.

Lorsque Pwacari n'eut plus de flèches, il partit. Malgré cela, ce ne fut pas la fin des calamités pour les singes. A l'un d'eux qui était suspendu à une branche très près de l'eau, un crocodile arracha la queue et les fesses... C'est lui qui engendra les paresseux(**). Un autre singe dit à un crocodile :

« Conduis-moi jusqu'à la rive. »

Le crocodile accepta avec l'intention de le manger dès qu'il pourrait. Le singe n'était point sot et soupçonnait les intentions du crocodile. Aussitôt, comme il avait très chaud, il le lui dit.

Dès qu'ils passèrent près d'une branche, le singe sauta, le crocodile put tout juste lui arracher la queue... De là naquirent ceux qu'on appelle des singes sans queue.

C'est pour cela que tous les singes respectent le singe Pwacari, bien qu'il soit le plus petit d'eux tous.

(**) Mammifères de l'Amérique tropicale.

---

12. **otro mono** : *un autre singe* ; pas d'art. indéf. avec **otro, medio, tal, semejante** *(autre, demi, tel, semblable)*.
13. **la orilla** : *la rive, la berge* ; **a orillas de** : *au bord de.*
14. **apenas tuviera lugar** : *dès que ce serait possible* ; m. à m. : *dès qu'il y aurait lieu (de le faire).*
15. **tonto** : *sot, bête* ; **tontería** : *bêtise.*
16. **sospechaba** : de **sospechar** : (ici) *devinait, se doutait de, soupçonnait* ; **la sospecha** : *le soupçon.*
17. **expresó** : de **expresar** : *exprimer* ; (ici) : *il le lui dit.*
18. **saltó** : de **saltar** : *sauter, bondir* ; **el salto** : *le saut.*
19. **escasamente** : (ici) *à peine, juste, difficilement* ; **escaso** : *rare (peu abondant)* ; **la escasez** : *la pénurie.*
20. **chocotes** : *sans queue.*
21. **respetan** : de **respetar** : *respecter* ; **el respeto** : *le respect* ; **respecto de** : *au sujet de* ; **respectar** : *concerner.*

Révisions

Voici quelques phrases en français, inspirées de celles que vous avez rencontrées dans la nouvelle. Traduisez-les en espagnol sans regarder le corrigé, puis vérifiez si elles sont correctes.

1. Avec qui te maries-tu ? Tu ne me l'as pas dit.
2. Cet animal ne sentait pas bon.
3. Le mari ne pouvait pas voir les amis de sa femme.
4. Il n'y a pas assez d'habitants dans ce pays.
5. Soudain, il voulut manger des crevettes.
6. Attention au piment rouge : il est très piquant.
7. Son grand-père était venu le voir chez son père.
8. Le serpent et le caïman ne vivent pas ensemble.
9. Je voudrais le prendre mais je n'y arrive pas.
10. Doit-il aller venger sa mère et tuer les singes ?
11. Laissez-moi vous aider à semer.
12. Il n'avait pas envie de manger davantage.
13. Emmène-moi avec toi pour voir une autre rivière.
14. Au bout d'un moment, il se percha sur une branche.

1. ¿ Con quién te casas ? No me lo has dicho.
2. Ese animal no olía bien.
3. El marido le tenía rabia a los amigos de su mujer (o esposa).
4. No hay bastantes habitantes en este país.
5. De golpe (de pronto, de repente) quiso comer camarones (gambas).
6. ¡ Cuidado con el ají ! Pica mucho.
7. Su abuelo había venido (ido) a verlo a casa de (a donde) su padre.
8. La serpiente (culebra) y el caimán (lagarto) no viven juntos.
9. Quisiera cogerlo (agarrarlo) pero no lo logro.
10. ¿ Tiene que ir a vengar a su madre y matar los monos ?
11. Déjeme ayudarle a sembrar.
12. No tenía ganas de comer más.
13. Llévame contigo para ver otro río.
14. Al rato, se encaramó en una rama.

RICARDO PALMA (1833-1919)

La achirana [1] del Inca [2].

L'« achirana » de l'Inca.

Ricardo Palma, né à Lima, est un classique de la littérature péruvienne. Il a écrit une pièce, *Rodil* (1851), des articles, des recueils poétiques *(Armonías)* ; il s'est intéressé à la linguistique *(Neologismos y americanismos)*. Mais l'œuvre de sa vie, ce sont les *Tradiciones peruanas* (453 dans l'édition Aguilar, Madrid, 1952). La « tradition » est un petit tableau espiègle et ironique sur un fond historique. C'est parfois une légende ou une satire de mœurs. La plupart des « traditions » ont pour cadre la période coloniale (XVIe, XVIIe, XVIIIe siècles). Six concernent l'empire inca, dont celle, très courte, publiée ici.

Palma a vécu au Chili (1860), au Brésil, comme consul, et a voyagé en Europe. Il a traduit Victor Hugo, Longfellow et Heine. Il a été directeur de la Bibliothèque nationale de Lima de 1884 à 1912. Dans son pays, Palma incarne Lima, la capitale, et personnifie le Pérou à l'étranger. Il existe un grand choix de « traditions » en livre de poche, en espagnol.

En 1412 el inca Pachacutec, acompañado de su hijo el príncipe[3] imperial Yupanqui y de su hermano Capac-Yupanqui, emprendió[4] la conquista del valle de Ica[5], cuyos[6] habitantes, si bien[7] de índole[8] pacífica, no carecían[9] de esfuerzo y elementos para la guerra. Comprendiólo así el sagaz[10] monarca, y antes de recurrir a las armas propuso[11] a los iqueños[12] que se sometiesen[13] a su paternal gobierno. Aviniéronse[14] estos de buen grado, y el inca y sus cuarenta mil guerreros fueron cordial[15] y espléndidamente recibidos por los naturales.

Visitando Pachacutec, el feraz[16] territorio que acababa de sujetar a su dominio, detúvose[17] una semana en el *pago*[18] llamado Tate. Propietaria del pago era una anciana a quien acompañaba una bellísima doncella[19], hija suya.

El conquistador de pueblos creyó también de fácil conquista el corazón de la joven ; pero ella, que amaba a un galán de la comarca, tuvo la energía, que sólo el verdadero amor inspira, para resistir a los enamorados ruegos[20] del prestigioso y omnipotente soberano.

Al fin, Pachacutec perdió toda esperanza de ser correspondido, y tomando entre sus manos las de la joven, la dijo[21], no sin ahogar antes un suspiro :

---

1. **achirana :** mot quechua, expliqué à la fin de la nouvelle ; *source, bain.*
2. **Inca :** souverain du peuple quechua, improprement appelé inca. Pachacutec règne au XVe siècle.
3. **príncipe :** *prince ;* el principio : *le début, le principe.*
4. **emprendió :** de **emprender :** *entreprendre ;* la empresa : *l'entreprise ;* el empresario : *le chef d'entreprise.*
5. **valle de Ica :** *vallée d'Ica,* actuellement département du centre-ouest du Pérou, chef-lieu Ica (50 000 h. en 1982).
6. **cuyos :** *dont ;* s'accorde avec le nom qui suit ; l'article est supprimé ; *dont* compl. de nom : **cuyo, a, os, as.**
7. **si bien :** *bien que, quoique ;* syn. **aunque ;** se construit avec l'indicatif.
8. **índole (la) :** *nature, caractère.*
9. **carecían :** de **carecer** (v. irr.) : *manquer de ;* caresser : **acariciar.**
10. **sagaz :** *sage, sagace, astucieux.*
11. **propuso :** de **proponer** (v. irr.) : *proposer.*

En 1412 l'Inca Pachacutec, accompagné de son fils, le prince impérial Yupanqui et de son frère Capac-Yupanqui, entreprit la conquête de la vallée d'Ica, dont les habitants, bien que de nature pacifique, ne manquaient pas de courage et de possibilités pour faire la guerre. C'est ce que comprit le sage monarque et, avant de faire parler les armes, il proposa aux habitants de Ica de se soumettre à son gouvernement paternel. Ceux-ci y consentirent de bon gré et l'Inca, avec ses quarante mille guerriers, reçut un accueil cordial et splendide de la part des autochtones.

Alors que Pachacutec visitait le fertile territoire dont il venait de s'emparer, il s'arrêta une semaine au domaine appelé Tate. La propriétaire du domaine était une vieille dame qui vivait là en compagnie d'une très belle et jeune personne, sa fille.

Le conquérant de peuples crut que le cœur de la jeune fille était aussi d'une conquête facile ; mais elle, qui aimait un jeune homme de la région, eut la force, inspirée seulement par le véritable amour, de résister aux supplications amoureuses du prestigieux et tout-puissant souverain.

Finalement, Pachacutec perdit tout espoir d'être aimé et, prenant dans ses mains celles de la jeune fille, il lui dit, non sans étouffer un soupir :

---

12. **iqueños** : *habitants d'Ica.*
13. **se sometiesen** : de **someterse** : *se soumettre ;* subjonctif obligatoire après les verbes d'ordre, de prière, de défense, de demande ; concordance des temps : **propuso, sometiesen.**
14. **aviniéronse** : de **avenirse** (v. irr.) : *consentir, être d'accord ;* enclise facultative (pron. accroché au verbe) en tête de phrase. Cf. plus bas : **detúvose.**
15. **cordial (mente)** : dans une énumération d'adverbes de manière, seul le dernier est écrit entièrement.
16. **feraz** : *fertile ;* syn. **fértil** ; **feracidad** : *fertilité.*
17. **detúvose** : de **detenerse** (v. irr.) : *s'arrêter.*
18. **pago** : (ici) *domaine ;* en général : *paiement.*
19. **doncella** : *jeune fille, demoiselle.*
20. **ruegos** : *prières, supplications ;* cf. **rogar** : *prier.*
21. **la dijo** : *le dijo : lui dit.* Emploi (régional) de **la** à la place de **le** (compl. ind.) ; **decir** (v. irr.) : *dire.*

— Quédate en paz, paloma de este valle, y que nunca la niebla del dolor tienda su velo [1] sobre el cielo de tu alma. Pídeme alguna merced [2] que, a ti y a los tuyos, haga recordar siempre el amor que me inspiraste.

— Señor — le contestó la joven, poniéndose de rodillas y besando la orla [3] del manto real —, grande eres y para ti no hay imposible. Venciérasme con tu nobleza, a no tener [4] ya el alma esclava de otro dueño [5]. Nada debo pedirte, que quien dones recibe, obligada queda ; pero si te satisface la gratitud de mi pueblo, ruégote que des [6] agua a esta comarca [7]. Siembra [8] beneficios y tendrás cosecha [9] de bendiciones. Reina [10], señor, sobre corazones agradecidos más que sobre hombres que, tímidos, se inclinan ante ti, deslumbrados [11] por tu esplendor.

— Discreta [12] eres, doncella de la negra crencha [13], y así me cautivas [14] con tu palabra como con el fuego de tu mirada. ¡ Adiós, ilusorio ensueño [15] de mi vida ! Espera diez días, y verás realizado lo que pides. ¡ Adiós, y no te olvides de tu rey !

Y el caballeresco monarca, subiendo al *anda de oro* [16] que llevaban en hombros los nobles del reino, continuó su viaje triunfal.

---

1. **tienda su velo** : de **tender** (v. irr.) : *tendre, étendre* , **el velo** : *le voile.*
2. **pídeme alguna merced** : *demande-moi une faveur, une grâce ;* **pedir** (v. irr.) : *demander qqch.* (objet, action) ; *preguntar* : *demander, interroger, poser une question.*
3. **orla** : *bordure, bord.*
4. **venciérasme... a no tener** : me vencerías... si no tuviera : m. à m. : *tu me vaincrais... si je n'avais ;* subj. impf. à la place du conditionnel (**vencieras, vencerías**) ; **a no tener** ou de no tener : de suivi de l'infinitif = *si* + subj. impf.
5. **dueño** : *maître, propriétaire ;* **adueñarse** : *s'emparer de.*
6. **ruégote que des** : te ruego que des : *je te prie de donner ;* **rogar** (v. irr.) entraîne le subj. ; **ruégote** : enclise facultative fréquente au Pérou.
7. **comarca** : *contrée, région.*
8. **siembra** : impératif de **sembrar** (v. irr.) : *semer ;* la siembra : *les semailles.*

« Demeure en paix, colombe de cette vallée et que jamais la brume de la douleur n'étende son voile sur le ciel de ton âme. Demande-moi quelque faveur capable de rappeler pour toujours à toi et aux tiens l'amour que tu m'as inspiré.

— Seigneur, lui répondit la jeune fille en s'agenouillant et en baisant le bord du manteau royal, tu es grand et pour toi il n'y a rien d'impossible. Tu triompherais de moi par ta noblesse, si mon âme n'était pas déjà l'esclave d'un autre maître. Je n'ai rien à te demander, car qui reçoit tes dons est ton obligée ; mais si la reconnaissance de mon peuple te satisfait, je te prie de donner de l'eau à cette région. Sème des bienfaits et tu récolteras des bénédictions. Règne, seigneur, sur des cœurs reconnaissants plutôt que sur des hommes qui s'inclinent, timides, devant toi, éblouis par ta splendeur.

— Tu es sage, jeune fille aux noirs bandeaux, et tu me charmes autant par tes paroles que par le feu de ton regard. Adieu, illusion rêvée de ma vie ! Attends dix jours et tu verras réalisé ce que tu demandes. Adieu, et n'oublie pas ton roi ! »

Et le monarque chevaleresque monta sur le pavois d'or, porté sur leurs épaules par les nobles du royaume, et continua son voyage triomphal.

---

9. **cosecha** : *récolte ;* **cosechar** : *récolter.*
10. **reina** : impératif de **reinar** : *régner ;* **la reina** : *la reine.*
11. **deslumbrados** : de **deslumbrar** : *éblouir ;* **la lumbre** : *le feu (cheminée) ;* **al amor de la lumbre** : *au coin du feu.*
12. **discreta** : (ici) : *sage, sensée ;* *discrète, fine.*
13. **crencha** : *bandeau, raie (cheveux).*
14. **cautivas** : de **cautivar** : *captiver, séduire, charmer.*
15. **ilusorio ensueño** : m. à m. : *rêve illusoire ;* syn. **sueño** : *rêve, sommeil.*
16. **anda de oro** : (ici) *trône en or, pavois ;* **andas** : **civière, brancard.**

Durante diez días los cuarenta mil hombres del ejército[1] se ocuparon en abrir el cauce[2] que empieza[3] en los terrenos del Molino y del Trapiche y termina en Tate, heredad[4] o pago donde habitaba la hermosa joven de quien se apasionara[5] Pachacutec.

El agua de la *achirana del Inca* suministra[6] abundante riego[7] a las haciendas que hoy se conocen con los nombres de Chabalina, Belén, San Jerónimo, Tacama, San Martín, Mercedes, Santa Bárbara, Chanchajaya, Santa Elena, Vistaalegre, Sáenz, Parcona, Tayamana, Pongo, Pueblo Nuevo, Sonumpe y, por fin, Tate.

Tal, según la tradición, es el origen de la *achirana*, voz que significa *lo que corre limpiamente hacia lo que es hermoso.*

---

1. **ejército :** *armée ;* ejercicio : *exercice ;* **armada :** *flotte.*
2. **cauce :** *lit d'une rivière ;* (ici) : *canal.*
3. **empieza :** de **empezar** (v. irr.) : *commencer ;* syn. comenzar.
4. **heredad :** *propriété, domaine ;* **herencia :** *héritage.*
5. **se apasionara :** m. à m. : *s'était passionné.*
6. **suministra :** de **suministrar :** *fournir.*
7. **el riego :** *l'irrigation ;* **regar** (v. irr.) : *arroser.*

Pendant dix jours, les quarante mille hommes de l'armée furent occupés à ouvrir le canal qui commence sur le territoire du Molino et du Trapiche et se termine à Tate, domaine habité par la belle jeune fille, objet de la passion de Pachacutec.

L'eau de l'« achirana » de l'Inca fournit une irrigation abondante aux fermes connues aujourd'hui sous les noms de Chabalina, Belén, San Jeronimo, Tacama, San Martin, Mercedes, Santa Barbara, Chanchajaya, Santa Elena, Vistaalegre, Saenz, Parcona, Tayamana, Pongo, Pueblo Nuevo, Sonumpe, et, enfin, Tate.

Telle est, d'après la tradition, l'origine de l'« achirana », mot qui signifie « ce qui coule avec limpidité vers ce qui est beau ».

Révisions

Voici quelques phrases en français, inspirées de celles que vous avez rencontrées dans la nouvelle. Traduisez-les en espagnol sans regarder le corrigé, puis vérifiez si elles sont correctes.

1. Ica, la vallée dont les habitants étaient des Quechuas.
2. Bien que pacifiques, ils pouvaient faire la guerre.
3. Il proposa aux hommes de se soumettre.
4. Ils y consentirent de bon gré.
5. Ils furent reçus cordialement et splendidement.
6. Il perdit tout espoir et étouffa un soupir.
7. Demande-moi une faveur.
8. La jeune fille s'agenouilla.
9. Pour toi, il n'y a rien d'impossible.
10. Elle le prie de donner de l'eau à la région.
11. Attends dix jours et ne m'oublie pas.
12. L'eau arrose les fermes.
13. Telle est la tradition.
14. Ce mot ne signifie rien.

1. Ica, el valle cuyos habitantes eran quechuas.
2. Aunque pacíficos, podían emprender guerras.
3. Propuso a los hombres que se sometiesen.
4. Aviniéronse de buen grado (o consintieron de buena gana).
5. Fueron recibidos cordial y espléndidamente.
6. Perdió toda esperanza y ahogó un suspiro.
7. Pídeme una merced.
8. La joven se arrodilló (o se puso de rodillas).
9. Para ti, no hay nada imposible.
10. Le ruega que dé agua a la comarca.
11. Espera diez días y no me olvides.
12. El agua riega las haciendas.
13. Tal es la tradición.
14. Esta voz (o palabra) no significa nada (o nada significa).

FLOR ROMERO DE NOHRA

La ruta[1] de Eldorado[2].

La route de l'Eldorado.

Romancière et journaliste colombienne, Flor Romero de Nohra est née en 1933 à La Paz de Calamoima (département de Cundinamarca), dans le centre de la région Chibcha, qu'elle évoque dans ses nouvelles de *La Ruta de Eldorado* (*Circulo de Lectores*, Bogota, s.d.) terminées en 1976. Elle a fondé et dirigé pendant quinze ans la revue *Mujer de América* et a collaboré à deux grands journaux de Bogota : *El Tiempo* et *El Espectador*. Elle a été conseillère auprès de l'ambassade de Colombie en France.

Ses romans, d'un réalisme humoristique, souvent satirique, frisent parfois le fantastique : *3 kilates 8 puntos* (prix Esso 1964), *Mi Capitán Fabián Sicachá* (finaliste du prix espagnol Planeta 1967), *Triquitraques del Trópico*, 1972 (traduit par Antoine Berman sous le titre *Crépitant tropique*, 1978), *Los Sueños del Poder* (prix Spécial Ateneo de Séville, 1978). Flor est également l'auteur des nouvelles recueillies dans *Cuentos de Calamoima*.

La idea de las «guacas »[3] nos seguía rondando[4]. Dondequiera[5] que la noche nos atrapaba[6], en un camino solitario, mirábamos a lado y lado, junto a los árboles añosos[7], a las piedras gigantescas, creyendo descubrir una señal[8], una laja[9] colocada de cierto modo, una voz de ultratumba que nos llamara para decirnos : aquí es, aquí fué, que lo enterramos ; un espectro que nos indicara con claridad el sitio preciso de la tumba del cacique[10]. Mamá señora[11] me contaba historias de gentes que de veras se habían enguacado[12] y que guardaban en sus casas los tunjos[13] de oro. También me decía que habían tratado de bucear[14] las lagunas más profundas como la de Iguaque, encantada y sin fondo, en la esperanza de rescatar los tesoros que los nativos lanzaban a esas profundidades en homenaje a Bachué[15]. Ella creía seriamente en los entierros, tenía fe en las guacas, y hasta le parecía escuchar voces del otro mundo, dándole indicaciones y dictándole planos de los sitios donde debía comenzar a cavar ya.

En una de esas correrías de los rezos me pintó la ruta de Eldorado, el tesoro que anduvieron buscando los españoles, que costó tantas vidas, que sacrificó tantos destinos.

Todo comenzó, muchas edades antes de que llegaran los conquistadores. Fué justamente el día de la fiesta de la cosecha, cuando el joven guerrero Siecha, se rebeló, empeñándose en romper tradiciones y se paró a mirar el sol. Era usanza entre los mayores, caminar de espaldas a Súa, el astro rey.

---

1. **ruta :** *route* dans le sens d'*itinéraire*.
2. **El Dorado :** *le Doré* : personnage légendaire qui plongeait, enduit de poussière d'or, dans la lagune de Guatavita (plateau de Bogota). En Europe, syn. de mirage, trésor.
3. **guaca** (écrit également **huaca**) : tombe précolombienne des pays andins d'Amérique du Sud, contenant généralement un trésor.
4. **seguía rondando : seguir** + gérondif : *continuer à.* **rondar :** *rôder* ; (ici) *préoccuper,* fam. *travailler.*
5. **dondequiera :** *partout où.*
6. **atrapaba :** de **atrapar** pour agarrar, coger, *saisir.*
7. **añosos :** *vieux* ; cf. **añejo :** *vino añejo, vin vieux.*
8. **señal :** tantôt *signe,* tantôt *signal.*

L'idée des trésors continuait à nous préoccuper. Partout où la nuit nous surprenait sur un chemin solitaire, nous regardions d'un côté et de l'autre, auprès des vieux arbres, des pierres gigantesques, croyant découvrir un signe, une pierre plate placée d'une certaine manière, une voix d'outre-tombe qui nous appellerait pour nous dire : c'est ici, c'est là que nous l'avons enterré ; un spectre qui nous indiquerait clairement l'endroit précis de la tombe du cacique. Mémé me racontait des histoires de gens qui s'étaient vraiment lancés dans la chasse au trésor et qui gardaient chez eux des objets précolombiens en or. Elle me disait aussi qu'on avait essayé de plonger dans les lagunes les plus profondes comme celle d'Iguaque, enchantée et sans fond, dans l'espoir de récupérer les trésors que les autochtones lançaient dans ces profondeurs en hommage à Bachué. Elle croyait sérieusement aux objets enterrés, avait confiance dans les trésors et elle croyait même entendre des voix de l'autre monde, qui lui donnaient des indications et lui dictaient des plans des sites où elle devait tout de suite commencer à creuser.

Au cours d'une de ces explorations accompagnées de prières, elle m'évoqua la route de l'Eldorado, le trésor que les Espagnols cherchèrent partout, qui coûta tant de vies, qui sacrifia tant de destinées.

Tout avait commencé bien avant l'arrivée des conquérants. Ce fut justement le jour de la fête de la récolte, lorsque le jeune guerrier Siecha se révolta, s'obstinant à rompre avec les traditions, et s'arrêta pour regarder le soleil. L'usage était, parmi les adultes, de marcher en tournant le dos à Súa, l'astre roi.

---

9. **laja :** *pierre toujours plate, stèle.*
10. **cacique :** chef indien.
11. **Mamá señora :** nom affectueux donné à la grand-mère dans de nombreux départements colombiens.
12. **enguacado :** de **enguacar**, dérive de **guaca** : *chasser des trésors.*
13. **tunjo :** objet d'origine précolombienne.
14. **bucear :** *nager sous l'eau ; faire de la plongée.*
15. **Bachué :** divinité chibcha.

Una docena de jóvenes vestidos de rojo, con guirnaldas de plumas de guacamaya[1] en la cabeza y un pájaro pequeño, un tominejo[2] en mitad de la frente[3], llevaban las resinas perfumadas de los árboles silvestres[4] para[5] quemarlas[6] en ofrenda[7] a Súa. Pero Siecha ya había mirado el disco dorado del firmamento ; todos lo notaron, el sol se oscureció y reinaron las tinieblas. Los sacerdotes[8] advertidos por señales premonitorias de la desobediencia del guerrero y de la gravedad de la falta[9], lo desterraron[10] sin compasión. El joven guerrero dió media vuelta[11] y se alejó por el valle. Al rato[12] volvió la luz, pues era el día del eclipse. Y Siecha siguió caminando solitario hasta alcanzar la cumbre[13] de la montaña, en donde decidió reincidir[14] en su desafío a la divinidad solar. Tomó la cerbatana y disparó, salieron mil chispas que se desintegraron en los aires hasta hundirse[15] en la tierra. Súa había sido herido y los rayos[16] hechos trizas[17] doraron desde entonces las entrañas del mundo. Cayeron en las montañas, en los valles y en los ríos y ahí comenzó — ya lo había predicho[18] el sacerdote chibcha[19] — el desbarajuste del mundo porque nacieron de inmediato la codicia y la avaricia.

Siecha se perdió algunas edades en la selva y después se le vió recorriendo cercados.

---

1. **guacamaya** (ou **guacamayo**) : *ara* (variété de perroquet).
2. **tominejo** (ou **tomineja**) : *variété d'oiseau-mouche*.
3. **la frente** : *le front* (partie du visage) ; **el frente** : *le front* (au sens figuré : *guerre).*
4. **silvestre** : *sauvage* (pour les plantes, les fleurs, les fruits) ; pour les animaux ou les hommes : **salvaje**.
5. **para** : *pour, afin de* ; préposition marquant le but.
6. **quemarlas** : le pron. pers. est accroché à la fin du verbe à l'indicatif, à l'impératif et au gérondif. Nom grammatical : enclise du pronom.
7. **la ofrenda** : *l'offrande* ; *l'offre* : **la oferta** ; *offrir* : **offrecer** (v. irr.).
8. **sacerdotes** : *prêtres* ; cf. **sacerdocio** : *sacerdoce.*
9. **falta** : *manque* ou *faute* (ici) qui se traduit aussi par *culpa.* **Faltar** : *manquer, faire défaut.* **Hace falta** : *il faut.* **Me hace mucha falta** : *il me manque beaucoup.*
10. **desterraron** : de **desterrar** : *exiler* ; *déterrer* : **desen-**

32

Une douzaine de jeunes gens vêtus de rouge, avec des guirlandes de plumes d'ara sur la tête et un petit oiseau, un oiseau-mouche, au milieu du front, portaient les résines parfumées des arbres sauvages pour les brûler en offrande à Súa. Mais Siecha avait déjà regardé le disque doré du firmament ; tous le remarquèrent, le soleil s'obscurcit et les ténèbres régnèrent. Les prêtres, avertis par des signes prémonitoires de la désobéissance du guerrier et de la gravité de la faute, l'exilèrent sans pitié. Le jeune guerrier fit demi-tour et s'éloigna dans la vallée. Au bout d'un moment la lumière revint car c'était le jour de l'éclipse. Et Siecha continua à cheminer, solitaire, jusqu'au moment où il atteignit le sommet de la montagne, où il décida de renouveler son défi à la divinité solaire. Il prit la sarbacane et tira : il en jaillit mille étincelles qui se désintégrèrent dans les airs avant de s'enfoncer dans la terre. Súa avait été blessé et les rayons mis en pièces dorèrent, depuis lors, les entrailles du monde. Ils tombèrent sur les montagnes, dans les vallées et dans les fleuves et là commença — le prêtre chibcha l'avait déjà prédit — la confusion du monde car aussitôt naquirent la cupidité et l'avarice.

Siecha disparut pendant quelque temps dans la forêt, et puis on le vit parcourir des territoires.

---

terrar ; el destierro : *l'exil.*
11. **dió media vuelta** : de **dar media vuelta** : *faire demi-tour ;* **dar una vuelta** : *faire un tour (promenade) ;* **dar vueltas** : *tourner.* Cf, **volver** (v. irr.) : *revenir.*
12. **rato** : *moment ;* **rata (la)** : *le rat ;* **el ratón** : *la souris.* **la rata demográfica** : *le taux démographique.*
13. **cumbre** : *sommet, point culminant, cime.* **Reunión en la cumbre** : *rencontre au sommet.*
14. **decidió reincidir** : pas de préposition : *il décida de renouveler (de recommencer).*
15. **hasta hundirse** : m. à m. *jusqu'à s'enfoncer.*
16. **rayos** : (ici) *rayons ;* **el rayo** : *la foudre ;* **el pararrayos** : *le paratonnerre.*
17. **hechos trizas** : de **hacer trizas** : *mettre en pièces.*
18. **predicho** : p. p. de **predecir** : *prédire.*
19. **chibcha** : civilisation précolombienne (région de Bogota et Boyacá, en Colombie).

En su paso errante [1] se fijó [2] cómo los soberanos caribes [3] querían acumular oro, hacerse coronas doradas, pectorales [4] amarillos, brazaletes [5], orejeras [6], narigueras [7] que irradiaran una rara brillantez. Se dio cuenta de que las mujeres de los muzos [8] suspiraban por verse adornadas no sólo con esmeraldas sino con el extraño metal ya precioso. Se fijó en los cercados [9] de los quimbayas [10] que el pueblo ambicionaba más poderío [11] para sí [12], afirmando que en las entrañas [13] de sus dominios dormía el oro. Se fijó en las tierras de los cálimas que comenzaron a trabajar las caspitas [14] amarillas, mezclándolo con el cobre, para sacar la tumbaga [15], ennoblecieron el metal, grabando figuras, haciendo dibujos que realzaban la perfección de la línea. Se fijó en los tunjos que vaciaban [16], representando a los dioses, reflejando el alma pura. Los observó cómo mientras masticaban la coca [17], creaban figuritas como el sol. Fué a los templos y se fijó que los sacerdotes adoraban esas figuras de oro, mientras escudriñaban [18] los misterios de los astros, de las plantas milagrosas, recibían los mensajes del tiempo y aprendían a descifrar el lenguaje de la naturaleza. Pasó por los bohíos [19] de los panches y les vió las narigueras preciosas, y los discos de oro que colocaban en las puertas para embellecer la vida.

Escuchó en los cercados de los pijaos [20], el tintineo [21] desafinado [22] de los canutillos [23] de oro que al ser agitados por el viento ensayaban una música del tiempo.

---

1. **paso errante** : m. à m. *pas errant, errance.*
2. **se fijó** : de **fijarse,** *faire attention, observer.*
3. **caribes** : *caraïbes,* ethnie de l'actuelle mer des Antilles ou mer des Caraïbes : **Mar Caribe.**
4. **pectorales** : *pectoraux* (ornements pour la poitrine).
5. **brazaletes** : *bracelets* ; on dit également : **pulseras.**
6. **orejeras** : *boucles d'oreilles ;* la **oreja** : *l'oreille.*
7. **narigueras** : *ornements pour le nez ;* la **nariz** : *le nez.*
8. **muzos** : ethnie du nord-est de la Colombie, habitant la région des mines d'émeraudes (**esmeraldas**).
9. **cercados** : *champs clos ;* (ici) *territoires, régions.*
10. **quimbayas, calimas, panches** : ethnies de Colombie.
11. **poderío** : *pouvoir, puissance exercée.*
12. **sí** : pronom réfléchi ; traduit *lui, elle, eux, elles* lorsque ces pronoms se rapportent au sujet du verbe.

Au cours de son errance, il observa que les souverains caraïbes voulaient accumuler de l'or, se faire des couronnes dorées, des pectoraux jaunes, des bracelets, des pendants d'oreille, des anneaux de nez qui brilleraient d'un grand éclat. Il se rendit compte que les femmes des Muzos rêvaient de se voir parées non seulement d'émeraudes mais de l'étrange métal déjà précieux. Il remarqua, dans les territoires des Quimbayas, que le peuple désirait plus de pouvoir pour lui-même, en affirmant qu'au cœur de ses domaines dormait l'or. Il prit garde aux terres des Calimas, qui avaient commencé à travailler les pépites jaunes, en mélangeant l'or au cuivre pour en tirer le tombac, et avaient ennobli le métal en y gravant des figures, en y faisant des dessins qui rehaussaient la perfection de la ligne. Il fit attention aux idoles qu'ils coulaient, représentant des dieux, reflétant l'âme pure. Il les regarda, pendant qu'ils mâchaient la coca, créer de petites figures comme le soleil. Il alla dans les temples et observa que les prêtres adoraient ces figures en or, pendant qu'ils fouillaient les mystères des astres, des plantes miraculeuses, qu'ils recevaient les messages du temps et qu'ils apprenaient à déchiffrer le langage de la nature. Il passa par les huttes des Panches et vit leurs jolis anneaux de nez et les disques en or qu'ils plaçaient sur les portes pour embellir la vie.

Il écouta, dans les territoires des Pijaos, le tintement désaccordé des petits tubes en or qui, agités par le vent, répétaient une musique du temps.

---

13. **entrañas** : *entrailles* ; (ici) *cœur.*
14. **caspitas** : *pellicules (de cheveux)* ; par analogie *pépites d'or.*
15. **tumbaga** : *tombac* (alliage de cuivre et d'or).
16. **vaciaban** : de **vaciar** : *vider, couler* (métal), *mouler.*
17. **masticaban la coca** : de **masticar** (ou **mascar**) : *mâcher ;* **la coca** : *les feuilles de coca* (plante).
18. **escudriñaban** : de **escudriñar** : *fouiller, chercher.*
19. **bohíos** : *huttes, cases.*
20. **pijaos** : ethnie du sud de la Colombie.
21. **tintineo** : *tintement ;* **tintinear** : *tintinnabuler.*
22. **desafinado** : *désaccordé, inharmonieux.*
23. **canutillos** : (ici) *petit tube* ; désigne *la partie d'un jonc entre deux nœuds* ; en broderie : *cannetille.*

Se fijó que en las tumbas de los quimbayas estaban enterradas las figuras de oro, las ranas simples, los renacuajos esbozados, los alfileres, en la seguridad de que el tesoro debía llevarse para la otra vida. Estuvo en los mercados semanales de los chibchas : tú me das panes de sal, bultos[1] de maíz, totumadas[2] de papa[3], una, dos, tres mantas[4], una coyabra[5] llena de chirimoyas[6], curubas[7], uchuvas[7], culupas[7], cachipayes[8], piñas, yo te doy un tunjo de oro, tallado con primor, o una figurita grabada en lámina delgada. Yo traigo dantas[9], bagres[10], armadillos, venados[11], arracachas[12], guayabas[13], papayas, marañones[14], achiote[15], tinajos[16], icoteas[17], cangrejos, tucanes, carmos[18], guacamayas y papagayos ; ¿ tú qué ofreces ? Alguien vagando desesperado ofreciendo oro a trueque de la planta bruja, la flor del borrachero[19]. En las pupilas febricitantes del joven guerrero, se proyectaba la danza macabra de todos los resplandores, hilos[20], cuentas[21], cascabeles[22], collares, figuras geométricas, narigueras, argollas[23], brazaletes, ajorcas[24], orejeras, alfileres, cetros, tiaras, pectorales, horquillas[25], caracoles en donde se escuchaba la cadencia del mar. Los objetos saltaban de los cuerpos a las tumbas, a los bohíos, a los adoratorios, a las lagunas, en un baile rutilante que lo mareó[26].

---

1. **bultos** : *colis* ; (ici) *sacs.*
2. **totumada** : *contenance* (suffixe **ada**) de la **totuma**, *récipient fait de la moitié du fruit dur du totumo.*
3. **papa (la)** : *pomme de terre* ; **el papa** : *le pape.*
4. **mantas** : *couvertures* ; **el manto** : *le manteau.*
5. **coyabra** ou **cuyabra** : *récipient fait de la moitié d'une calebasse* (du quechua **cuya**, *récipient*).
6. **chirimoyas** : *annones, cachimans* (fruits tropicaux).
7. **curubas, uchuvas, culupas** : *fruits comestibles.*
8. **cachipayes** : *fruits du palmier royal.*
9. **dantas** : (ici) *tapirs.*
10. **bagres** : *variété de poissons sans écailles.*
11. **venados** : *cerfs* ; △ **siervo** : *serf.*
12. **arracachas** (mot chibcha) : *sorte de céleris raves.*
13. **guayabas** : *goyaves* (fruits) ; **guayabo** : (fam.) *gueule*

Il observa que, dans les tombes des Quimbayas, étaient enterrées les figures en or, les grenouilles simples, les têtards ébauchés, les épingles, car, sûrement, le trésor devait être emporté dans l'autre vie. Il assista aux marchés hebdomadaires des Chibchas : « Tu me donnes des pains de sel, des sacs de maïs, des *totumas* pleines de pommes de terre, une deux, trois couvertures, une calebasse emplie d'annones, de *curubas*, d'*uchuvas*, de *culupas*, de fruits du palmier royal, d'ananas, moi, je te donne une idole en or, merveilleusement sculptée, ou une figurine, gravée sur une planche fine. » « Moi, j'apporte des tapirs, des *bagres*, des tatous, des cerfs, des panais, des goyaves, des papayes, des pommes de Cythère, du rocou, des pacas, de petites tortues, des écrevisses, des toucans, des *carmos*, des aras et des perroquets ; toi, qu'offres-tu ? » Quelqu'un erre, désespéré, offrant de l'or à troquer contre la plante sorcière, la fleur de l'arbre enivrant.

Sur les pupilles fiévreuses du jeune guerrier, se projetait la danse macabre de tous les flamboiements, fils, perles, grelots, colliers, figures géométriques, ornements de nez, anneaux, bracelets, gourmettes, pendants d'oreille, épingles, sceptres, tiares, pectoraux, épingles à cheveux, coquillages où l'on entendait le rythme de la mer. Les objets bondissaient des corps aux tombes, aux huttes, aux sanctuaires, aux lagunes, en une danse rutilante qui lui fit tourner la tête.

---

de bois ; **guayabera** : *chemise-veste* (Caraïbes).
14. **marañones** : *spondias* (arbre et fruits).
15. **achiote** : *rocouyer* (arbre), *rocou* (fruit) : sert à teindre.
16. **tinajos** : (syn. **guaguas, guantas**) : *pacas, agoutis.*
17. **icoteas** : (syn. **hicoteas**) : *petites tortues.*
18. **carmos** : *rongeurs proches du tatou.*
19. **borrachero** : *arbre qui produit l'ivresse* (**borrachera**).
20. **hilos** : *fils* ; **hilar** : *filer* ; Δ **el hijo** : *le fils.*
21. **cuentas** : *perles* (de verre ou de métal).
22. **cascabeles (los)** : *les grelots* ; **la cascabel** : *le serpent à sonnette.*
23. **argollas** : *anneaux, alliances* ; **argollarse** : *se fiancer.*
24. **ajorcas** : *bijoux en forme de bracelets portés aux chevilles ou aux poignets* ; syn. **brazalete, pulsera**.
25. **horquillas** : *épingles à cheveux.*
26. **mareó** : de **marear** : *faire tourner la tête.*

Así, medio atolondrado, llegó hasta la orilla del lago, en donde ya no[1] podía continuar su peregrinaje[2], porque ahí precisamente comenzaba y terminaba todo. Oyó decir entonces que el cacique Ubaque, desafiante[3], con su tesoro escondido en la pata[4] de la montaña, atemorizaba[5] a los vecinos[6] menos ricos, amenazándolos[7] con invadirlos, por cualquier cosa[8]. Desesperado, al constatar — algo que los sacerdotes ya habían predicho, edades atrás[9] — que los pueblos se batirían por el oro, porque las pepitas doradas cambiarían el orden de los valores del mundo, resolvió implorar el perdón de Súa. Empuñó[10] otra vez[11] las armas y con seis guerreros fieles, se fué a combatir a Ubaque. Luchó cuerpo a cuerpo con el adversario y lo venció, apoderándose del tesoro, que prometió ofrendar a Bachué, la Madrediagua[12], lanzándolo por completo a la laguna sagrada en el día de la fiesta.

Anhelaba[13] entregarle[14] el oro a la diosa, impidiendo[15] que ese dorado siguiera[16] causando guerras. Por un tiempo tuvo escondidos el oro y las esmeraldas en el templo del sol, en baúles[17] de maderas[18] olorosas[19].

El pueblo[20], lo eligió[21] su cacique y los súbditos[22] comenzaron a amarlo, confiando en su valentía[23]. El día señalado para la fiesta, marchó con cuatro nativos nobles, los sacerdotes y representantes de los clanes vecinos. Atrás venían los súbditos.

---

1. **ya no** : *ne... plus* ; syn. **no... ya** ; **ya** : *déjà, d'accord*.
2. **peregrinaje** : *pèlerinage* ; syn. peregrinación, romería ; peregrino, romero : *pèlerin*.
3. **desafiante** : *défiant, provocant* ; desafiar : *défier*.
4. **pata** : *patte, pied* ; pata de palo : *jambe de bois*.
5. **atemorizaba** : de **atemorizar** : *terroriser* ; el temor : *la crainte* ; temeroso : *craintif* ; el terror : *la terreur*.
6. **vecinos** : *voisins, habitants* ; la vecindad : *le voisinage*.
7. **amenazándolos** : de **amenazar** : *menacer* ; la amenaza : *la menace* ; amenazador : *menaçant*.
8. **por cualquier cosa** : *pour n'importe quoi, pour rien*.
9. **edades atrás** : **la edad** : *l'âge* ; **atrás** : *en arrière* ; jadis, autrefois ; syn. antaño.
10. **empuñó** : de **empuñar** : *saisir, empoigner* ; el puño : *le poing, le poignet (de chemise)* ; el puñado : *la poignée (quantité)*.

Ainsi, à demi étourdi, il arriva au bord du lac, où il ne pouvait plus continuer son pèlerinage, car là, justement, tout commençait et s'achevait. Il entendit dire alors que le provocant cacique Ubaque, avec son trésor caché au pied de la montagne, terrorisait les habitants les moins riches, les menaçant de les envahir, sous n'importe quel prétexte. Désespéré, en constatant — les prêtres l'avaient déjà prédit jadis — que les peuples se battraient pour l'or, parce que les pépites dorées changeraient l'ordre du monde, il résolut d'implorer le pardon de Súa. Il saisit de nouveau les armes et, avec six guerriers fidèles, il alla combattre Ubaque. Il lutta corps à corps avec son adversaire et le vainquit ; s'emparant du trésor, il promit de l'offrir à Bachué, la Mère d'eau, en le jetant tout entier dans la lagune sacrée, le jour de la fête.

Il souhaitait ardemment remettre l'or à la déesse, en empêchant ce « doré » de continuer à causer des guerres. Pendant un certain temps, il garda cachés l'or et les émeraudes au temple du soleil, dans des coffres en bois odorants.

Le peuple l'élut cacique et ses sujets commencèrent à l'aimer, confiants dans son courage. Le jour fixé pour la fête, il se mit en marche avec quatre nobles autochtones, les prêtres et les représentants des clans voisins. Derrière venaient les sujets.

---

11. **otra vez :** *encore une fois, de nouveau.*
12. **Madrediagua :** madre de agua : *mère d'eau (divinité).*
13. **anhelaba :** de **anhelar :** *souhaiter (avec force), désirer.*
14. **entregarle :** de **entregar :** *livrer, remettre ;* **la entrega :** *livraison ;* **entrega inmediata :** *exprès (courrier).*
15. **impidiendo :** de **impedir** (v. irr.) : *empêcher.*
16. **siguiera :** de **seguir** (v. irr.) + gérondif : *continuer à.*
17. **baúles :** el **baúl :** *la malle, le coffre.*
18. **maderas : la madera :** *le bois* (construction, meubles) ; **la leña :** *le bois (de chauffage) ;* **el bosque :** *le bois (forêt) ;* **el palo :** *le gourdin ;* **de palo :** *en bois ;* cf. **pal, empaler.**
19. **olorosas :** *parfumées, odorantes ;* **el olor :** *l'odeur, le parfum ;* **oler** (v. irr.) : *sentir (avec le nez) ;* **huele bien :** *ça sent bon ;* **huele a perfume :** *ça sent le parfum.*
20. **pueblo :** (ici) *peuple ;* autre sens : *village.*
21. **eligió :** de **elegir** (v. irr.) : *choisir, élire.*
22. **súbditos :** *sujets (d'un roi) ;* **el sujeto :** *le sujet (grammaire), l'individu ;* **el tema :** *le sujet (d'un livre).*
23. **valentía :** *courage ;* syn. **el valor** (également *valeur*).

Todo fué preparado con muchos días de anticipación ; la realeza[1] ayunó[2] para purificarse, el pueblo recogió resinas perfumadas para quemar a las orillas de la laguna, y preparó las viandas[3]. La servidumbre[4] real abrillantó las máscaras[5], los tunjos, las narigueras, los pectorales, los brazaletes y demás adornos. El bastón de mando[6] salió del rincón[7] y en las vasijas de barro[8] se veía fermentar la chicha[9].

Era el día del perdón y del agradecimiento[10]. La fecha en que se hacían las ofrendas de gratitud, a tiempo que abundaban los sacrificios para alivianar[11] las conciencias. Se convocó a todo el vecindario. Antes de que saliera el sol, el cacique Siecha inició su marcha hacia la laguna. Era la ceremonia del silencio ; nada debía romper el lenguaje mudo de la meditación. El soberano se adornó con diadema de oro y plumas. Iba desnudo[12], brillándole en el cuerpo los dijes[13], sobre la piel[14] dorada con polvo[15] de oro, adherido mediante[16] la miel de las abejas. Toma asiento en la balsa[17] real con el séquito[18] escogido[19].

Tan pronto[20] tiñen[21] el Oriente los primeros rayos de Súa, Siecha se sumerge[22] en la laguna, con humildad[23] y fe en los destinos de su pueblo. Lleva en las manos todo el tesoro conseguido en las batallas, y las esmeraldas verdean[24] en el conjunto amarillento. Todo está destinado a la gran Bachué, la madre espiritual de los chibchas.

---

1. **realeza** : royauté ; (ici) personnes royales ; **real** : royal (également : réel) ; **el rey** : le roi ; **la reina** : la reine.
2. **ayunó** : de **ayunar** : jeûner ; **desayunar** : déjeuner (le matin) ; **el desayuno** : le petit déjeuner ; **el almuerzo** : le déjeuner.
3. **viandas** : plats, mets ; (à Cuba) : certains légumes ; **la viande** : la carne (qui veut dire aussi : la chair).
4. **la servidumbre** : (ici) les serviteurs, la domesticité.
5. **las máscaras** : les masques ; **enmascarar** : masquer.
6. **mando** : commandement, autorité ; **mandar** : ordonner, envoyer.
7. **rincón** : coin, recoin ; **la esquina** : le coin (de la rue).
8. **barro (el)** : (ici) terre cuite, argile ; **la boue**.
9. **chicha** : boisson alcoolisée à base de maïs.
10. **agradecimiento** : reconnaissance ; **gracias** : merci.
11. **alivianar** : soulager, alléger ; syn. aliviar.
12. **desnudo** : nu ; **desnudarse** : se déshabiller.

Tout fut préparé avec bien des jours d'avance ; les personnes royales jeûnèrent pour se purifier, le peuple ramassa des résines parfumées pour les brûler au bord de la lagune et prépara les mets. Les serviteurs royaux firent briller les masques, les idoles, les anneaux de nez, les pectoraux, les bracelets et autres ornements. Le bâton de commandement sortit de son recoin et, dans les récipients en terre cuite, on voyait fermenter la *chicha*.

C'était le jour du pardon et de la reconnaissance. La date où se faisaient les offrandes de remerciement, en même temps qu'abondaient les sacrifices pour alléger les consciences. On convoqua tous les habitants. Avant le lever du soleil, le cacique Siecha se mit en marche vers la lagune. C'était la cérémonie du silence ; rien ne devait rompre le langage muet de la méditation.

Le souverain se para d'un diadème d'or et de plumes. Il allait, nu, les breloques brillant sur son corps, sur sa peau dorée avec de la poudre d'or, collée au moyen du miel des abeilles. Il prend place sur le radeau royal, avec la suite choisie.

Dès que les premiers rayons de Súa colorent l'Orient, Siecha plonge dans la lagune avec humilité et confiance dans les destinées de son peuple. Il porte dans les mains tout le trésor acquis dans les batailles et les émeraudes verdoient dans l'ensemble jaunâtre. Tout est destiné à la grande Bachué, la mère spirituelle des Chibchas.

---

13. **dijes** : *breloques, pendeloques.*
14. **la piel** : *la peau* ; **pieles** : *peaux, cuirs, fourrures.*
15. **el polvo** : (ici) *poudre (d'or)* ; *la poudre (à canon)* : **la pólvora** ; **los polvos** : *la poudre (de riz)* ; **polvo** : (le plus souvent) *la poussière.*
16. **mediante** : *moyennant, au moyen de* ; **los medios** : *les moyens* ; **en medio de** : *au milieu de.*
17. **la balsa** : *le radeau* ; (souvent) *bateau plat, bac.*
18. **el séquito** : *la suite (royale)* ; cf. **seguir** : *suivre.*
19. **escogido** : de **escoger** : *choisir, sélectionner, trier.*
20. **tan pronto** : *dès que* ; **pronto** : *bientôt).*
21. **tiñen** : de **teñir** (v. irr.) : *teindre, colorer.*
22. **se sumerge** : de **sumergirse** : *plonger, s'enfoncer.*
23. **humildad (la)** : *humilité, modestie* ; **humilde** : *humble, modeste* ; **la humedad** : *l'humidité* ; **húmedo** : *humide.*
24. **verdean** : de **verdear** : *verdoyer* ; **verde** : *vert* (adj.) ; **el verdor** : *ce qui est vert* ; **verdura** : *légumes verts.*

Hasta entonces todo era silencio, plegarias[1] del espíritu, comunicación de hálitos[2] y vahos[3], mediante los parlamentos[4] silenciosos de las almas. El soberano ha dejado ya la ofrenda en el fondo del gran lago, y regresa confiado, vibrante de energías, a la balsa. Extiende[5] los brazos poderosos hacia el dios Súa, el mismo que había desafiado edades antes. Con la cabeza agachada[6] y los párpados cerrados, lanza un grito de alegría. Comienza la fiesta de las palabras, del sonido. Las ocarinas, los fotutos[7], y las flautas rompen el silencio sabanero[8]. El recogimiento se trueca[9] en danza y la fiesta se inicia volviendo locos de alegría los súbditos del cercado.

Las hogueras[10] de resinas encumbran[11] la humareda[12] blancuzca[13] hacia el infinito, mientras el pueblo se aleja[14] de espaldas[15] a la laguna sagrada, y a su soberano, para no mancillar[16] su divina majestad.

De pronto[17], un resplandor lo invade todo[18]. Un rayo llegado del sol enceguece[19] las pupilas de los guerreros, de los sacerdotes, de los nobles y del pueblo. Al volver a abrir los párpados[20], ven que la silla real está vacía. El rayo se había sorbido[21] al cacique Siecha ; un estruendo[22] que retumbó[23] hasta las montañas más lejanas, subrayó[24] la fuga[25] sideral. Nadie supo[26] para dónde[27] se había ido ni cuando volvería.

---

1. **plegarias** : *prières ;* syn. rezos, ruegos, oraciones.
2. **hálitos** : *souffles, haleines ;* syn. soplos, alientos.
3. **vahos** : *vapeurs, buées.*
4. **parlamentos** : (ici) *discours, pourparlers ; parlements.*
5. **extiende** : de **extender** (v. irr.) : *tendre, étendre.*
6. **con la cabeza agachada** : *la tête penchée :* complément d'attitude avec **con** ; syn. **agachada la cabeza** (avec le participe placé en tête) ; **agacharse** : *se pencher.*
7. **fotutos** : *grandes trompettes sacrées ou guerrières.*
8. **sabanero** : du plateau de Bogota, appelé **sabana.**
9. **se trueca** : de **trocarse** (v. irr.) : *se changer.*
10. **hogueras** : *feux en plein air, feux de joie.*
11. **encumbran** : de encumbrar : *faire monter, hisser.*
12. **humareda** : *nuage de fumée ;* el **humo** : *la fumée ;* humea : *ça fume ;* fumar un cigarrillo : *fumer une cigarette.*
13. **blancuzca** : *blanchâtre ;* blanco (a) : *blanc.*
14. **se aleja** : de **alejarse** : *s'éloigner ;* lejos : *loin.*

Jusqu'alors tout était silence, prières de l'esprit, communication de souffles et de vapeurs, au moyen des discours silencieux des âmes. Le souverain a déjà laissé l'offrande au fond du grand lac et revient, confiant, vibrant d'énergie, vers le radeau. Il tend les bras puissants vers le dieu Súa, le même qu'il avait défié jadis. La tête penchée et les paupières fermées, il lance un cri de joie. La fête des mots, du son, commence. Les ocarinas, les trompettes et les flûtes rompent le silence du plateau. Le recueillement se change en danse et la fête commence, rendant fous de joie les sujets du territoire.

Les feux de résines font monter le nuage de fumée blanchâtre vers l'infini, pendant que le peuple s'éloigne en tournant le dos à la lagune sacrée et à son souverain, pour ne pas souiller sa divine majesté.

Soudain, un flamboiement envahit tout. Un rayon, venu du soleil, aveugle les pupilles des guerriers, des prêtres, des nobles et du peuple. En rouvrant les paupières, ils voient que la chaise royale est vide. Le rayon avait absorbé le cacique Siecha ; un grondement qui retentit jusqu'aux montagnes les plus lointaines souligna la fuite sidérale. Personne ne sut où il était allé ni quand il reviendrait.

---

15. **de espaldas** : *en tournant le dos ;* **la (s) espalda(s)** : *le dos ; les épaules :* los hombros.
16. **mancillar** : *souiller, flétrir ;* cf. **manchar** : *tacher.*
17. **de pronto** : *soudain ;* syn. : **de repente.**
18. **lo invade todo** : *envahit tout ;* **lo** obligatoire lorsque **todo** est complément d'objet direct ; **invadir** : *envahir.*
19. **enceguece** : de **enceguecer** (v. irr.) : *aveugler ;* **ciego** : *aveugle ;* **la ceguera** : *la cécité ;* **cegar** : *perdre la vue.*
20. **al volver a abrir los párpados** : *en rouvrant les paupières ;* **volver a** marque une idée de recommencement ; **al** + infinitif indique une action simultanée ; **al volver de** : *en revenant de.*
21. **se había sorbido** : **sorber** : *absorber, engloutir, renifler ;* **se** indique une sorte d'insistance : *pour lui.*
22. **estruendo** : *fracas, grondement, grand bruit.*
23. **retumbó** : de **retumbar** : *retentir ; retomber :* recaer.
24. **subrayó** : de **subrayar** : *souligner ;* **rayar** : *tacher, barrer ;* **la raya** : *le trait, la raie* (ligne ou poisson).
25. **fuga** : *fuite, fugue ;* **fuir** : **fugarse, huir.**
26. **supo** : de **saber** (v. irr.) : *savoir.*
27. **para dónde** : *vers où, où* (avec le mouvement) ; **donde, en donde** : *où* (sans mouvement) ; porte l'accent s'il est interrogatif (direct ou indirect) ; **o** : *ou.*

Desde entonces, se habla de Eldorado, por todos los caminos y veredas [1]. Primero, la noticia se encaminó hacia los pueblos vecinos, después la escucharon los forasteros [2] recién llegados, los 166 blancos que invadieron la Sabana, tras el rastro [3] de Eldorado, dedicando jornadas agotadoras [4] a la búsqueda del tesoro. La ruta de Eldorado se había expandido por los cielos, tomando rumbos ignotos.

Luego [5] afirmaron los viajeros [6] que el oro y las esmeraldas habían llegado en baúles y mochilas [7], en cofres y gargantas a las cortes [8] lejanas a los altares [9] de otros dioses extraños [10]. De la mano [11], el amarillo y el verde, subieron a las tiaras, se incrustaron en los cálices [12], y se pegaron [13] a los dedos de los nuevos sacerdotes. Se pagaron deudas [14] de guerra con los tunjos de oro y los cuarzos [15] esmeraldinos. Las figuras, transmitiendo incógnitos mensajes se anclaron [16] en los museos. Y la ruta sigue su camino, sigue circulando y hoy ya no sabemos dónde va, porque hasta [17] nosotros mismos hemos perdido el rastro.

Estoy segura de que también la mirada de mamá señora se había amarillado. Le salían chispas de las pupilas [18]. Cuando terminó, yo no pude saber bien, si lo que había escuchado era un sueño [19] dorado, o de veras [20], a ella, los espíritus de los antepasados [21] le habían transmitido todo ese hilo de oro que parecía [22] no romperse nunca.

---

1. **veredas :** *sentiers ;* (parfois) : *hameaux ;* (en Argentine) : *trottoirs.*
2. **forasteros :** *étrangers* (à la région, à la ville) ; **extranjeros :** *étrangers* (au pays).
3. **rastro :** *trace, piste.*
4. **dedicando jornadas agotadoras :** m à m : *consacrant des étapes épuisantes ;* **dedicar :** *dédier, consacrer.*
5. **luego :** *puis, ensuite ;* **desde luego :** *d'ailleurs.*
6. **viajeros :** *voyageurs* (touristes) ; **viajantes :** *voyageurs de commerce ;* **viaje :** *voyage ;* **viajar :** *voyager.*
7. **mochilas :** *sacs* en fibre tressée (ici) ; *sacs à dos.*
8. **cortes :** *cours* (du roi) ; *la cour* (maison) : *el patio ;* **las Cortes :** *l'Assemblée nationale espagnole ;* **la corte** peut être aussi *la capitale ;* **el corte :** *la coupe ;* **cortar :** *couper.*
9. **altares : el altar :** *l'autel ;* **el hotel :** *l'hôtel.*
10. **extraños :** *étrangers* (au groupe, à la famille), *étran-*

Depuis lors, on parle de l'Eldorado, sur tous les chemins et les sentiers. D'abord, la nouvelle fit route vers les villages voisins, puis elle fut entendue des étrangers récemment arrivés, les 166 Blancs qui avaient envahi le Plateau, sur les traces de l'Eldorado, faisant des étapes épuisantes à la recherche du trésor. La route de l'Eldorado s'était perdue dans les cieux, prenant des directions ignorées.

Puis les voyageurs affirmèrent que l'or et les émeraudes étaient arrivés dans des malles et des sacs, dans des coffres et sur des gorges, aux cours lointaines, aux autels d'autres dieux étrangers. Ensemble, le jaune et le vert grimpèrent aux tiares, s'incrustèrent sur les calices et s'accrochèrent aux doigts des nouveaux prêtres. On paya des dettes de guerre avec les idoles en or et les quartz d'émeraude. Les figures, transmettant des messages inconnus, s'installèrent dans les musées. Et la route poursuit son chemin, continue à se dérouler et, aujourd'hui, nous ne savons plus où elle va, car, même nous, nous avons perdu la trace.

Je suis sûre que le regard de Mémé avait également jauni. Des étincelles jaillissaient de ses pupilles. Lorsqu'elle eut fini, je n'ai pas bien réussi à savoir si ce que j'avais écouté était un rêve doré ou, si vraiment, les esprits des ancêtres lui avaient transmis tout ce fil d'or qui semblait ne jamais se rompre.

---

ges ; **extrañar** : *étonner, regretter* (l'absence de qqn.).

11. **de la mano :** *en se tenant par la main, ensemble.*

12. **cálices : el cáliz :** *le calice ;* **la caliza :** *le calcaire.*

13. **se pegaron :** *de* **pegarse :** *se coller.*

14. **deudas :** *dettes ;* **deber dinero :** *devoir de l'argent ;* **adeudar (una cuenta) :** *débiter (un compte) ;* **el deudor :** *le débiteur ;* **los deudos :** *les membres de la famille.*

15. **cuarzos :** *quartz.*

16. **se anclaron :** *de* **anclarse :** *s'ancrer, s'établir, s'installer, se fixer ;* **el ancla :** *l'ancre.*

17. **hasta :** *jusqu'à, même ;* **hacia :** *vers.*

18. **le salían chispas de las pupilas :** *des étincelles jaillissaient de ses paupières :* construction avec un pronom personnel et un article (**le** et **las**) à la place d'un possessif (*ses*) en français ; **salir :** *sortir, jaillir.*

19. **sueño :** (ici) *rêve, songe ; sommeil.*

20. **de veras :** *vraiment, réellement ;* syn. **de verdad, realmente.**

21. **antepasados :** *ancêtres, aïeux* (abuelos).

22. **parecía :** de **parecer** (v. irr.) : *paraître, sembler.*

45

Révisions

Voici quelques phrases en français, inspirées de celles que vous avez rencontrées dans la nouvelle. Traduisez-les en espagnol sans regarder le corrigé, puis vérifiez si elles sont correctes.

1. Nous regardions d'un côté et de l'autre.
2. On avait essayé de plonger.
3. Il fit demi-tour.
4. J'observai le collier qu'elle portait.
5. La danse lui fit tourner la tête.
6. Il arriva au bord du lac.
7. Il souhaitait ardemment remettre le trésor.
8. On convoqua tous les habitants.
9. La tête penchée, il lance un cri de joie.
10. Nous marchons, tournant le dos à la lagune.
11. En rouvrant les paupières, nous voyons le souverain.
12. Il ne sait plus où il va.
13. Même nous, nous avons perdu la trace.
14. Je n'ai jamais pu le savoir.

1. Mirábamos a lado y lado (o de cada lado).
2. Habían tratado de bucear.
3. Dio media vuelta.
4. Me fijé en el collar que llevaba.
5. El baile lo (o la) mareó.
6. Llegó a orillas del lago.
7. Anhelaba entregarle el tesoro.
8. Se convocó (o convocaron) a todo el vecindario (o a toda la vecindad).
9. Con la cabeza agachada (o agachada la cabeza), lanza un grito de alegría.
10. Caminamos, de espaldas a la laguna.
11. Al abrir los párpados, vemos al soberano.
12. Ya no sabe a dónde va.
13. Hasta nosotros, perdimos el rastro.
14. Nunca pude saberlo (o no pude saberlo nunca).

JOSÉ MARTI (1853-1895)

La muñeca[1] negra.

La poupée noire

José Martí, né à La Havane, est à la fois le héros national cubain et l'un des écrivains les plus importants de l'Amérique hispanique. Il a, en effet, lutté toute sa vie pour l'indépendance de son pays, où il n'a vécu que ses années d'adolescence. Exilé (Espagne, États-Unis, Mexique, Guatemala, Venezuela), il a écrit essentiellement dans les journaux, notamment argentins. C'est un des grands poètes du mouvement littéraire appelé modernisme qui a modifié le cours de la poésie de langue espagnole. Sa poésie *(Versos libres, Versos sencillos, Ismaelillo)* est sobre, émouvante et musicale. En prose, Martí a surtout cultivé l'essai littéraire ou politique *(Emerson, Nuestra América, Madre América)*. Il a publié une revue pour jeunes, *La Edad de Oro*, où figurait *La poupée noire*. Organisateur du parti révolutionnaire cubain, Martí a été tué au combat au début de la guerre d'Indépendance. Ses *Œuvres complètes*, publiées à La Havane, comprennent une trentaine de volumes. Il existe plusieurs recueils de pages choisies.

De puntillas[2], de puntillas, para no despertar a Piedad, entran en el cuarto de dormir el padre y la madre. Vienen riéndose[3], como dos muchachones[4]. Vienen de la mano, como dos muchachos. El padre viene detrás, como si fuera[5] a tropezar[6] con todo. La madre no tropieza ; porque conoce el camino. ¡ Trabaja mucho el padre, para comprar todo lo de la casa[7], y no puede ver a su hija cuando quiere ! A veces, allá en el trabajo, se ríe solo, o se pone de repente como triste[8], o se le ve en la cara como una luz ; y es que está pensando en su hija[9], se le cae la pluma de la mano[10] cuando piensa así, pero en seguida empieza a escribír, y escríbe tan de prisa[11], tan de prisa, que es como si la pluma fuera volando. Y le hace muchos rasgos a la letra[12], y las *oes* le selen grandes como un sol y las *ges* largas como un sable[13], y las *eles* están debajo de la línea, como si se fueran a clavar en el papel, y las *eses* caen al fin de la palabra, como una hoja de palma[14] ; ¡ tiene que ver lo que escribe el padre cuando ha pensado mucho en la niña ! El dice que siempre que le llega por la ventana el olor de las flores del jardin, piensa en ella.

---

1. **muñeca** : (ici) : *poupée ;* signifie aussi : *le poignet.*

2. **de puntillas** : *sur la pointe des pieds ;* **la punta** : la pointe ; **el punto** : *le point ;* **las puntillas** : *les semences* (petits clous).

3. **riéndose** : de **reírse** : *rire* (v. irr.) ; enclise obligatoire au gérondif : *en riant.*

4. **muchachones** : *grands garçons ;* augmentatif de **muchacho.**

5. **como si fuera** : *comme s'il allait ;* **como si** entraîne obligatoirement le subj. impf. ; **fuera a** : (ici) de **ir** ; **fuera** peut venir également de **ser.**

6. **tropezar** (v. irr.) : *trébucher ; se heurter à.*

7. **lo de la casa** : *ce qu'il faut pour la maison ;* **lo,** neutre, suivi de **de** ou de **que** : *ce que, ce qui.*

8. **se pone como triste** : m. à m. *il devient un peu triste, il s'attriste ;* **ponerse** + adj. : *devenir.*

9. **está pensando en su hija** : m. à m. : *il est en train de penser à sa fille ;* **estar** + gérondif : *être en train de.*

10. **se le cae la pluma de la mano** : *la plume tombe de*

Sur la pointe des pieds, c'est sur la pointe des pieds que son père et sa mère entrent dans la chambre à coucher, pour ne pas éveiller Piedad. Ils entrent en riant, comme deux gamins. Ils se tiennent par la main, comme deux enfants. Le père marche derrière, comme s'il allait se heurter à tout. La mère ne trébuche pas parce qu'elle connaît le chemin. Le père travaille beaucoup, pour acheter tout ce qu'il faut pour la maison, et il ne peut voir sa fille autant qu'il veut. Parfois, là-bas, à son travail, il rit tout seul, ou devient tout à coup un peu triste, ou l'on voit sur son visage comme une lueur ; et c'est parce qu'il est en train de penser à sa fille ; la plume lui tombe de la main quand il pense ainsi, mais aussitôt il commence à écrire, et il écrit si vite, si vite, qu'on dirait que sa plume vole. Et il enjolive beaucoup son écriture, il fait les O grands comme un soleil, et les G longs comme un sabre, et les L dépassent au-dessous de la ligne, comme s'ils allaient crever le papier, et les S tombent à la fin du mot, comme une feuille de palmier ; il faut voir ce qu'écrit le père quand il a beaucoup pensé à la petite fille ! Il prétend que chaque fois que la senteur des fleurs du jardin lui arrive par la fenêtre, il pense à elle.

---

sa main ; emploi du pronom personnel **le** et de l'article à la place du possessif ; cf. plus bas : **se le sienta al lado** : *elle s'assied à côté de lui.*
11. **tan de prisa :** *si vite ;* **tener prisa :** *être pressé ;* **darse prisa :** *se dépêcher.*
12. **le hace muchos rasgos a la letra :** m. à m. : *il fait beaucoup de traits à son écriture ; il enjolive, il donne du relief ;* **rasgos :** *traits (du caractère) ;* **letra :** *lettre* (alphabet), *écriture* (manière d'écrire).
13. **un sable :** *un sabre ;* **le sable :** la **arena.**
14. **palma :** *(ici) palmier ;* syn. **palmera ;** **la palma de la mano :** *la paume de la main.*

O a veces, cuando está trabajando cosas de números[1], o poniendo un libro sueco[2] en español, la ve
venir, venir despacio, como en una nube, y se le
sienta al lado, le quita la pluma, para que repose un
poco, le da un beso en la frente, le tira de la barba
rubia, le esconde el tintero[3]. Es sueño no más, no
más que sueño, como esos que se tienen sin dormir,
en que ve uno vestidos[4] muy bonitos, o un caballo
vivo[5] de cola[6] muy larga, o un cochecito[7], con cuatro
chivos[8] blancos, o una sortija[9] con la piedra azul ;
sueño es no más, pero dice el padre que es como si
lo hubiera visto, y que después tiene más fuerza y
escribe mejor. Y la niña se va, se va despacio[10] por
el aire, que parece de luz todo ; se va como una
nube[11].

Hoy el padre no trabajó mucho, porque tuvo que
ir a una tienda[12] ; ¿ a qué iría el padre a una tienda ?
y dicen que por la puerta de atrás entró una caja[13]
grande ; ¿ qué vendrá en la caja ? ¡ a saber lo que
vendrá ! Mañana hace ocho años que nació Piedad.
La criada[14] fue al jardín y se pinchó el dedo por
cierto,[15] por querer coger[16], para un ramo[17] que
hizo[18], una flor muy hermosa. La madre a todo dice
que sí, y se puso el vestido nuevo[19], y le abrió la
jaula[20] al canario.

---

1. **cosas de números** : *questions, problèmes de chiffres.*
2. **sueco** : *suédois* ; **Suecia** : *la Suède* ; **el zueco** : *le sabot.*
3. **tintero** : *encrier* ; **la tinta** : *l'encre.*
4. **vestidos** : *des robes* ; syn. trajes ; p.p. de **vestir.**
5. **vivo** : *vivant* ; signifie aussi : *vif, astucieux, malin.*
6. **de cola** : *à la queue* ; vestido de cola : *robe à traîne.*
7. **cochecito** : *petite voiture,* diminutif de **coche.**
8. **chivos** : *chevreaux, cabris* ; *bouc* (barbe).
9. **sortija** : *bague* ; syn. anillo.
10. **despacio** : *lentement* ; syn. lentamente.
11. **nube (la)** : *le nuage, la nuée* ; **la nieve** : *la neige* ; **la niebla** : *le brouillard.*
12. **tienda** : *boutique* ; la tienda de campaña : *la tente.*
13. **caja** : *boîte* (ici) ; *caisse* ; **cajón** : *cageot, tiroir.*
14. **criada** : *bonne, domestique, servante.*
15. **se pinchó el dedo por cierto** : *la preuve, elle s'est piqué le doigt* ; **cierto** : *vrai, sûr, certain.*

Ou parfois, quand il est occupé à travailler sur des chiffres, ou qu'il traduit en espagnol un livre suédois, il la voit venir, venir lentement, comme sur un nuage, et elle s'assied à côté de lui, lui enlève sa plume pour qu'il se repose un peu, lui donne un baiser sur le front, tire sur sa barbe blonde, cache son encrier. C'est un rêve, sans plus, rien qu'un rêve, comme ceux que l'on fait sans dormir, où l'on voit de très jolies robes, ou un cheval vivant avec une très grande queue, ou une petite voiture avec quatre chevreaux blancs, ou une bague avec une pierre bleue ; un rêve sans plus, mais le père dit que c'est comme s'il l'avait vue, et qu'ensuite il a plus de force et qu'il écrit mieux. Et la petite fille disparaît, s'en va lentement dans l'air, qui semble tout de lumière ; elle disparaît comme un nuage.

Aujourd'hui le père n'a pas beaucoup travaillé parce qu'il a dû se rendre dans une boutique ; qu'est-ce que le père a bien pu aller faire dans une boutique ? et l'on dit qu'une grande caisse est rentrée par la porte de derrière ; que peut-il bien y avoir dans la caisse ? allez savoir ce qu'elle peut bien contenir !

Il y aura huit ans demain que Piedad est née.

La servante est allée au jardin, et la preuve, elle s'est piqué le doigt en voulant cueillir, pour un bouquet qu'elle a fait, une très belle fleur. Sa mère acquiesce à tout, et elle a revêtu sa robe neuve, et elle a ouvert la cage du canari.

---

16. **por querer coger :** *parce qu'elle voulait cueillir,* **por** + l'infinitif équivaut à *parce que.*

17. **un ramo :** *un bouquet ;* **la rama :** *la branche.*

18. **hizo :** de **hacer** (v. irr.) : *faire ;* p.p. : **hecho.**

19. **se puso el vestido nuevo :** *elle a mis sa robe neuve ;* emploi du pronom et de l'article à la place du possessif.

20. **jaula :** *cage ;* **enjaular :** *mettre en cage.*

El cocinero está haciendo un pastel, y recortando en figura de flores los nabos y las zanahorias[1], y le devolvió a la lavandera el gorro[2], porque tenía una mancha que no se veía apenas, pero « ¡ hoy, hoy, señora lavandera, el gorro ha de estar sin mancha ! » Piedad no sabía, no sabía. Ella sí vio que la casa estaba como el primer día de sol, cuando se va ya la nieve, y les salen las hojas a los árboles. Todos sus juguetes se los dieron aquella noche, todos. Y el padre llegó muy temprano del trabajo, a tiempo de ver a su hija dormida. La madre lo abrazó[3] cuando lo vio entrar ; ¡ y lo abrazó de veras ! Mañana cumple Piedad ocho años[4].

El cuarto[5] está a media luz[6], una luz como la de las estrellas, que viene de la lámpara de velar[7], con su bombillo[8] de color de ópalo. Pero se ve, hundida[9] en la almohada[10], la cabecita rubia. Por la ventana entra la brisa, y parece que juegan[11], las mariposas[12] que no se ven, con el cabello[13] dorado. Le da en el cabello la luz. Y la madre y el padre vienen andando, de puntillas. ¡ Al suelo[14], el tocador[15] de jugar ! ¡ Este padre ciego, que tropieza con todo ! Pero la niña no se ha despertado. La luz le da en la mano ahora ; parece una rosa la mano. A la cama no se puede llegar ; porque están alrededor todos los juguetes, en mesas y sillas.

---

1. **los nabos y las zanahorias** : *les navets et les carottes.*
2. **le devolvió a la lavandera el gorro** : *il rendit le bonnet à la blanchisseuse ;* **devolver** (v. irr.) : *rendre.*
3. **abrazó** : de **abrazar** : *prendre dans les bras, étreindre.*
4. **Mañana cumple Piedad ocho años** : *Demain Piedad aura huit ans ;* el cumpleaños : *l'anniversaire ;* **cumplir** : *tenir parole.*
5. **el cuarto** : *la chambre, la pièce ;* syn. **la habitación ;** **cuarto** : *quatrième, quart ;* cuatro : *quatre.*
6. **está a media luz** : m. à m. : *est dans le demi-jour, dans la pénombre ;* **la luz** : *la lumière, le jour.*
7. **velar** : *veiller ;* lámpara de velar : *veilleuse.*
8. **bombillo** ou bombilla : *ampoule* (de lampe) ; ampolla : *ampoule* (sur la peau).

Le cuisinier est en train de faire un gâteau et de découper en forme de fleurs les navets et les carottes et il a rendu à la blanchisseuse sa toque, parce qu'il y avait une tache que l'on voyait à peine, mais « aujourd'hui, aujourd'hui, madame la blanchisseuse, la toque doit être sans tache ! »

Piedad ne savait pas, ne savait rien. Elle avait bien vu que la maison était comme au premier jour de soleil, quand la neige fond, et que les feuilles poussent aux arbres. Elle a reçu tous ses jouets cette nuit-là, tous. Et le père est revenu très tôt du travail, à temps pour voir sa fille endormie. La mère l'a pris dans ses bras quand elle l'a vu entrer ; et elle l'a étreint très fort ! Demain Piedad aura huit ans.

La chambre est plongée dans la pénombre qu'éclaire une lumière qui ressemble à celle des étoiles et qui provient de la veilleuse, avec son ampoule couleur opale. Mais l'on voit, enfoncée dans l'oreiller, la petite tête blonde. La brise entre par la fenêtre et l'on dirait que les papillons, qu'on ne voit pas, jouent avec les cheveux dorés. La lumière tombe sur ses cheveux. Et le père et la mère s'approchent en marchant sur la pointe des pieds. Par terre, la coiffeuse pour jouer ! Cet aveugle de père qui trébuche contre tout ! Mais la petite ne s'est pas réveillée. La lumière tombe sur sa main à présent ; sa main ressemble à une rose. On ne peut pas arriver jusqu'au lit parce que tout autour il y a tous les jouets, sur des tables et des chaises.

---

9. **hundida** : p.p. de **hundir** : *enfoncer ; sombrer.*
10. **la almohada** : *l'oreiller ;* **el almohadón** : *le traversin ;* **la almohadilla** : *le coussinet ;* **los almohades** : peuple originaire de la Mauritanie et du Maroc, qui s'empare de l'Andalousie au XIIe siècle.
11. **juegan** : de **jugar,** (v. irr.) : *jouer ;* **el juego** : *le jeu.*
12. **las mariposas** : *les papillons.*
13. **el cabello** : *les cheveux, la chevelure ;* syn. **el pelo.**
14. **al suelo** : *par terre ;* **el suelo** : *le sol.*
15. **el tocador** : (ici) *la coiffeuse (meuble) ; cabinet de toilette.*

En una silla está el baúl que le mandó en Pascuas[1]
la abuela, lleno de almendras y de mazapanes[2], boca
abajo está el baúl, como si lo hubieran sacudido, a
ver si caía alguna almendra de un rincón, o si andaban
escondidas por la cerradura[3] algunas migajas de
mazapán ; ¡ eso es, de seguro, que las muñecas tenían
hambre ! En otra silla está la loza[4], mucha loza y
muy fina, y en cada plato[5] una fruta pintada ; un
plato tiene una cereza[6], y otro un higo[7], y otro una
uva[8] ; da en el plato ahora la luz, en el plato del
higo, y se ven como chispas de estrellas ; ¿ cómo
habrá venido esta estrella a los platos ?[9] « ¡ Es azúcar ! », dijo el pícaro[10] padre. « ¡ Eso es de seguro ! »,
dice la madre : « eso es que estuvieron las muñecas
golosas comiéndose el azúcar ».

El costurero[11] está en otra silla, y muy abierto,
como de quien ha trabajado de verdad ; el dedal[12]
está machucado[13] ¡ de tanto coser ! cortó la modista
mucho, porque del calicó que le dio la madre no
queda más que redondel con el borde de picos[14], y
el suelo está por allí lleno de recortes, que le salieron
mal a la modista, y allí está la chambra[15] empezada
a coser, con la aguja clavada, junto a una gota de
sangre. Pero la sala[16], y el gran juego, está en el
velador[17], al lado de la cama.

---

1. **Pascuas** : le plus souvent *Noël ;* Pascua Florida (o de
Resurrección) : *Pâques ;* Felices Pascuas : *Bon Noël.*
2. **almendras y mazapanes** : *amandes et massepains.*
3. **cerradura** : *serrure ;* **cerrar** (v. irr.) : *fermer.*
4. **loza** : *vaisselle, faïence ;* losa : *dalle.*
5. **plato** : *assiette ;* plata : *argent ;* platillo : *soucoupe.*
6. **cereza** : *cerise ;* el cerezo : *le cerisier.*
7. **un higo** : *une figue ;* la higuera : *le figuier.*
8. **una uva** : *un grain de raisin ;* las uvas : *le raisin.*
9. **¿ cómo habrá venido esta estrella a los platos ? :**
comment cette étoile a-t-elle pu venir sur les assiettes ?
Futur exprimant la probabilité.
10. **pícaro** : *coquin, fripon, malicieux.*

Sur une chaise se trouve le coffre que sa grand-mère lui a envoyé à Noël, rempli d'amandes et de massepains ; le coffre est renversé, comme si on l'avait secoué, pour voir s'il n'en tombait pas d'un coin quelque amande, ou si quelques miettes de massepain n'étaient pas cachées dans la serrure ; c'est que, pour sûr, les poupées avaient faim !

Sur une autre chaise se trouve la vaisselle, beaucoup de vaisselle très fine, et dans chaque assiette un fruit peint ; une assiette a une cerise, et une autre une figue, et une autre un grain de raisin ; la lumière éclaire maintenant l'assiette, l'assiette à la figue, et l'on voit comme des étincelles d'étoiles ; comment cette étoile a-t-elle fait pour venir sur les assiettes ? « C'est du sucre ! » dit le père malicieux. « C'est sûr ! dit la mère. C'est que les poupées gourmandes ont mangé le sucre. »

La boîte à ouvrage est sur une autre chaise, et bien ouverte, comme celle de quelqu'un qui a réellement travaillé ; le dé est bosselé à force d'avoir cousu ! La couturière a beaucoup coupé parce qu'il ne reste qu'un morceau rond avec une bordure de pointes (de la toile de coton que lui a donnée sa mère), et le sol est à cet endroit jonché de morceaux que la couturière a ratés, et là se trouve la blouse qu'on a commencé à coudre, avec l'aiguille enfoncée à côté d'une goutte de sang. Mais les meubles du salon, et le jeu préféré de Piedad sont sur le guéridon, à côté du lit.

---

11. **costurero** : *boîte à ouvrage ;* **coser** : *coudre ;* **costurera** : *lingère ;* **costura** : *couture ;* **cocer** (v. irr.) : *cuire.*
12. **dedal** : *dé (à coudre) ;* **dedo** : *doigt ;* **dados** : *dés.*
13. **machucado :** (ici) *bosselé ; meurtri, écrasé.*
14. **redondel con el borde de picos :** m. à m. : *un rond avec sa bordure en pointes ;* **redondo** : *rond ;* dans l'arène, **el redondel :** *lieu où se déroule la course de taureaux ;* **borde :** *bordure, bord ;* **a bordo :** *à bord ;* **pico :** *bec, pointe.*
15. **chambra :** *blouse* (vêtement féminin) ; au Venezuela : *chahut, grand bruit.*
16. **la sala :** *le salon* (pièce ou meubles) ; **el salón de cine :** *la salle de cinéma.*
17. **velador :** *guéridon.*

El rincón, allá contra la pared, es el cuarto de dormir de las muñequitas de loza, con su cama de la madre, de colcha [1] de flores, y al lado una muñeca de traje rosado, en una silla roja ; el tocador está entre la cama y la cuna [2] con su muñequita de trapo [3], tapada [4] hasta la nariz, y el mosquitero [5] encima ; la mesa del tocador es una cajita de cartón castaño [6], y el espejo es de los buenos, de los que vende la señora pobre de la dulcería [7], a dos por un centavo. La sala está delante del velador, y tiene en medio una mesa, con el pie hecho de un carretel [8] de hilo, y lo de arriba de una concha de nácar, con una jarra mexicana en medio, de las que traen los muñecos aguadores [9] de México ; y alrededor unos papelitos doblados [10], que son los libros. El piano es de madera, con las teclas pintadas ; y no tiene banqueta de tornillo [11], que eso es poco lujo, sino una de espaldar, hecha de la caja de una sortija, con lo de abajo forrado de azul ; y la tapa cosida por un lado, para la espalda, y forrada de rosa ; y encima un encaje.

Hay visitas, por supuesto [12], y son de pelo de veras [13], con ropones [14] de seda [15] lila de cuartos [16] blancos, y zapatos [17] dorados ; y se sientan sin doblarse, con los pies en el asiento ; y la señora mayor, la que trae gorra color de oro, y está en el sofá, tiene su levantapiés [18], porque del sofá se resbala [19], y el levantapiés es una cajita de paja japonesa [20], puesta boca abajo [21], en un sillón [22] blanco están sentadas juntas, con los brazos muy tiesos [23], dos hermanas de loza.

---

1. **colcha** : *couvre-lit ;* el **colchón** : *le matelas.*
2. **cuna** : *berceau ;* **cuña** : *coin* (en bois).
3. **trapo** : *chiffon ;* **trapero** : *chiffonnier* (personne).
4. **tapada** : de **tapar** : *couvrir ;* la **tapa** : *le couvercle ;* las **tapas** : *amuse-gueule* accompagnant l'apéritif.
5. **el mosquitero** : *la moustiquaire ;* el **mosquito** : *le moustique ;* el **mosco,** la **mosca** : *la mouche.*
6. **castaño** : adj. *marron, châtain ;* el **castaño** : *le châtaignier ;* la **castaña** : *la châtaigne.*
7. **dulcería** : *confiserie ;* **dulces** : *bonbons, confitures.*
8. **carretel** : *bobine ; moulinet* (canne à pêche).
9. **muñecos aguadores** : *pantins porteurs d'eau.*
10. **doblados** : de **doblar** : *plier ; doubler* (films).
11. **banqueta de tornillo** : *tabouret à vis.*

Le coin, là-bas contre le mur, sert de chambre à coucher aux petites poupées de porcelaine, avec leur lit de maman, à la courtepointe à fleurs, et à côté une poupée à la robe rose, dans une chaise rouge ; le cabinet de toilette est entre le lit et le berceau, avec sa petite poupée de chiffon, couverte jusqu'au nez, et la moustiquaire par-dessus ; la table du cabinet de toilette est une petite caisse de carton marron et le miroir est ce qui se fait de mieux, de ceux que vend la pauvre marchande de bonbons à deux sous. Le salon est devant le guéridon, et il possède au milieu une table, dont le pied est fait d'une bobine de fil, et la partie du haut d'une coquille de nacre, avec un vase mexicain au milieu, de ceux que portent les pantins porteurs d'eau de Mexico ; et autour de petits papiers pliés qui représentent les livres. Le piano est en bois, avec les touches peintes et il n'a pas de tabouret à vis, car c'est peu luxueux, mais un tabouret à dossier, fait de l'écrin d'une bague, avec la partie du bas doublée de bleu ; et le couvercle cousu d'un côté, pour le dossier, et doublé de rose, et par-dessus une dentelle.

Il y a les visiteuses naturellement, et elles ont de vrais cheveux, avec de grandes robes en soie lilas à pans blancs, et des souliers dorés ; et elles s'assoient sans se courber, les pieds sur le siège ; et la grande dame, celle qui porte un bonnet couleur d'or, et qui est sur le sofa, a son repose-pieds parce qu'elle glisse du sofa ; et le repose-pieds est fait d'un coffret japonais en paille, renversé ; dans un fauteuil blanc sont assises côte à côte, les bras très raides, deux sœurs de porcelaine.

---

12. **por supuesto :** *naturellement, bien sûr.*
13. **son de pelo de veras :** *elles ont de vrais cheveux.*
14. **ropones :** *grandes robes portées par les enfants.*
15. **seda :** *soie ;* **sedoso :** *soyeux ;* **gusano de seda :** *ver à soie.*
16. **cuartos :** *(ici) pans, parties de vêtement.*
17. **zapatos :** *chaussures, souliers ;* **zapatillas :** *chaussons.*
18. **levantapiés :** *tabouret pour les pieds.*
19. **se resbala :** *de* **resbalarse :** *glisser (sans le vouloir).*
20. **cajita de paja japonesa :** *coffret japonais en paille.*
21. **puesta boca abajo :** *renversée ;* m. à m. : *mise l'ouverture vers le bas ;* **estaba boca abajo :** *il était à plat ventre.*
22. **sillón :** *fauteuil ;* **la silla :** *la chaise, la selle.*
23. **tiesos :** *raides ;* autre sens : *guindé.*

Hay un cuadro [1] en la sala, que tiene detrás, para que no se caiga, un pomo de olor [2] ; y es una niña de sombrero colorado [3], que trae en los brazos un cordero [4]. En el pilar [5] de la cama, del lado del velador, está una medalla de bronce, de una fiesta que hubo con las cintas [6] francesas ; en su gran moña [7] de los tres colores está adornando la sala el medallón, con el retrato [8] de un francés muy hermoso, que vino de Francia a pelear [9] porque los hombres fueran libres [10], y otro retrato del que inventó el pararrayos, con la cara de abuelo que tenía cuando pasó el mar para pedir a los reyes de Europa que lo ayudaran a hacer libre su tierra ; ésa es la sala, y el gran juego de Piedad. Y en la almohada, durmiendo en su brazo, y con la boca desteñida [11] de los besos, está su muñeca negra.

Los pájaros del jardín la despertaron por la mañanita. Parece que se saludan los pájaros, y la convidan a volar. Un pájaro llama, y otro pájaro responde. En la casa hay algo, porque los pájaros se ponen así cuando el cocinero [12] anda por la cocina saliendo y entrando [13], con el delantal volándole por las piernas [14], y la olla [15] de plata en las dos manos, oliendo a [16] leche quemada [17] y a vino dulce. En la casa hay algo ; porque si no, ¿ para qué está ahí, al pie de la cama, su vestidito [18] nuevo, el vestidito color de perla, y la cinta lila que compraron ayer, y las medias de encaje ? [19]

---

1. **cuadro** : (ici) *tableau* (peinture) ; *cadre* (armée).
2. **pomo de olor** : (ici) *flacon de parfum* ; *pommeau* (épée).
3. **colorado** : *rouge* ; *coloré* : brillante, vivo, animado.
4. **cordero** : *agneau* ; **carne de cordero** : *viande de mouton* ; *un troupeau de moutons* : un rebaño de ovejas.
5. **el pilar** : (ici) *le montant (du lit)* ; *le pilier*.
6. **cintas** : *rubans* ; **cinta magnetofónica** : *bande magnétique ; film*.
7. **moña** : *nœud de rubans ;* **el moño** : *le chignon ;* **el mono** : *le singe, le bleu (de travail) ;* **la mona** : *la guenon*.
8. **retrato** : *portrait* ; **autorretrato** : *autoportrait*.
9. **pelear** : *combattre, lutter* ; **la pelea** : *la lutte*.
10. **porque los hombres fueran libres** : **porque** peut avoir une valeur finale (idée de but), syn. **para que** : *pour que*.

Il y a un tableau dans le salon, avec par-derrière, pour qu'il ne tombe pas, un flacon de parfum ; et c'est une petite fille au chapeau rouge, qui porte dans les bras un agneau. Au montant du lit, du côté du guéridon, se trouve une médaille en bronze, avec des rubans français provenant d'une fête ; dans son grand nœud de trois couleurs, le médaillon orne le salon, avec le portrait d'un Français très beau qui est venu de France pour combattre afin que les hommes soient libres, et un autre portrait de l'inventeur du paratonnerre, avec le visage de grand-père qu'il avait lorsqu'il traversa la mer pour demander aux rois d'Europe de l'aider à libérer son pays ; voilà le salon, et le grand jeu de Piedad. Et sur son oreiller, dormant sur son bras, la bouche décolorée par les baisers, il y a sa poupée noire.

Les oiseaux du jardin l'ont réveillée dans la matinée. On dirait que les oiseaux disent bonjour et qu'ils l'invitent à voler. Un oiseau appelle, et un autre oiseau répond.

Dans la maison, il se passe quelque chose, parce que les oiseaux font cela quand le cuisinier va et vient dans la cuisine, entrant et sortant, son tablier lui voletant dans les jambes, et la bassine d'argent dans les mains qui sent le lait brûlé et le vin doux. Dans la maison, il se passe quelque chose ; sinon pourquoi, pourquoi se trouve là, au pied du lit, sa petite robe neuve, couleur de perle, et le ruban lilas qu'on lui a acheté hier, et les chaussettes de dentelle ?

---

11. **desteñida :** déteinte, décolorée, délavée ; du v. irr. : **desteñir :** déteindre.
12. **cocinero :** cuisinier ; **la cocina :** la cuisine ; **cocinar :** faire la cuisine ; **cocer :** cuire.
13. **anda por la cocina saliendo y entrando : andar** et le gérondif indiquent la dispersion dans l'espace : il circule dans la cuisine, entrant et sortant.
14. **con el delantal volándole por las piernas :** le tablier voletant (virevoltant) dans ses jambes ; **por :** à la fois dans et sur (ici).
15. **olla :** (ici) bassine (pour la confiture) ; marmite ; pot-au-feu ; **la ola :** la vague.
16. **oliendo a :** de **oler a** (v. irr.) : sentir (avec le nez).
17. **leche quemada :** lait brûlé, ingrédient d'un dessert.
18. **vestidito :** diminutif de **vestido :** la petite robe.
19. **medias de encaje :** (ici) chaussettes en dentelle ; **las medias :** les bas, les chaussettes ; **el encaje :** dentelle.

« Yo te digo, Leonor, que aquí pasa algo. Dímelo tú, Leonor, tú que estuviste ayer en el cuarto de mamá, cuando yo fui a paseo[1].¡ Mamá mala, que no te déjó[2] ir conmigo, porque dice que te he puesto muy fea con tantos besos[3], y que no tienes pelo, porque te he peinado mucho ! La verdad, Leonor ; tú no tienes mucho pelo ; pero yo te quiero así, sin pelo, Leonor ; tus ojos son lo que quiero yo, porque con los ojos me dices que me quieres ; te quiero mucho[4], porque no te quieren : ¡ a ver !⁵ ¡ sentada aquí en mis rodillas, que te quiero peinar ! las niñas buenas se peinan en cuanto se levantan ; ¡ a ver, los zapatos, que ese lazo[6] no está bien hecho ! ; y los dientes, déjame ver los dientes ; las uñas[7] : ¡ Leonor, esas uñas no están limpias !⁸ Vamos, Leonor, dime la verdad ; oye, oye a los pájaros que parece que tienen baile ; dime, Leonor,¿ qué pasa en esta casa ? » Y a Piedad se le cayó el peine de la mano, cuando le tenía ya una trenza[9] hecha a Leonor ; y la otra estaba toda alborotada[10]. Lo que pasaba, allí lo veía ella.

Por la puerta venía la procesión. La primera era la criada con el delantal de rizos[11] de los días de fiesta, y la cofia[12] de servir la mesa en los días de visita ; traía el chocolate, el chocolate con crema, lo mismo que el día de Año Nuevo, y los panes dulces en una cesta[13] de plata ; luego venía la madre, con un ramo de flores blancas y azules ; ¡ni una flor colorada en el ramo, ni una flor amarilla !

---

1. **fui a paseo : ir** (v. irr.) **de paseo** (ou **a paseo**) : *aller en promenade ;* syn. pasear, pasearse ; **paseo** : *avenue.*
2. **dejó** : de **dejar** : *laisser ;* ¡ **no se deje** ! : *ne vous laissez pas faire ! ;* la dejadez : *le laisser-aller.*
3. **te he puesto muy fea con tantos besos** : *je t'ai enlaidie à force de t'embrasser ;* m. à m. : *je t'ai rendue très laide* **(poner fea)** *avec tant de baisers.*
4. **te quiero mucho** : *je t'aime beaucoup ;* (plus loin) : **te quiero peinar** : *je veux te coiffer ;* **querer** (v. irr.) : *aimer (qqn.), vouloir (qqch. ou faire qqch.).*

« Je te dis, Leonor, qu'ici il se passe quelque chose. Dis-le-moi, toi, Léonor, toi qui es allée dans la chambre de maman hier, lorsque je suis allée me promener. Vilaine maman, qui ne t'a pas laissée venir avec moi parce qu'elle dit que je t'ai rendue très laide avec tous ces baisers et que tu n'as plus de cheveux, à force de te peigner ! C'est vrai, Leonor, tu n'as pas beaucoup de cheveux ; mais je t'aime comme ça, sans cheveux, Leonor ; ce sont tes yeux que j'aime, parce que, avec tes yeux, tu me dis que tu m'aimes ; je t'aime beaucoup, parce qu'on ne t'aime pas : voyons ! Assieds-toi là sur mes genoux, je vais te peigner ! les petites filles gentilles se coiffent dès qu'elles se lèvent ; voyons, les souliers, ce nœud n'est pas très bien fait ! Et les dents, laisse-moi voir les dents ; les ongles, Leonor, ces ongles ne sont pas propres ! Voyons, Leonor, dis-moi la vérité ; écoute, écoute les oiseaux, on dirait qu'ils dansent ; dis-moi, Leonor, que se passe-t-il dans cette maison ? » Et le peigne s'échappa de la main de Piedad, alors qu'elle avait déjà fait une tresse à Leonor ; et l'autre était tout ébouriffée. Ce qui se passait, elle le voyait là.

Par la porte entrait la procession. En tête venait la servante avec le tablier en velours bouclé des jours de fête, et la coiffe pour servir à table les jours de visite. Elle apportait le chocolat, le chocolat à la crème, tout comme le jour du nouvel an, et les pains sucrés dans un panier d'argent. Ensuite venait la mère, avec un bouquet de fleurs blanches et bleues : pas une fleur rouge dans le bouquet, ni une fleur jaune !

---

5. **a ver :** *voyons !*
6. **lazo :** (ici) *nœud ; lasso, lien.*
7. **las uñas :** *les ongles ;* **uña de vaca :** *pied de bœuf.*
8. **no están limpias :** *ne sont pas propres (en ce moment).*
9. **trenza :** *tresse.*
10. **alborotada :** (ici) *ébouriffée, mal peignée.*
11. **delantal de rizos :** *tablier en velours bouclé (ou épinglé) ;* **rizos :** *boucles (cheveux) ;* **rizar :** *friser.*
12. **cofia :** *coiffe ; résille.*
13. **cesta :** *panier ;* **cestería :** *vannerie ;* syn. **canasta** (o).

Y luego venía la lavandera, con el gorro blanco que el cocinero no se quiso[1] poner, y un estandarte[2] que el cocinero le hizo[3], con un diario y un bastón, y decía en el estandarte, debajo de una corona[4] de pensamientos[5] : « ¡ Hoy cumple Piedad ocho años ! » Y la besaron, y la vistieron[6], con el traje color de perla, y la llevaron, con el estandarte detrás, a la sala de los libros de su padre, que tenía muy peinada su barba rubia, como si se la hubieran peinado muy despacio, y redondeándole las puntas[7], y poniendo cada hebra[8] en su lugar. A cada momento se asomaba[9] a la puerta, a ver si Piedad venía ; escribía, y se ponía a silbar[10], abría un libro, y se quedaba mirando[11] a un retrato, a un retrato que tenía siempre en su mesa, y era como Piedad, una Piedad de vestido largo. Y cuando oyó ruido de pasos[12], y un vozarrón[13] que venía tocando música[14] en un cucurucho[15] de papel ¿quién sabe lo que sacó[16] de una caja grande ? y se fue a la puerta con una mano en la espalda : y con el otro brazo cargó[17] a su hija. Luego dijo que sintió como que en el pecho se le abría una flor[18], y como que se le encendía[19] en la cabeza un palacio[20], con colgaduras[21] azules de flecos de oro, y mucha gente[22] con alas ; luego[23] dijo todo eso, pero entonces, nada se le oyó decir[24]. Hasta que Piedad dio un salto[25] en sus brazos, y se le quiso subir por el hombro, porque en un espejo había visto lo que llevaba en la otra mano el padre.

---

1. **quiso** : de **querer** (v. irr.) : (ici) *vouloir.*
2. **estandarte** : *étendard, bannière.*
3. **hizo** : de **hacer** (v. irr.) : *faire, fabriquer.*
4. **corona** : *couronne ;* **coronar** : *couronner ;* la coronación : *le sacre, le couronnement.*
5. **pensamientos** :*pensées (idées, fleurs) ;* **pensar** (v. irr.) : *penser ;* **pensador** : *penseur ;* **pensativo** : *pensif.*
6. **vistieron** : de **vestir** (v. irr.) : *habiller.*
7. **redondeándole las puntas** : *en arrondissant les pointes, les bouts ;* de **redondear** : *arrondir.*
8. **hebra** : *fil, brin ;* (ici) *poil de barbe.*
9. **se asomaba** : de **asomarse** : *apparaître, se pencher.*
10. **silbar** : *siffler ;* silbo, silbido : *sifflement.*
11. **se quedaba mirando** : **quedarse** + gérondif : *se mettre à, s'arrêter pour ; il se mettait à regarder un portrait.*
12. **ruido de pasos** : *un bruit de pas ;* **paso** : *pas, passage.*

Et ensuite venait la blanchisseuse, avec la toque blanche que le cuisinieŕ n'avait pas voulu mettre, et une bannière que le cuisinier lui avait faite, avec un journal et un bâton. Il était inscrit sur la bannière, sous une couronne de pensées : « Aujourd'hui Piedad a huit ans ! » Et on l'embrassa, et on l'habilla avec la robe couleur de perle, et on la conduisit, la bannière à sa suite, à la bibliothèque de son père, dont la barbe blonde était très bien peignée, comme si on la lui avait peignée très lentement, et en lui arrondissant les pointes, et en mettant chaque poil à sa place. A chaque instant, il passait la tête à la porte, pour voir si Piedad venait. Il écrivait, et se mettait à siffler. Il ouvrait un livre, et il se mettait à regarder un portrait, un portrait qu'il avait toujours sur sa table, et qui ressemblait à Piedad, une Piedad en robe longue. Et quand il entendit un bruit de pas, et une grosse voix qui jouait de la musique dans un cornet de papier, qui sait ce qu'il sortit d'une grande caisse ? Il alla vers la porte avec une main derrière le dos, et de l'autre bras il prit sa fille.

Puis il dit qu'il avait la sensation qu'une fleur s'épanouissait dans son cœur, et qu'il avait dans sa tête un palais illuminé, avec des tapisseries bleues à franges d'or, et beaucoup de personnages ailés. Il raconta tout cela par la suite, mais sur le moment il n'en avait rien dit. Jusqu'à ce que Piedad fît un bond dans ses bras et voulût monter sur ses épaules, parce qu'elle avait vu dans un miroir ce que son père tenait dans l'autre main.

---

13. **vozarrón :** augmentatif de **voz** : *grosse voix.*
14. **tocando música :** *jouer de la musique ;* **tocar piano, guitarra :** *jouer du piano, de la guitare ;* **tocar :** *toucher.*
15. **cucurucho :** *cornet.*
16. **sacó :** de **sacar :** *tirer, sortir (qqch.).*
17. **cargó :** de **cargar :** *charger, porter, prendre.*
18. **sintió como que en el pecho se le abría una flor :** *il eut l'impression qu'une fleur s'épanouissait dans son cœur.*
19. **encendía :** de **encender** (v. irr.) : *allumer, éclairer.*
20. **palacio :** *palais, château résidentiel.*
21. **colgaduras :** *tapisseries,* syn. **tapices** ; **colgar** (v. irr.) : *pendre, suspendre ; le tapis :* la **alfombra**.
22. **mucha gente :** sing. collectif : *beaucoup de gens.*
23. **luego :** (ici) *par la suite,* opposé à **entonces** : *alors.*
24. **nada se le oyó decir :** *on n'entendit rien de sa bouche.*
25. **dio un salto :** *elle fit un bond ;* **dar** (v. irr.) : *donner.*

« ¡ Es como el sol el pelo, mamá, lo mismo que el sol ! ¡ ya la vi, ya la vi, tiene el vestido rosado ! ¡ dile que me la dé[1], mamá : si es de peto[2] verde, de peto de terciopelo[3], ¡ como las mías son las medias, de encaje como las mías ! » Y el padre se sentó con ella en el sillón, y le puso en los brazos la muñeca de seda y porcelana. Echó a correr Piedad[4], como si buscase[5] a alguien. « ¿ Y yo me quedo hoy en casa[6] por mi niña — le dijo su padre —, y mi niña me deja solo ? » Ella escondió la cabecita en el pecho de su padre bueno. Y en mucho, mucho tiempo, no la levantó, aunque ¡ de veras ! le picaba la barba.

Hubo[7] paseo por el jardín, y almuerzo con un vino de espuma[8] debajo de la parra[9], y el padre estaba muy conversador, cogiéndole a cada momento la mano a su mamá, y la madre, estaba como más alta, y hablaba poco, y era como música todo lo que hablaba. Piedad le llevó al cocinero una dalia roja, y se la prendió[10] en el pecho del delantal ; y a la lavandera le hizo una corona de claveles[11] ; y a la criada le llenó los bolsillos de flores de naranjo, y le puso en el pelo una flor, con sus dos hojas verdes. Y luego, con mucho cuidado[12], hizo un ramo de *nomeolvides*[13]. « ¿ Para quién es ese ramo, Piedad ? » « No sé[14], no sé para quién es ; ¡ quién sabe si es para alguien ! » Y lo puso a la orilla[15] de la acequia[16], donde corría[17] como un cristal el agua[18].

---

1. **dile que me la dé** : *dis-lui de me la donner ;* subj. avec les verbes de prière, de demande, d'ordre, de défense.
2. **peto** : *plastron ; bavette (de tablier).*
3. **terciopelo** : *velours.*
4. **echó a correr Piedad** : *Piedad se mit à courir ;* **echar** : *jeter ;* echar de menos : *regretter (qqn).*
5. **buscase** : de **buscar** : *chercher ;* subj. impf. avec como si.
6. **en casa** : *chez moi, à la maison ;* a casa : *chez* (avec mouvement) : ir a casa.
7. **hubo** : de **haber** : *il y eut.* ¿ Qué hubo ? : *que s'est-il passé ?* Équivalent de ¿ Qué tal ? : *Comment ça va ?*
8. **vino de espuma** : *vin mousseux ;* syn. **espumoso.**
9. **parra** : *vigne vierge, treille.*
10. **se la prendió** : *elle le lui accrocha ;* **prender** : *accrocher ;* prender fuego : *allumer le feu.*

« Ses cheveux sont comme le soleil, maman, comme le soleil ! Je l'ai vue, je l'ai vue, elle a une robe rose ! Dis-lui de me la donner, maman. Oh ! elle a un plastron vert, un plastron en velours, ses chaussettes sont comme les miennes, en dentelle comme les miennes ! » Son père s'assit avec elle dans le fauteuil, et lui mit dans les bras la poupée de soie et de porcelaine. Piedad se mit à courir, comme si elle cherchait quelqu'un. « Je reste aujourd'hui à la maison pour ma petite fille, lui dit son père, et ma petite fille me laisse seul ? » Elle cacha sa tête dans la poitrine de son père si gentil, et pendant longtemps, longtemps, elle ne la releva pas, quoique — vraiment ! — sa barbe la piquât.

Il y eut une promenade dans le jardin, et un déjeuner avec du vin mousseux, sous la treille. Son père était très bavard, prenant sans arrêt la main de sa maman, et sa mère semblait plus heureuse, parlait peu, et tout ce qu'elle disait ressemblait à de la musique. Piedad porta au cuisinier un dahlia rouge, et le lui accrocha sur le devant de son tablier. Elle fit à la blanchisseuse une couronne d'œillets, elle remplit les poches de la servante de fleurs d'oranger, et lui mit une fleur dans les cheveux, avec ses deux feuilles vertes. Ensuite, avec beaucoup de soin, elle confectionna un bouquet de myosotis. « Pour qui est ce bouquet, Piedad ? » « Je ne sais pas, je ne sais pas pour qui il est. Qui sait s'il est pour quelqu'un ? » Et elle le déposa sur le bord du ruisseau, où l'eau coulait comme du cristal.

---

11. **claveles :** *œillets.*
12. **con mucho cuidado :** *en faisant bien attention ;* m. à m. : *avec beaucoup de soin ;* ¡ **cuidado** ! : *attention ! ;* **cuidar :** *soigner, surveiller ;* **cuidarse :** *faire attention à soi.*
13. **nomeolvides :** *myosotis ;* nom tiré du langage des fleurs : **no me olvides :** *ne m'oublie pas ;* **olvidar :** *oublier.*
14. **sé :** de **saber** (v. irr.) : *savoir ;* distinguer de **sé,** impératif de **ser :** *sois,* de **se :** *on* et du pronom réfléchi **se.**
15. **orilla :** *bord, rive ;* **a orillas de :** *au bord de, sur ;* ex. : *Sevilla está a orillas del Guadalquivir.*
16. **acequia :** (ici) *ruisseau ; canal d'irrigation, rigole.*
17. **corría :** de **correr :** (ici) *couler ; courir, s'écouler.*
18. **el agua :** les noms féminins commençant par **a** accentué (toniquement) prennent l'article masculin, mais demeurent féminins : *el agua fresca.* Id. pour **ha : el hambre :** *la faim ;* **tengo mucha hambre :** *j'ai très faim.*

Un secreto le dijo a su madre, y luego le dijo :
« ¡ Déjame ir ! » Pero le dijo « caprichosa »[1] su
madre : « ¿ y tu muñeca de seda, no te gusta ?[2]
mírale la cara[3], que es muy linda[4], y no le has visto
los ojos azules. » Piedad sí se los había visto ; y la
tuvo sentada en la mesa después de comer[5], mirándola
sin reírse ; y la estuvo enseñando a andar[6] en el
jardín. Los ojos era lo que miraba ella ; y la tocaba
en el lado[7] del corazón : « ¡ Pero, muñeca, háblame,
háblame ! » Y la muñeca de seda no le hablaba.
« ¿ Con que[8] no te ha gustado la muñeca que te
compré[9], con sus medias de encaje y su cara de
porcelana y su pelo fino ? » « Sí, mi papá, sí me ha
gustado mucho. Vamos, señora muñeca, vamos a
pasear. Usted querrá[10] coches, y lacayos[11], y querrá
dulce de castañas, señora muñeca. Vamos, vamos a
pasear. » Pero en cuanto estuvo Piedad donde no la
veían, dejó a la muñeca en un tronco, de cara contra
el árbol. Y se sentó sola, a pensar, sin levantar la
cabeza, con la cara entre las dos manecitas[12]. De
pronto echó a correr, de miedo de que se hubiese
llevado el agua el ramo de *nomeolvides*.

— ¡ Pero, criada, llévame[13] pronto !
— ¿ Piedad, qué es eso de criada[14] ? ¡Tú nunca le
dices criada así, como para ofenderla !

---

1. **caprichosa** : *capricieuse ;* el **capricho** : *le caprice.*
2. **¿ no te gusta ? :** *elle ne te plaît pas ? tu ne l'aimes
pas ? Aimer qqch. :* gustarle algo a alguien.
3. **la cara** : *le visage, la figure, la face ;* **cara o sello** ;
pile ou face ; **hacer mala cara** : *faire la tête* (fam.).
4. **linda** : *jolie,* syn. bonita, preciosa.
5. **después de comer** : *après le repas ;* m. à m. : *après
avoir mangé ;* **después de** est suivi de l'inf. prés.
6. **la estuvo enseñando a andar** : *elle lui apprit à marcher ;* **estar** + gérondif : *être en train de ;* **enseñar** :
apprendre (point de vue du professeur), *montrer.*
7. **lado** : *côté ;* **al lado de** : *à côté de ;* **la ladera** : *le
versant.*
8. **con que** : *ainsi, si bien que ;* (généralement) : conque.
9. **compré** : de **comprar** : *acheter ;* **la compra** : *l'achat ;*
ir de compras : *aller faire les courses.*

Elle dit un secret à sa mère, et ajouta ensuite : « Laisse-moi partir. » Mais sa mère la traita de « capricieuse » : « Et ta poupée de soie, elle ne te plaît pas ? Regarde son visage, il est très joli. Et tu n'as pas vu ses yeux bleus. » Si, Piedad les avait vus. Elle l'assit à table après manger, en la regardant sans rire, et elle lui apprit à marcher dans le jardin. C'étaient les yeux qu'elle regardait, et elle la touchait à côté du cœur : « Mais, poupée, parle-moi, parle-moi ! » Et la poupée de soie ne lui parlait pas. « Ainsi, la poupée que je t'ai achetée ne te plaît pas, avec ses chaussettes de dentelle, et son visage de porcelaine et ses cheveux fins ? » « Si, mon papa, si, elle me plaît beaucoup. Allons, madame la poupée, allons nous promener. Vous voulez probablement des voitures et des laquais, et vous voulez sans doute de la confiture de marrons, madame la poupée. Allons, nous allons nous promener. » Mais dès que Piedad se trouva hors de vue, elle abandonna la poupée sur un tronc d'arbre, le visage contre l'écorce. Et elle s'assit toute seule, pour réfléchir, sans lever la tête, avec le visage entre ses deux petites mains. Tout à coup, elle se mit à courir, de peur que l'eau n'eût emporté le bouquet de myosotis.

« Mais, servante, emmène-moi vite !

— Piedad, qu'est-ce que cette façon de parler à ta servante ? Tu ne la traites jamais comme ça, de manière offensante.

---

10. **querrá :** de **querer** (ici) *vouloir ;* futur de probabilité ; *vous voulez probablement.*
11. **lacayos :** *laquais.*
12. **manecitas :** dim. rare de **manos ;** syn. manitas.
13. **llévame :** impératif enclitique de **llevar :** (ici) : *emmener ; emporter, porter ;* **traer :** *apporter.*
14. **¿ qué es eso de criada ? :** *qu'est-ce que tu parles de bonne ?* **¿ qué es eso ? :** *quelles sont ces manières ?*

— No, mamá, no ; es que tengo mucho sueño ; estoy muerta de sueño. Mira, me parece que [1] es un monte la barba de papá ; y el pastel de la mesa me da vueltas vueltas alrededor [2], y se están riendo de mí las banderitas y me parece que están bailando en el aire las flores de la zanahoria, estoy muerta de sueño ; ¡ adiós, mi madre ! mañana me levanto muy tempranito [3], tú, papá, me despiertas [4] antes de salir ; yo te quiero ver siempre antes de que te vayas a trabajar ; ¡ oh, las zanahorias ! ¡ estoy muerta de sueño ! ¡ Ay, mamá, no me mates el ramo [5] ! ¡ mira, ya me mataste mi flor !

— ¿ Con que se enoja [6] mi hija porque le doy un abrazo [7] ?

— ¡ Pégame [8], mi mamá ¡ papá, pégame tú ! es que tengo mucho sueño.

Y Piedad salió de la sala de los libros, con la criada que le llevaba la muñeca de seda.

— ¡ Qué de prisa va la niña [9], que [10] se va a caer ! ¿ Quién espera [11] a la niña ?

— ¡ Quién [12] sabe quién me espera !

Y no habló con la criada ; no le dijo que le contase [13] el cuento [14] de la niña jorobadita [15] que se volvió una flor ; un juguete no más [16] le pidió, y lo puso a los pies de la cama ; y le acarició a la criada la mano, y se quedó dormida [17].

---

1. **me parece que** : *il me semble que ;* **parece que** : *on dirait que ;* ¿ **cómo le parece** ? : *qu'en pensez-vous ?*
2. **me da vueltas vueltas alrededor** : *tourne, tourne autour de moi ;* **dar vueltas** : *tourner ;* **dar una vuelta** : *faire un tour :* **los alrededores** : *les alentours, la banlieue.*
3. **tempranito** : diminutif de l'adv. **temprano** : *tôt, de bonne heure.*
4. **me despiertas** : (ici) *tu me réveilleras,* présent à valeur de futur proche : **despertar** (v. irr.) : *réveiller, éveiller ;* **el despertador** : *le réveil (pendule).*
5. **no me mates el ramo** : m. à m.: *ne me tue pas le bouquet :* **matar** : *tuer ;* impératif négatif : au subjonctif présent.
6. **se enoja** : de **enojarse** : *se fâcher ;* syn. **enfadarse.**
7. **porque le doy un abrazo** : *parce que je la prends dans mes bras ;* **abrazar** : *donner l'accolade, prendre dans ses bras ;* **abarcar** : *embrasser, englober ;* **besar** : *embrasser (donner un baiser) ;* **abrasar** : *embraser.*

— Non, maman, non ; c'est que j'ai très sommeil. Je suis morte de sommeil. Regarde, il me semble que la barbe de papa est une montagne, et que le gâteau sur la table tourne autour de moi, tourne, et que les petits drapeaux se moquent de moi. Il me semble que les fleurs de carotte sont en train de danser en l'air. Je suis morte de sommeil. Au revoir ma maman ! Demain je me lèverai de très bonne heure. Toi, papa, tu me réveilleras avant de partir parce que je veux toujours te voir avant que tu ne partes travailler. Oh ! les carottes. Je suis morte de sommeil ! Oh ! maman, ne détruis pas mon bouquet. Regarde, tu m'as brisé une fleur !

— Alors, ma fille se met en colère parce que je la prends dans mes bras ?

— Bats-moi, ma maman ! Papa, bats-moi aussi ! Oh, comme j'ai sommeil. »

Et Piedad sortit de la bibliothèque avec la servante qui portait sa poupée de soie.

« Comme la petite va vite ! Elle va tomber ! Qui attend la petite ?

— Qui sait qui m'attend ? »

Et elle ne parla pas avec la servante. Elle ne lui demanda pas de lui raconter l'histoire de la petite fille bossue qui se transforme en fleur. Elle lui demanda seulement un jouet, qu'elle mit au pied du lit, et elle caressa la main de la servante avant de s'endormir.

---

8. **pégame :** *bats-moi, frappe-moi ;* **pegar :** *frapper, coller ;* apegarse : *s'attacher* (sentimentalement).

9. **¡ Qué de prisa va la niña :** *que la petite va vite !*

10. **que :** (ici) explétif, revient souvent dans la conversation : parfois, se traduit par *car*.

11. **espera :** de **esperar :** *attendre, espérer ;* **la espera :** *l'attente ;* **la esperanza :** *l'espoir.*

12. **quién :** *qui ;* porte l'accent écrit lorsqu'il est interrogatif ou exclamatif (ici).

13. **contase :** de **contar,** v. irr. : (ici) *conter, raconter ;* *compter ;* **contar con :** *compter sur.*

14. **cuento :** *conte, histoire, nouvelle ;* **la cuenta :** *l'addition.*

15. **jorobadita :** dim. de **jorobada :** *petite bossue ;* **la joroba :** *la bosse ;* **jorobar** (fam.) : *embêter, ennuyer.*

16. **no más :** *seulement ;* m. à m. : *pas plus.*

17. **se quedó dormida :** *elle s'endormit ;* **quedarse** avec adj. ou p.p. équivaut au verbe correspondant, (ici) **dormirse.**

Encendió la criada la lámpara de velar, con su bombillo de ópalo ; salió de puntillas ; cerró la puerta con mucho cuidado. Y en cuanto estuvo cerrada la puerta[1], relucieron[2] dos ojitos en el borde de la sábana[3] ; se alzó[4] de repente la cubierta[5] rubia[6], de rodillas en la cama, le dio toda la luz à la lámpara de velar ; y se echó sobre el juguete que puso a los pies, sobre la muñeca negra. La besó, la abrazó, se la apretó contra el corazón[7]. « Ven[8], pobrecita, ven, que esos malos te dejaron aquí sola ; tú no estás fea, no, aunque no tengas[9] más que una trenza ; la fea[10] es ésa, la que han traído hoy, la de los ojos que no hablan : dime, Leonor, dime, ¿tú pensaste en mí ? mira el ramo que te traje, un ramo de *nomeolvides*, de los más lindos del jardín ; ¡ así, en el pecho ! ¡ ésta es mi muñeca linda ! ¿ y no has llorado ? ¡ te dejaron tan sola ! ¡ no me mires así, porque voy a llorar yo ! ¡ no, tú no tienes frío ! ¡ aquí conmigo[11], en mi almohada, verás cómo te calientas ! ¡ y me quitaron, para que no me hiciera daño[12], el dulce que te traía ! ¡ así, así bien arropadita[13], ¡ a ver, mi beso, antes de dormirme ! ¡ ahora, la lámpara baja ! ¡ y a dormir, abrazadas las dos ! ¡ te quiero, porque no te quieren ! "

---

1. **en cuanto estuvo cerrada la puerta :** *dès que la porte fut fermée* ; syn. tan pronto como, luego que.
2. **relucieron :** de **relucir,** v. irr. : *briller, reluire.*
3. **sábana :** *drap* (de lit) : **sabana :** *savane* (Afrique), *plateau* (Colombie).
4. **se alzó :** de **alzarse :** *se redresser, se relever.*
5. **cubierta :** (ici) *couverture,* syn. **manta, cobija** ; *pont* (navire), *enveloppe* (lettre), p.p. de **cubrir :** *couvrir.*
6. **rubia :** (ici) *garance* ; **pelo rubio :** *cheveux blonds.*
7. **se la apretó contra el corazón :** *elle la serra sur son cœur* ; **apretar,** v. irr. : *serrer.*
8. **ven :** impératif de **venir,** v. irr. : *venir* ; homonyme 3e. pers. plur. prés. indic. de **ver :** *voir.*

La servante alluma la veilleuse, avec son ampoule couleur d'opale. Elle sortit sur la pointe des pieds, fermant la porte avec beaucoup de précaution. Et dès que la porte fut fermée, deux petits yeux brillèrent au bord du drap. Tout à coup la couverture garance se redressa. A genoux, sur le lit, Piedad alluma complètement la veilleuse, et elle se jeta sur la poupée noire, le jouet qu'elle avait mis au pied du lit. Elle l'embrassa, la prit dans ses bras, la serra contre son cœur : « Viens, pauvre petite, viens ! Ces méchants t'ont laissée ici toute seule. Tu n'es pas laide, même si tu n'as qu'une tresse. La laide c'est celle-ci, celle qu'on a apportée aujourd'hui, celle aux yeux qui ne parlent pas. Dis-moi, Leonor, dis-moi, as-tu pensé à moi ? Regarde le bouquet que je t'ai apporté, un bouquet de myosotis, parmi les plus beaux du jardin. Là, comme ça, sur mon cœur ! Tu es ma jolie poupée ! Et tu n'as pas pleuré ? On t'a laissée si seule ! Ne me regarde pas comme ça, parce que je vais pleurer ! Non, tu n'as pas froid ! Ici avec moi, sur mon oreiller, tu vas voir comme tu vas te réchauffer ! Et on m'a enlevé, pour qu'il ne me fasse pas mal, le bonbon que je t'avais apporté ! Comme ça, comme ça, bien couverte ! Voyons, un baiser avant de t'endormir ! Maintenant, baissons la lampe. Et dormons, dans les bras l'une de l'autre. Je t'aime, parce qu'on ne t'aime pas. »

---

9. **aunque no tengas :** *même si tu n'as ;* **aunque** + subj. : *même si,* aunque + indic. : *bien que.*
10. **fea :** *laide ;* **la fealdad :** *la laideur ;* **afear :** *enlaidir.*
11. **conmigo :** *avec moi ;* cf. **contigo :** *avec toi ;* **consigo :** *avec soi-même.*
12. **hiciera daño :** de **hacer daño :** *faire mal.*
13. **arropadita :** dim. du p.p. de **arropar :** *couvrir, border.*

Révisions

Voici quelques phrases en français, inspirées de celles que vous avez rencontrées dans la nouvelle. Traduisez-les en espagnol sans regarder le corrigé, puis vérifiez si elles sont correctes.

1. Je ne trébuche pas parce que je connais le chemin.
2. Quand tu penses à ta fille, tu ris de bon cœur.
3. Comme si c'était la dernière fois.
4. Demain, je vais avoir vingt ans.
5. « Dans la pénombre » est un tango célèbre.
6. La grand-mère lui avait envoyé un coffre plein d'amandes.
7. A force de coudre, le dé est bosselé.
8. Les touches du piano à queue sont blanches.
9. Les oiseaux l'ont réveillé le matin de bonne heure.
10. Les enfants couraient et jouaient un peu partout dans la cour.
11. Il sortit un portrait de sa poche et se mit à le regarder.
12. Il se mit à courir pour lui mettre une fleur dans les cheveux.
13. Je n'aime pas me promener la nuit.
14. Ne m'oublie pas, emmène-moi, je viens avec toi.

1. No me tropiezo porque conozco el camino.
2. Cuando piensas en tu hija, te ríes de buena gana.
3. Como si fuera la última vez.
4. Mañana cumplo veinte años.
5. « A media luz » es un tango famoso.
6. La abuela le había mandado un baúl (cofre, caja) lleno (a) de almendras.
7. De tanto coser, el dedal está machucado.
8. Las teclas del piano de cola son blancas.
9. Los pájaros lo despertaron por la mañana temprano.
10. Los niños andaban corriendo y jugando por el patio.
11. Sacó un retrato del bolsillo y se quedó mirándolo.
12. Se echó a correr para clavarle una flor en el pelo.
13. A mí no me gusta pasear de noche.
14. No me olvides, llévame, me voy contigo.

MANUEL GUTIÉRREZ NÁJERA (1859-1895)

El vago [1]

Le vagabond

Né à Mexico, Gutiérrez Nájera était poète, conteur et journaliste. Ses premières nouvelles ont été publiées en 1883 sous le titre *Cuentos frágiles. Cuentos completos* (1958) rassemble la totalité de ses nouvelles.

Poète, il va du romantisme au modernisme, et lit, dans le texte, Lamartine, Baudelaire et Musset. Son œuvre, musicale et raffinée, a été publiée, après sa mort, dans un livre intitulé *Poesía* (1896). Le critique et penseur mexicain Justo Sierra dit de lui qu'il écrit « des pensées françaises en vers espagnols ».

Journaliste, il écrit surtout des chroniques sous des pseudonymes variés (El Duque Job, Ignotus, Mr. Can-Can, Pomponet, Junius, Fritz, Fru-Fru). Empreintes d'humour, ce sont des descriptions impressionnistes, des notes de voyage à travers le Mexique, des commentaires spirituels, des critiques littéraires.

La liberté formelle, l'imagination poétique et l'atmosphère humoristique sont les caractéristiques de sa prose, brillante, apparemment frivole, mais, en fait, solide témoignage d'une époque.

Muy señora mía [2] :

Hace tiempo [3] que deseaba sostener con usted correspondencia [4]. Por desgracia [5], la pícara modorra [6] que traía embotado [7] mi entendimiento, impidió que pusiera manos a la obra. [8] Los amigos, al ver mi facha desastrada [9], solían decirme [10] :

— Lo que tienes, chico, es pereza. Sacúdete [11] y trabaja ; si no, vas a quedar como las mulas del doctor Vicuña, que, cuando ya iban aprendiendo a no comer, murieron de hambre.

Yo no hacía caso mayor de estas cordiales reprimendas, y viviendo a mis angostas [12], tomaba el sol por las mañanas, aire por la tarde y asiento [13] por la noche. Cierta vez, me enamoré [14] : nadie está libre de romperse una pierna. [15] La chica era de lo más guapa [16], retozona y pizpireta [17] que yo he visto. Calle arriba, calle abajo, me pasaba yo los días de claro en claro [18] y las noches de turbio en turbio [18] rondando por enfrente de su casa. La chica no me ponía tan malos ojos : primero, porque los tenía muy buenos, y después porque solía mirarme en el cupé de algún amigo y presumía por ende [19], que, según las trazas, era yo, cuando menos, un marqués. Dejé de fumar tres meses y tres días ; ahorré los cuartos [20] que antes convertía en humo, y con la suma ahorrada compré a la costurera de la casa.

---

1. **vago** : *vagabond ;* adj. : *vague ;* **vagar** : *errer, vagabonder.*
2. **Muy señora mía** : *Madame* (formule d'en-tête des lettres).
3. **hace tiempo** : *il y a longtemps,* syn. **hace años.**
4. **deseaba sostener con usted correspondencia** : m. à m. : *établir avec vous une correspondance.*
5. **por desgracia** : *par malheur, malheureusement.*
6. **la pícara modorra** : *le coquin d'engourdissement ;* **modorra** : *sommeil, assoupissement ;* **amodorrado** : *assoupi, engourdi.*
7. **que traía embotado** : de **embotar** : *engourdir, émousser.*
8. **impidió que pusiera manos a la obra** : *m'empêcha de mettre la main à la pâte ;* de **impedir** (v. irr.) : *empêcher ;* **pusiera** : de **poner** : *mettre ;* **manos a la obra** : m. à m. : *les mains au travail (à l'œuvre).*
9. **facha desastrada** : *allure négligée (déguenillée).*

74

Madame,

Il y a longtemps que je désirais vous écrire. Par malheur, le coquin d'engourdissement qui maintenait émoussé mon entendement, m'empêcha de mettre la main à la pâte. Mes amis, en voyant mon allure négligée, persistaient à me dire :

« Ce que tu as, mon ami, c'est que tu es paresseux. Secoue-toi et travaille ; sinon, tu vas devenir comme les mules du docteur Vicuña, qui, alors qu'elles étaient sur le point d'apprendre à ne pas manger, moururent de faim. »

Je ne tenais pas un très grand compte de ces cordiales réprimandes, et, vivant chichement, je prenais le soleil le matin, l'air dans l'après-midi, et un siège le soir. Une fois, je suis tombé amoureux : tout le monde peut se casser une jambe. La jeune fille était tout ce qu'il y a de jolie, de folâtre et de guillerette. Montant et descendant la rue, je passais les jours du matin au soir et les nuits du soir au matin à rôder devant sa maison. La jeune fille ne me regardait pas d'un trop mauvais œil : d'abord parce qu'elle avait de très bons yeux, et ensuite parce qu'elle me voyait d'habitude dans le coupé de quelque ami et présumait, par conséquent, que selon les apparences, j'étais, à tout le moins, marquis. Je cessai de fumer pendant trois mois et trois jours ; j'économisai l'argent qu'auparavant je transformais en fumée, et avec la somme épargnée, j'achetai la couturière de la maison.

---

10. **solían decirme :** *me disaient d'habitude ; de* **soler** (v. irr.) : *avoir l'habitude de, être généralement.*
11. **sacúdete :** *de* **sacudirse :** *se secouer.*
12. **y viviendo a mis angostas :** *et vivant étroitement (difficilement) :* a mis anchas : *à l'aise, largement.*
13. **asiento :** *siège* (pour s'asseoir) ; **tomar asiento,** syn. sentarse : *s'asseoir.*
14. **me enamoré :** *de* **enamorarse :** *tomber amoureux, s'éprendre.*
15. **nadie está libre de romperse una pierna :** *tout le monde peut se casser une jambe.*
16. **era de lo más guapa :** *elle était tout ce qu'il y a de jolie ;* **de lo más :** *particulièrement, très.*
17. **retozona y pizpireta :** *folâtre et guillerette.*
18. **de claro en claro... de turbio en turbio :** *du matin au soir... du soir au matin.*
19. **por ende :** *par là, par conséquent.*
20. **cuartos :** (fam.) *sous (argent) :* **ahorrar :** *économiser.*

A los tres billetitos perfumados que escribí a la niña, obtuve una respuesta favorable. La señorita me exigía nada más que me entendiese con sus padres. Mejor hubiera querido entenderme con mi sastre[1]; mas como ya no había remedio alguno[2], hice de tripas corazón[3], pedí prestado un par de guantes, y entré, tarareando una habanera[4], a la casa de mi novia[5]. Ella — ¡ me la comería a besos ! — estaba en el corredor, mordiendo un clavel rojo y leyendo una novela muy moral del señor Pérez Escrich[6]. Verme y correr más colorada que una grana[7], fue obra de un instante.

— ¿ Está visible la señora ?

Una criada conventual me contestó que sí. Después pude advertir que esto era falso. La señora no estaba visible, ni lo ha estado nunca ni lo estará jamás ; porque es de lo más feo que he visto yo en mi vida. Ya una vez en la sala y frente a frente, canté claro[8]. Por de contado[9] que debí desentonarme[10] horriblemente, porque el caso no era para menos. Así me hubiera visto frente a un toro puntal[11], que no habría padecido[12] más tormentos. El corazón me hacía tic, tac, tac, tic, como si estuviera encaramado[13] en el sillón de un sacamuelas[14]. La suegra[15] me veía de arriba abajo, y la seda finísima de su bigote[16] se iba erizando poco a poco como las púas de un puerco espín[17].

---

1. **sastre** : *tailleur* (personne) ; **sastrería** (boutique).

2. **ya no había remedio alguno** : *il n'y avait plus aucune solution (aucun recours)* ; **remedio** : *médicament*.

3. **hice de tripas corazón** : *j'ai fait contre mauvaise fortune bon cœur ;* **hacer** (v. irr.) : *faire ;* **tripas** : *boyaux ;* m. à m. : *j'ai fait du cœur avec mes tripes.*

4. **tarareando una habanera** : *en fredonnant une habanera ;* **tararear** : *fredonner ;* **habanera** : *chanson, originaire de La Havane.*

5. **novia** : *fiancée, « flirt », mariée (le jour des noces).*

6. **Pérez Escrich** : Enrique Pérez Escrich (1829-1897), romancier et dramaturge espagnol (**El cura de aldea**, *le Curé de village*).

7. **más colorada que una grana** : *plus rouge qu'une*

Après trois petits billets parfumés que j'écrivis à la jeune fille, j'obtins une réponse favorable. La jeune fille n'exigeait rien d'autre de moi que de m'entendre avec ses parents. J'aurais préféré m'entendre avec mon tailleur ; mais comme il n'y avait plus aucune solution, je fis contre mauvaise fortune bon cœur, j'empruntai une paire de gants et j'entrai, en fredonnant une *habanera*, dans la maison de ma fiancée. Quant à elle — je l'aurais dévorée de baisers — elle était dans le couloir en train de mordre un œillet rouge et de lire un roman édifiant de monsieur Pérez Escrich. En un instant, elle me vit et partit en courant plus rouge qu'une écrevisse.

« Madame est-elle visible ? »

Une servante à l'aspect monacal me répondit affirmativement. Je pus ensuite m'apercevoir que c'était faux. Madame n'était pas visible, ne l'a jamais été et ne le sera jamais ; parce que c'est ce que j'ai vu de plus laid de ma vie. Une fois dans le salon et face à face, je parlai net. Inutile de dire que je dus chanter horriblement faux, parce qu'il y avait de quoi. En effet, je me serais vu devant un taureau immobile, que je n'aurais pas souffert plus de tourments. Mon cœur faisait tic tac, tac tic, comme si j'étais juché sur le siège d'un arracheur de dents. La belle-mère me regardait de haut en bas, et la fine soie de sa moustache se hérissait peu à peu comme les piquants d'un porc-épic.

écrevisse ; **grana** : *cochenille.*
8. **canté claro** : *j'ai parlé net ;* **cantar claro** : *chanter clair.*
9. **por de contado** : *inutile de dire.*
10. **desentonarme** : *chanter faux, détonner.*
11. **toro puntal** : *un taureau ferme (immobile) comme un pilier.*
12. **no habría padecido** : *je n'aurais pas souffert ;* **padecer** (v. irr.) : *souffrir, pâtir.*
13. **encaramado** : *perché ;* de **encaramarse** : *se percher.*
14. **sacamuelas** (fam.) : *arracheur de dents ; charlatan.*
15. **suegra** : *belle-mère (mère du conjoint).*
16. **bigote (el)** : *la moustache.*
17. **las púas de un puerco espín** : *les piquants d'un porc-épic ;* **alambre de púas** : *fil de fer barbelé.*

— Perfectamente, caballero — dijo — ; yo tomaré los informes necesarios y daré a usted mi respuesta. Si la niña quiere...

— ¡ Pues ya lo creo, señora !

— ¿ De qué vive usted ?

— ¿ Decía usted... ?

— ¿ Cuál es la profesión de usted ?

— Señora, profesión propiamente hablando, yo no tengo. Busco diez pesos [1] diarios.

A los ocho días, volví a la casa en busca de la respuesta deseada.

— Caballero, ¡ es usted un desesperado [2] !

— ¡ Señora !

— ¡ Me ha engañado usted ! [3]

— ¡ Esas tenemos ?... [4]

— ¡ Conque buscaba usted diez pesos diarios ! ¡ Embustero [5] ! No tiene usted oficio ni beneficio [6] : ¡ es usted un vago !

— Perdone usted, señora ; yo he dicho a usted que *buscaba* diez duros [7] diarios ; y eso es tan cierto como que hay un Dios. ¡ Los busco, señora, pero no los hallo !

Mi suegra, como ustedes supondrán [8], me puso de patitas en la calle [9]. La niña estaba, como el primer día, mordiendo un clavel rojo y leyendo una novela moral del señor Pérez Escrich. Al verme salir, confuso y desolado, me sacó la lengua [10].

---

1. **pesos** : *pesos* (monnaie mexicaine) ; **el peso** : *le poids.*
2. **desesperado** : *désespéré, sans espoir, malheureux.*
3. **me ha engañado usted** : *vous m'avez trompée ;* v. **engañar.**
4. **¿ Esas tenemos ?** : *vous dites ? comment ?*
5. **embustero** : *menteur.*
6. **No tiene usted oficio ni beneficio** : *vous n'avez rien du tout ;* **oficio** : *métier ;* **beneficio** : *charge, source de revenu, bénéfice.*
7. **duros** : (pesos) **duros** (ici) syn. de **pesos** ; en Espagne : cinq pesetas.

« Parfaitement, monsieur, dit-elle, je prendrai les renseignements nécessaires et je vous donnerai ma réponse. Si la petite veut...

— Mais bien sûr, Madame !

— De quoi vivez-vous ?

— Vous disiez ?

— Quelle est votre profession ?

— Madame, je n'ai pas de profession, à proprement parler. Je suis à la recherche de dix pesos par jour. »

Au bout de huit jours, je revins à la maison chercher la réponse souhaitée :

« Monsieur, vous êtes un malheureux !

— Madame !

— Vous m'avez trompée !

— Comment dites-vous ?

— Vous aviez dix pesos par jour, disiez-vous ! Menteur ! Vous n'avez rien du tout : vous êtes un vagabond !

— Pardonnez-moi, madame ; je vous ai dit que je *cherchais* dix pesos par jour ; et ceci est aussi vrai que l'existence de Dieu. Je les cherche, madame, mais je ne les trouve pas ! »

Ma belle-mère, comme vous devez l'imaginer, me mit à la porte. La jeune fille était en train, comme le premier jour, de mordre un œillet rouge et de lire un roman édifiant de monsieur Pérez Escrich. En me voyant partir confus et malheureux, elle me tira la langue.

---

8. **supondrán** : de **suponer** : *supposer.*
9. **me puso de patitas en la calle** : *elle me mit à la porte ;* v. irr. **poner** ; **patitas** : dim. de **patas** : *pattes* ; **calle** : *rue.*
10. **me sacó la lengua** : *elle me tira la langue.*

Puedo asegurar a usted, señora abuela, que tiene la más preciosa lengua que yo he visto ; ¡ una lengua de marta cebellina [1] o de conejo ! [2]

El primer día, tuve tentaciones de hacer versos. Venturosamente [3], la reflexión madura [4] llegó a tiempo y me convencí de que no era tan grande mi desgracia. En efecto, si nos hubiéramos casado, es muy probable que en un tierno coloquio de amor y hambre, entre beso y beso, me hubiera arrancado [5] medio carrillo [6] de un mordisco [7]. A buen hambre no hay pan duro [8].

Digo todo esto con la mano en la conciencia y sin que nada se me quede en el estómago. La prueba es que compré un lorito [9] de Canarias, para ver si podía mantenerlo [10] e irme acostumbrando a los gastos del matrimonio, y a los cuatro días el lorito murió de hambre. Conque ahí verán ustedes...

Viendo, pues, lo desastrado de mi situación, resolví [11] solicitar un empleíllo [12], aunque éste fuese de contador general de pulgas [13] en cualquier teatro. Los empresarios son hombres de malas pulgas [14] y me dieron con la puerta... en los delgados labios [15].

Ya me estaba poniendo malucho [16] y pensaba muy seriamente en comerme medio brazo, cuando recibí el nombramiento de enterrador [17] segundo en una conocida compañía ferrocarrilera. Gano poco ; dieciocho duros cada mes, con más los gajes [18], que andan abundantes.

---

1. **marta cebellina** : *marte zibeline.*
2. **conejo** : *lapin* : **conejera** : *garenne, clapier.*
3. **venturosamente** : *heureusement ;* **la ventura** : *le bonheur, le hasard ;* **por ventura** : *par hasard.*
4. **madura** : *mûre ;* **la madurez** : *la maturité.*
5. **me hubiera arrancado** : *elle m'aurait arraché ;* subj. impf. à la place du conditionnel (**habría**) employé souvent lorsque la condition ne s'est pas réalisée.
6. **medio carrillo** : *une demi-joue ;* syn. **mejilla.**
7. **mordisco** : *coup de dents, morsure.*
8. **A buen hambre no hay pan duro** (locution) : *la faim n'a pas de goût ;* m. à m. : *à grande faim pas de pain dur.*
9. **lorito** : dim. de **loro** : *perroquet ;* syn. **papagayo.**
10. **mantenerlo** : *l'entretenir ;* v. irr. : *garder, maintenir.*

Je peux vous assurer, grand-mère, qu'elle a la langue la plus jolie que j'ai vue ; une langue de martre zibeline ou de lapin !

Le premier jour, je fus tenté de faire des vers. Heureusement ma réflexion mûrit à temps et je me persuadai que mon malheur n'était pas si grand. En effet, si nous nous étions mariés, il est très probable que dans un tendre colloque d'amour et de faim, entre deux baisers, elle m'aurait arraché une demi-joue d'un coup de dents : à qui a faim, tout est pain.

Je dis tout cela la main sur la conscience et sans qu'il ne me reste rien sur l'estomac. La preuve en est que j'achetai un perroquet des Canaries pour voir si je pouvais l'entretenir et m'habituer aux dépenses du ménage, et, au bout de quatre jours, le perroquet mourut de faim. Vous voyez bien...

En voyant donc combien ma situation était désastreuse, je résolus de solliciter un petit emploi, même si celui-ci était un emploi de compteur général de puces dans n'importe quel théâtre. Les directeurs de théâtre sont de mauvais coucheurs et claquèrent leur porte sur mes lèvres minces.

Je commençais à me sentir mal et je pensais très sérieusement à manger la moitié de mon bras, lorsque je reçus la nomination de second fossoyeur dans une célèbre compagnie de chemins de fer. Je gagne peu ; dix-huit pesos par mois, les profits supplémentaires qui s'avèrent abondants en sus.

---

11. **resolví** : de **resolver** (v. irr.) : *décider, résoudre.*

12. **empleíllo** : dim. de **empleo** : *emploi* ; **desempleo** : *chômage.*

13. **contador general de pulgas** : *compteur* (personne) *général de puces* ; **contador** : *comptable* ; *compteur* (objet).

14. **hombres de malas pulgas** (loc.) : *mauvais coucheurs.*

15. **me dieron con la puerta... en los delgados labios** : *me claquèrent la porte... aux lèvres minces* (à la place de **narices** : *nez*) ; **delgado** : *fin, mince.*

16. **Ya me estaba poniendo malucho** : *je commençais à me sentir mal* ; **malucho** : dim. de **malo** : *malade.*

17. **enterrador** : *fossoyeur* ; **enterrar** : *enterrer.*

18. **gajes** : (ici) : *profits supplémentaires* ; *gages.*

Tengo por ejemplo, el usufructo de la ropa que llevaban los difuntos el día del descarrilamiento[1]. Con esto, reúno cien o doscientos trajes cada mes, y estoy tan elegante, que da gusto verme.

Pero resulta de todo esto, que apenas me alcanza el día[2] para dar sepultura a los difuntos, y como el pan con el sudor de mi rostro. En tal virtud, y no encontrando otro camino, he resuelto, señora abuela, sostener con usted una correspondencia semanaria. La verdad es que yo tengo muchas cosas que decirle a usted. Cada vez que ensarto[3] una de mis historias y novelerías, oigo que dicen :

— ¡ Cuéntaselo a tu abuela[4] !

Me parece descortesía el seguir desoyendo estas indicaciones, y voy, pues, a contarle muchas cosas, que, si a usted no le hacen gracia[5], a mí me importan un comino[6]. ¡ Al avío, pues ![7] Conque, decíamos que...

---

1. **descarrilamiento** : *déraillement ;* **descarrilar** : *dérailler.*
2. **apenas me alcanza el día** : *la journée me suffit à peine.*
3. **ensarto** : de **ensartar** : (ici) *débiter ;* enfiler.
4. **cuéntaselo a tu abuela** (loc.) : *à d'autres ;* m. à m. : *raconte-le à ta grand-mère ;* de **contar** (v. irr.).
5. **no le hacen gracia** : *ne vous amusent pas.*
6. **me importan un comino** : *je m'en moque totalement ;* **comino** : *cumin.*
7. **¡ al avío, pues !** : *à l'œuvre, donc ;* **avío** : *provisions.*

J'ai par exemple l'usufruit des vêtements que portaient les défunts le jour du déraillement. Avec cela, je rassemble cent ou deux cents costumes chaque mois, et je suis si élégant que je fais plaisir à voir.

Mais il résulte de tout cela que la journée me suffit à peine pour donner une sépulture aux défunts, et je mange mon pain à la sueur de mon front. C'est pourquoi, et ne trouvant pas d'autre solution, j'ai décidé, grand-mère, d'échanger avec vous une correspondance hebdomadaire. La vérité est que j'ai beaucoup de choses à vous dire. Chaque fois que je débite une de mes histoires ou un de mes contes, j'entends dire :

« Raconte-le à ta grand-mère ! »

Cela me paraît discourtois de continuer à désobéir à ces indications, et je vais donc vous raconter beaucoup de choses, qui, si elles ne vous amusent pas, me sont absolument indifférentes. À l'œuvre par conséquent ! Nous disions donc que...

Révisions

Voici quelques phrases en français, inspirées de celles que vous avez rencontrées dans la nouvelle. Traduisez-les en espagnol sans regarder le corrigé, puis vérifiez si elles sont correctes.

1. Il y a longtemps que l'assoupissement m'empêchait de travailler.
2. Ce que tu as, mon garçon, c'est de la paresse.
3. Quand ils avaient appris à ne plus manger, ils sont morts de faim.
4. Il prend le soleil le matin, l'air l'après-midi et un siège le soir.
5. En voyant le taureau, il fit contre mauvaise fortune bon cœur.
6. Une bonne d'aspect monacal vint lui ouvrir.
7. Une fois dans le salon, il se mit à chanter.
8. Je crois bien que je l'aime, madame.
9. A proprement parler, je n'ai pas de métier.
10. Pardon, monsieur, je cherche une rue mais je ne la trouve pas.
11. Elle avait un œillet rouge entre les dents et lisait un roman édifiant.
12. S'ils s'étaient mariés, ils n'auraient pas été heureux.

1. Hace mucho tiempo que la modorra me impedía trabajar.
2. Lo que tienes, chico, es pereza.
3. Cuando aprendieron a ya no comer, se murieron de hambre.
4. Toma el sol por la mañana, el aire por la tarde y un asiento por la noche.
5. Al ver el toro hizo de tripas corazón.
6. Una criada conventual vino a abrirle.
7. Una vez en la sala, se puso a cantar.
8. Me parece que la quiero, señora.
9. Propiamente hablando, no tengo oficio.
10. Perdone, señor, busco una calle pero no la hallo.
11. Iba mordiendo un clavel rojo y leyendo una novela moralizante.
12. Si se hubieran casado, no hubieran sido felices.

RUBÉN DARÍO (1867-1916)

El velo [1] de la reina Mab [2]

Le voile de la reine Mab

Rubén Darío est le pseudonyme de Félix Rubén García Sarmiento. Il est né au Nicaragua, à Metapa (León), le 18 janvier 1867. Élève des jésuites, il écrit des poèmes dès l'enfance. Très vite, il publie des articles dans les journaux locaux. Employé à la Bibliothèque nationale, il peut lire de nombreux auteurs espagnols (Lope de Vega, Fray Luis de León, Quevedo, Góngora, Espronceda, Zorrilla, Bécquer). En 1882, au cours d'un séjour dans la République d'El Salvador, il découvre Victor Hugo et l'alexandrin. Grand voyageur (Chili, Espagne, France, Argentine, notamment), il va renouveler la poésie en langue espagnole. La publication de son œuvre *Azul,* en 1888, est considérée comme le début du modernisme, mouvement littéraire d'une très grande portée en Amérique hispanique et en Espagne. *Prosas profanas* (1896), *Cantos de vida y esperanza* (1905) font évoluer ses thèmes poétiques de l'Ancien Monde vers le Nouveau.

La prose de Darío est proche de sa poésie dans ses nombreuses nouvelles, rassemblées en 1950 sous le titre *Cuentos completos*. Il a publié également des portraits d'écrivains et de personnalités de son temps dans *Los Raros* et *Cabezas*.

Poésie et prose sont, chez Darío, musicales et légères. Soixante-dix ans après sa mort, le poète de tout un continent est sans cesse relu et réédité.

La reina Mab, en su carro[3] hecho de una sola perla, tirado por cuatro coleópteros de petos[4] dorados y alas de pedrería[5], caminando sobre un rayo de sol se coló[6] por la ventana de una buhardilla[7] donde estaban cuatro hombres flacos[8], barbudos e impertinentes, lamentándose como unos desdichados[9].

Por aquel tiempo, las hadas[10] habían repartido[11] sus dones a los mortales. A unos habían dado las varitas[12] misteriosas que llenan de oro las pesadas cajas del comercio ; a otros unas espigas[13] maravillosas que al desgranarlas[14] colmaban[15] las trojes[16] de riqueza ; a otros unos cristales que hacían ver en el riñón de la madre tierra[17] oro y piedras preciosas ; a quiénes, cabelleras espesas y músculos de Goliat, y mazas enormes para machacar el hierro encendido ; y a quiénes, talones fuertes y piernas ágiles para montar en las rápidas caballerías que se beben el viento y que tienden las crines en la carretera.

Los cuatro hombres se quejaban[18]. Al uno le había tocado en suerte[19] una cantera[20], al otro el iris[21], al otro el ritmo, al otro el cielo azul.

La reina Mab oyó sus palabras. Decía el primero :
— ¡ Y bien ! Heme aquí[22] en la gran lucha de mis sueños de mármol ! Yo he arrancado el bloque y tengo el cincel[23]. Todos tenéis, unos el oro, otros la armonía, otros la luz ; yo pienso en la blanca y divina Venus, que muestra su desnudez bajo el plafón color del cielo ! Yo quiero dar a la masa la línea y la hermosura plástica ; y que circule por las venas de la estatua una sangre incolora como la de los dioses.

---

1. **velo** : *voile (le)* ; **la vela** : *la voile*.
2. **la reina Mab** : reine des fées du théâtre anglais. Cf. Roméo et Juliette de Shakespeare.
3. **carro** : (ici) *char* ; (actuellement) : *voiture*, syn. **coche**.
4. **petos** : *plastrons*.
5. **pedrería** : *pierrerie* ; **la piedra** : *la pierre*.
6. **se coló** : de **colarse** : *se glisser, entrer discrètement*.
7. **buhardilla** : *mansarde*.
8. **flacos** : *maigres*.
9. **desdichados** : *malheureux* ; **la desdicha** : *le malheur*.
10. **las hadas** : *les fées*.
11. **habían repartido** : de **repartir** : *partager, distribuer*.
12. **varitas** : *baguettes* ; dim. de **vara** : *perche, gaule, aune*.

La reine Mab, dans son char fait d'une seule perle, tiré par quatre coléoptères aux plastrons dorés et aux ailes de pierrerie, chevauchant un rayon de soleil, se glissa par la fenêtre d'une mansarde où se trouvaient quatre hommes maigres, barbus et impertinents, en train de se lamenter comme de pauvres malheureux.

Pendant ce temps-là, les fées avaient partagé leurs dons entre les mortels. Aux uns, elles avaient donné les baguettes mystérieuses qui remplissent d'or les lourdes caisses du commerce, à d'autres des épis merveilleux qui, lorsqu'on les égrenait, comblaient les greniers de richesses, à d'autres des verres qui faisaient voir, dans les entrailles de la terre nourricière, de l'or et des pierres précieuses ; à d'aucuns d'épaisses chevelures et des muscles de Goliath et d'énormes massues pour marteler le fer rouge ; et à d'autres des talons forts et des jambes agiles pour chevaucher les rapides montures qui s'abreuvent du vent qui fait flotter leurs crinières sur la route.

Les quatre hommes se plaignaient. L'un avait reçu en partage une pierre de taille, l'autre un arc-en-ciel, l'autre le rythme, l'autre le ciel bleu.

La reine Mab entendait leurs paroles. Le premier disait : « Eh bien, me voici plongé dans la grande lutte de mes songes en marbre ! J'ai arraché le bloc et je tiens le ciseau. Vous avez tous, les uns l'or, d'autres l'harmonie, d'autres la lumière ; moi, je pense à la blanche et divine Vénus, qui dévoile sa nudité sous le plafond couleur du ciel. Je veux donner à la masse la ligne et la beauté plastique ; et je veux que circule dans les veines de la statue un sang incolore comme celui des dieux.

---

13. **espigas** : *épis.*
14. **al desgranarlas** : *en les égrenant ;* de **desgranar.**
15. **colmaban** : de **colmar** : *remplir, combler.*
16. **trojes** : *les greniers* (**troj** ou **troje**), syn. **granero.**
17. **en el riñón de la madre tierra** : *au fond de la terre nourricière ;* m. à m. : *dans le rein de la mère terre.*
18. **se quejaban** : de **quejarse** : *se plaindre.*
19. **al uno le había tocado en suerte** : *l'un avait reçu en partage ;* **tocarle** (**a uno**) : *échoir à qqn.*
20. **cantera** : (ici) *pierre de taille ; carrière (de pierre).*
21. **iris** : (ici) *arc-en-ciel* (**arco iris**).
22. **heme aquí** : *me voici,* syn. **aquí estoy.**
23. **cincel** : *ciseau (de sculpteur) ;* **cincelar** : *ciseler.*

Yo tengo el espíritu de Grecia[1] en el cerebro[2], y amo los desnudos en que la ninfa huye y el fauno tiende los brazos. ¡ Oh, Fidias[3] ! Tú eres para mí soberbio[4] y augusto como un semidiós, en el recinto[5] de la eterna belleza, rey ante un ejército de hermosuras[6] que a tus ojos arrojan[7] el magnífico Kiton[8], mostrando la esplendidez de la forma en sus cuerpos de rosa y de nieve.

Tú golpeas, hieres y domas el mármol[9], y suena[10] el golpe armónico como un verso, y te adula la cigarra[11] amante del sol oculta entre los pámpanos[12] de la viña virgen. Para ti son los Apolos rubios y luminosos, las Minervas severas y soberanas. Tú, como un mago[13], conviertes la roca en simulacro[14] y el colmillo[15] del elefante en copa de festín. Y al ver tu grandeza siento el martirio de mi pequeñez. Porque pasaron los tiempos gloriosos. Porque tiemblo[16] ante las miradas de hoy. Porque contemplo el ideal inmenso y las fuerzas exhaustas[17]. Porque a medida que cincelo el bloque me ataraza[18] el desaliento[19].

Y decía el otro :

— Lo que es hoy romperé mis pinceles. ¿ Para qué quiero el iris[20] y esta gran pelea de campo florido, si a la postre[21] mi cuadro no será admitido en el salón ? ¿ Qué abordaré ? He recorrido todas la escuelas, todas las inspiraciones artísticas. He pintado el torso de Diana y el rostro de la Madona.

---

1. **Grecia :** *la Grèce* ; les noms de pays, de régions, n'ont pas d'article sauf s'ils sont déterminés (adj. compl. de nom) : la Grecia antigua : *la Grèce antique ; grec : griego.*
2. **cerebro :** *cerveau ;* cerebral : *cérébral.*
3. **Fidias :** *Phidias,* sculpteur grec (Vᵉ siècle av. J.-C.).
4. **soberbio :** *superbe, fier, orgueilleux ;* la **soberbia :** *l'orgueil ;* el orgullo : *la fierté.*
5. **recinto :** *enceinte* (partie d'un château à l'intérieur des murailles : **murallas**) ; (ici) : *champ, domaine.*
6. **hermosuras :** *beautés, belles femmes ;* hermoso : *beau.*
7. **arrojan :** de **arrojar :** (ici) *rejeter ; jeter, lancer.*
8. **Kiton :** *chiton* (mot grec) : vêtement long et moelleux.
9. **golpeas, hieres y domas el mármol :** *tu frappes, blesses et domptes le marbre ;* de **golpear, herir** (v. irr.), **domar.**
10. **suena :** de **sonar** (v. irr.) : *résonner ;* el sonido : *le son.*

» Mon cerveau est imprégné de l'esprit de la Grèce, et j'aime les nus où la nymphe s'enfuit et où le faune tend les bras. Oh ! Phidias. Pour moi, tu es orgueilleux et auguste comme un demi-dieu, dans l'enceinte de la beauté éternelle, roi devant une armée de beautés féminines qui jettent sous tes yeux leur magnifique tunique dévoilant la splendeur de la forme de leur corps de rose et de neige.

» Toi, tu frappes, blesses et domptes le marbre, et le coup harmonieux résonne comme un vers, et la cigale te flatte, amoureuse du soleil, cachée au milieu des pampres et de la vigne vierge. Ils sont pour toi les Apollons blonds et lumineux, et elles sont pour toi les Minerves sévères et altières. Toi, comme un mage, tu transformes la roche en statue et la défense d'éléphant en coupe de festin. Et en voyant ta grandeur, je souffre le martyre de ma petitesse. Parce que les époques glorieuses sont passées. Parce que je tremble devant les regards d'aujourd'hui. Parce que je contemple l'idéal immense et les forces épuisées. Parce que, à mesure que je cisèle le bloc, le découragement me dévore. »

Et l'autre disait :

« Aujourd'hui, je vais briser mes pinceaux. A quoi bon l'arc-en-ciel et cet immense combat de champ fleuri, si finalement mon tableau ne doit pas être admis au salon ? Que vais-je entreprendre ? J'ai pratiqué toutes les écoles, toutes les inspirations artistiques. J'ai peint le torse de Diane et le visage de la Madone.

---

11. **te adula la cigarra :** *la cigale te flatte* ; de **adular.**
12. **pámpanos :** *pampres.*
13. **mago :** *mage* ; **mágico :** *magique* ; **la magia :** *la magie.*
14. **conviertes la roca en simulacro :** *tu transformes la roche en statue* ; **convertir** (v. irr.) ; **simulacro :** *image, statue, simulacre, semblant ;* **roca :** *roche, rocher.*
15. **colmillo :** (ici) *défense (d'éléphant)* ; *croc, canine.*
16. **tiemblo :** de **temblar,** (v. irr.) : *trembler.*
17. **exhaustas :** *épuisées ;* **exhaustivo :** *exhaustif.*
18. **ataraza :** de **atarazar :** *mordre, déchirer avec les dents.*
19. **desaliento : découragement ;** desalentar : *décourager.*
20. **¿ para qué quiero el iris... ? :** *à quoi bon l'arc-en-ciel ?* **para qué :** *pourquoi* (avec idée de but).
21. **a la postre :** *finalement, au bout du compte.*

He pedido a las campiñas sus colores, sus matices ; he adulado a la luz como a una amada, y la he abrazado como a una querida [1]. He sido adorador del desnudo, con sus magnificencias, con los tonos de sus carnaciones y con sus fugaces medias tintas. He trazado en mis lienzos [2] los nimbos [3] de los santos y las alas de los querubines [4]. ¡ Ah, pero siempre el terrible desencanto [5] !, ¡ el porvenir [6] ¡ Vender una Cleopatra en dos pesetas para poder almorzar [7] !

¡ Y yo que podría [8], en el estremecimiento [9] de mi inspiración, trazar el gran cuadro que tengo aquí adentro !

Y decía el otro :

— Perdida mi alma en la gran ilusión de mis sinfonías, temo [10] todas las decepciones. Yo escucho todas las armonías, desde [11] la lira de Terpandro [12] hasta [11] las fantasías orquestales de Wagner. Mis ideales brillan en medio de mis audacias de inspirado. Yo tengo la percepción del filósofo que oyó la música de los astros. Todos los ruidos pueden aprisionarse [13], todos los ecos son susceptibles de combinaciones. Todo cabe en la línea de mis escalas cromáticas [14].

La luz vibrante es himno, y la melodía de la selva [15] halla un eco en mi corazón. Desde el ruido de la tempestad hasta el canto del pájaro, todo se confunde y enlaza [16] en la infinita cadencia.

---

1. **querida** : (ici) *maîtresse*, syn. amante.
2. **lienzos** : *toiles* (peinture) ; syn. telas, cuadros.
3. **nimbos** : *nimbes, auréoles.*
4. **querubines** : *chérubins*, syn. querubes.
5. **desencanto** : *désillusion, désenchantement ;* **encanto** : *charme, enchantement ;* **encantar** : *charmer, enchanter.*
6. **porvenir** : *avenir*, syn. futuro.
7. **almorzar** (v. irr.) : *déjeuner ;* el almuerzo : *le déjeuner.*
8. **podría** : de **poder** (v. irr.) : *pouvoir.*
9. **estremecimiento** : *frisson, tremblement ;* **estremecerse** : *frissonner.*
10. **temo** : de **temer** : *craindre ;* el temor : *la crainte.*
11. **desde... hasta** : *depuis (de)... jusqu'à (à).*
12. **Terpandro** : *Terpandre* : poète et musicien grec (VIIe siècle av. J.-C.).
13. **pueden aprisionarse** : *peuvent être emprisonnés ;* le passif est souvent rendu par une forme pronominale.

J'ai emprunté aux campagnes leurs couleurs, leurs nuances ; j'ai flatté la lumière comme une bien-aimée, et je l'ai prise dans mes bras comme une maîtresse. J'ai été adorateur du nu, avec ses magnificences, les tons de ses carnations et ses demi-teintes fugaces.

» J'ai tracé sur mes toiles les auréoles des saints et les ailes des chérubins. Ah ! mais toujours la terrible désillusion. L'avenir ! Vendre une Cléopâtre pour deux pesetas afin de pouvoir déjeuner. Alors que moi — dans le frisson de mon inspiration —, je pourrais tracer le grand tableau que je porte au fond de moi ! »

Et l'autre parlait ainsi :

« Maintenant que mon âme est abîmée dans le grand rêve de mes symphonies, je crains toutes les déceptions. J'écoute toutes les harmonies, depuis la lyre de Terpandre jusqu'aux fantaisies orchestrales de Wagner. Mes idéaux brillent au milieu des audaces de mon inspiration. Je possède la perception du philosophe qui a entendu la musique des astres. Tous les bruits peuvent être emprisonnés, tous les échos sont susceptibles de combinaisons. Tout est contenu dans la ligne de mes gammes chromatiques.

» La lumière vibrante se fait hymne, et la mélodie de la forêt trouve un écho dans mon cœur. Depuis le fracas de l'orage jusqu'au chant de l'oiseau, tout est confondu et entrelacé dans le rythme infini.

---

14. **escalas cromáticas :** *gammes chromatiques ;* **escala :** *échelle, escale.*
15. **selva :** *forêt ;* **selvático :** *de la forêt.*
16. **enlaza :** de **enlazar :** (ici) *relier, unir ; prendre au lasso.*

Entretanto[1], no diviso sino la muchedumbre[2] que befa[3], y la celda del manicomio[4].

Y el último :

— Todos bebemos del agua clara de la fuente de Jonia[5]. Pero el ideal flota en el azul ; y para que los espíritus gocen de la luz suprema es preciso que asciendan. Yo tengo el verso que es de miel y el que es oro, y el que es de hierro candente[6]. Yo soy el ánfora del celeste perfume : tengo el amor. Paloma, estrella, nido, lirio[7], vosotros conocéis mi morada[8]. Para los vuelos[9] inconmensurables tengo alas de águila que parten[10] a golpes mágicos el huracán[11]. Y para hallar[12] consonantes[13], los busco en dos bocas que se juntan[14], y estalla[15] el beso, y escribo la estrofa, y entonces, si veis mi alma, conoceréis a mi musa. Amo a las epopeyas porque de ellas brota el soplo[16] heroico que agita las banderas que ondean[17] sobre las lanzas y los penachos que tiemblan sobre los cascos[18], los cantos líricos, porque hablan de las diosas y de los amores ; y las églogas[19], porque son olorosas a verbena y a tomillo[20], y al santo aliento[21] del buey[22] coronado de rosas. Yo escribiría algo inmortal ; mas me abruma[23] un porvenir de miseria y de hambre.

---

1. **entretanto** : *entre-temps, pendant ce temps.*
2. **no diviso sino la muchedumbre** : *je n'aperçois que la foule ;* **no... sino** : *ne... que,* syn. **sólo** ; **divisar** : *apercevoir, deviner,* syn. **columbrar, distinguir.**
3. **befa** : de **befar** : (ici) *se moquer, railler.*
4. **la celda del manicomio** : *la cellule de l'asile* (aliénés).
5. **la fuente de Jonia** : *la source d'Ionie* : région de la côte centrale d'Asie Mineure, berceau de la poésie homérique.
6. **hierro candente** : *fer brûlant, porté au rouge.*
7. **lirio** : *iris* (fleur) ; **lirio blanco** : *lys,* syn. **azucena.**
8. **morada** : *demeure ;* **morar** : *demeurer ;* **demorar** : *retarder.*
9. **vuelos** : *vols* (oiseaux, avions) ; **volar** (v. irr) : *voler ;* **robar** : *voler (dérober) ;* **el robo** : *le vol.*
10. **parten** : de **partir** : *partager, diviser, casser, couper.*
11. **huracán** : *ouragan.*
12. **hallar** : *trouver,* syn. **encontrar** (v. irr.) ; **el hallazgo** : *la trouvaille.*

» Et pendant ce temps, je n'aperçois rien d'autre que la foule railleuse, et la cellule de l'asile. »

Et le dernier :

« Nous nous abreuvons tous de l'eau claire de la source d'Ionie. Mais l'idéal flotte dans l'azur ; et pour que les esprits jouissent de la lumière suprême, il faut qu'ils s'élèvent. Moi, je possède le vers fait de miel, et le vers en or, et le vers en fer rouge. Je suis l'amphore du parfum céleste : je possède l'amour. Colombe, étoile, nid, iris, vous connaissez ma demeure.

» Pour les vols incommensurables, je possède des ailes d'aigle qui fendent l'ouragan de leurs coups magiques. Et pour trouver des rimes, je les cherche dans les bouches qui se joignent. Le baiser éclate, j'écris la strophe, et alors, si vous voyez mon âme, vous connaîtrez ma muse. J'aime les épopées parce que c'est d'elles que jaillit le souffle héroïque qui agite les bannières qui flottent au bout des lances et les panaches qui frémissent sur les casques ; les chants lyriques, parce qu'ils parlent des déesses et des amours ; et les églogues parce qu'elles fleurent bon la verveine et le thym, et le souffle sanctifié du bœuf couronné de roses. Je pourrais écrire quelque chose d'immortel ; las ! un avenir fait de misère et de faim m'accable. »

---

13. **consonantes (los)** : (ici) *vers* ; m. à m. : *qui produisent une consonance (rime)* ; *las* **consonantes** : *les consonnes.*
14. **se juntan** : de **juntarse** : *se joindre, s'unir.*
15. **estalla** : de **estallar** : *éclater, retentir.*
16. **brota el soplo** : *jaillit le souffle* ; v. **brotar.**
17. **ondean** : de **ondear** : *ondoyer, flotter.*
18. **cascos** : (ici) *casques ; sabots* (chevaux) ; *coque* (navire) ; *bouteille vide.*
19. **églogas** : *églogues* (poèmes champêtres).
20. **porque son olorosas a verbena y a tomillo** : *car elles fleurent (sentent) bon la verveine et le thym* ; **oloroso** : *parfumé* ; **el olor** : *l'odeur, le parfum* ; **oler** (v. irr.) : *sentir* (nez).
21. **aliento** : *haleine, souffle.*
22. **buey** : *bœuf ; viande de bœuf* : **carne de vaca, de res.**
23. **abruma** : de **abrumar** : *accabler, ennuyer* ; syn. **agobiar.**

Entonces la reina Mab, del fondo de su carro hecho de una sola perla, tomó un velo azul, casi impalpable, como formado de suspiros [1], o de miradas de ángeles rubios y pensativos. Y aquel velo era el velo de los sueños, de los dulces sueños, que hacen ver la vida del color de rosa. Y con él envolvió [2] a los cuatro hombres flacos, barbudos e impertinentes. Los cuales cesaron de estar tristes, porque penetró en su pecho la esperanza, y en su cabeza el sol alegre, con el diablillo [3] de la vanidad, que consuela [4] en sus profundas decepciones a los pobres artistas.

Y desde entonces, en las buhardillas de los brillantes infelices [5], donde flota el sueño azul, se piensa en el porvenir como en la aurora, y se oyen risas que quitan la tristeza, y se bailan extrañas farándulas [6] alrededor de un blanco Apolo, de un lindo paisaje, de un violín viejo, de un amarillento manuscrito.

---

1. **suspiros** : *soupirs ;* suspirar : *soupirer.*
2. **envolvió** : de **envolver** : *envelopper, entourer.* v. irr.
3. **diablillo** : dim. de **diablo** : *petit diable.*
4. **consuela** : de **consolar** (v. irr.) : *consoler ;* el consuelo : *la consolation.*
5. **infelices** : *malheureux,* syn. **desgraciados.**
6. **farándulas** : *farandoles.*

Alors la reine Mab, du fond de son char fait d'une seule perle, prit un voile bleu, presque impalpable, qui semblait fait de soupirs, ou de regards d'anges blonds et rêveurs. Et ce voile était le voile des rêves, des doux rêves, qui font voir la vie en rose. Et de son voile, elle enveloppa les quatre hommes maigres, barbus et impertinents. Ceux-ci cessèrent d'être tristes, parce que l'espoir s'empara de leur cœur, et le soleil joyeux de leur tête, avec le diablotin de la vanité, qui console les pauvres artistes de leurs profondes déceptions.

Et depuis lors, dans les mansardes des génies malheureux, où flotte le rêve bleu, on pense à l'avenir comme à l'aurore, et l'on entend les rires qui ôtent la tristesse, et l'on danse d'étranges farandoles autour d'un Apollon blanc, d'un joli paysage, d'un vieux violon, d'un manuscrit jauni.

Révisions

Voici quelques phrases en français, inspirées de celles que vous avez rencontrées dans la nouvelle. Traduisez-les en espagnol sans regarder le corrigé, puis vérifiez si elles sont correctes.

1. Il s'est glissé discrètement dans le cinéma.
2. Les hommes maigres se lamentaient comme des malheureux.
3. Il avait partagé l'or et les pierres précieuses.
4. Me voici dans l'harmonie et dans la lumière.
5. Les cigales sont cachées dans la vigne.
6. Il tremblait en pensant à Phidias, l'artiste grec.
7. Je vais casser mes pinceaux et ne rien peindre.
8. A quoi bon tout cela, si je ne deviens pas célèbre ?
9. J'ai là cinq cents pesetas pour pouvoir déjeuner.
10. J'écoute les bruits de la forêt et ceux de la musique.
11. Le chant de l'oiseau et l'écho se confondent.
12. Il but l'eau claire de la source avec beaucoup de joie.
13. Un avenir de faim et de misère l'attendait.
14. L'espoir et la vanité consolent les artistes de leurs déceptions.

1. Se coló en el cine.
2. Los hombres flacos se lamentaban como desdichados.
3. Había repartido el oro y las piedras preciosas.
4. Heme aquí (aquí estoy) en la armonía y en la luz.
5. Están ocultas (escondidas) las cigarras en la viña.
6. Temblaba al pensar en Fidias, el artista griego.
7. Voy a romper mis pinceles y no pintar nada.
8. ¿ Para qué todo eso si no me hago célebre (famoso) ?
9. Aquí tengo quinientas pesetas para poder almorzar.
10. Escucho los ruidos de la selva y los de la música.
11. Se confunden el canto del pájaro (ave) y el eco.
12. Con mucha alegría bebió el agua clara de la fuente.
13. Lo esperaba un porvenir de hambre y de miseria.
14. La esperanza y la vanidad consuelan a los artistas de sus decepciones (desilusiones).

RÓMULO GALLEGOS (1884-1969)

El cuarto [1] de enfrente.

La chambre d'en face.

Le romancier vénézuélien Rómulo Gallegos est né à Caracas, où il a fait ses études primaires et secondaires, puis un an de droit (1905). Après avoir été chef de gare, comptable dans un domaine, professeur et fonctionnaire, il est directeur du Liceo Caracas (aujourd'hui Andrés Bello) de 1922 à 1928. Il voyage en Europe en 1926 et en 1928. Lorsque *Doña Bárbara*, son roman le plus célèbre, est publié à Barcelone (1929), Gallegos est déjà l'auteur de nombreuses nouvelles (dont celle que nous publions et qui date de 1919) et de deux romans, *Reinaldo Solar* (1920) et *La Trepadora* (La plante grimpante, 1925). Il vit à New York et en Espagne jusqu'à la mort du dictateur Juan Vicente Gomez (1936). C'est l'époque des romans *Cantaclaro* (1934) et *Canaima* (1935).

De retour au Venezuela, Gallegos devient ministre de l'Éducation. Il publie les romans : *Pobre negro* (1937), *El Forastero* (l'Étranger, 1942), *Sobre la misma tierra* (Sur la terre même, 1943). Après l'accession de son parti — Acción Democrática — au pouvoir (1945), Gallegos est président de la République (1947). Mais un coup d'État l'oblige en 1948 à s'exiler. Il vit à Mexico, publie *La brizna de paja en el viento* (Le brin de paille au vent, 1952) et revient au Venezuela, après la chute du dictateur Pérez Jiménez (1958). Gallegos reçoit alors le titre de docteur *honoris causa* de l'université Centrale du Venezuela et le prix national de littérature. Il est considéré par la critique comme un des grands romanciers hispano-américains. Plusieurs de ses romans ont été traduits en français, notamment *Doña Bárbara* (par René L.-F. Durand, 1951) et *Canaima*.

I

La noticia[2] voló de boca en boca : hacía varios
dias que venía apareciendo en Caracas un tipo raro.
Una tarde lo vieron en El Paraíso cruzar veloz el
paseo, jineteando a la europea[3] y con un traje[4]
exótico, un caballo enjaezado[5] de la manera más
pintoresca ; otra tarde recorría las calles de la urbe[6]
en una victoria de lujo[7], en compañía de un hermoso
galgo[8] blanco.

— ¿ Te fijaste[9] en ése que va ahí ? — preguntó
una, desde su ventana, a la vecina de enfrente.

— Sí. Ése debe ser el extranjero[10] de quien tanto
se habla en Caracas[11].

— ¿ No sabes cómo se llama ?

— No. Parece que nadie lo conoce.

— Dicen que es argentino o mexicano y muy rico
y de lo principal[12].

— ¡ Anjá ![13]

— El padre y que[14] es millonario. Dicen que lo
mandó a viajar porque y que tenía unos amores con
una mujer inferior a él.

— ¡ Pero si nadie lo conoce ! ¿ cómo saben esos
detalles ?

— ¡ Ay, chica ! Tú sabes que en Caracas todo se
descubre al vuelo[15].

Y así comenzó la leyenda que dió al extranjero una
buena porción de su resonante fama[16].

---

1. **cuarto** : *chambre ;* syn. **habitación, pieza ;** *quart, qua-*
trième ; sou ; **cuarto de baño** : *salle de bains.*
2. **noticia** : *nouvelle* (que l'on annonce).
3. **jineteando a la europea** : *montant à l'européenne ;*
jinetear : *monter, chevaucher ;* **el jinete** : *le cavalier.*
4. **traje** : (ici) *costume ; robe ;* syn. **vestido.**
5. **enjaezado** : *harnaché ;* **los jaeces** : *les harnais.*
6. **urbe** : *ville, cité ;* syn. **ciudad.**
7. **victoria de lujo** : *victoria* (voiture) *de luxe.*
8. **galgo** : *lévrier ;* adj. *goulu, glouton.*
9. **te fijaste** : *tu as vu, tu as fait attention ;* **fijarse** : *faire*

I

La nouvelle courut de bouche en bouche : il y avait plusieurs jours qu'apparaissait à Caracas un individu bizarre. Un après-midi, on le vit sur El Paraiso traverser rapidement la promenade, montant à l'européenne, avec un costume exotique, un cheval harnaché de la façon la plus pittoresque ; un autre après-midi il parcourait les rues de la ville dans une victoria de luxe, accompagné d'un joli lévrier blanc.

« Tu as remarqué celui qui passe là ? demanda de sa fenêtre une jeune fille à sa voisine d'en face.

— Oui, ce doit être l'étranger dont on parle à Caracas.

— Sais-tu comment il s'appelle ?

— Non. Il semble que personne ne le connaisse.

— On raconte qu'il est argentin, ou mexicain, et très riche et qu'il appartient à la haute société.

— Ah ! tiens.

— Il paraît que son père est millionnaire. On dit qu'il l'a envoyé voyager parce qu'il semble qu'il avait une aventure avec une femme de condition inférieure à la sienne.

— Mais puisque personne ne le connaît ! Comment sait-on ces détails ?

— Ah ! ma fille. Tu sais bien qu'à Caracas tout se sait très vite. »

Et ainsi commença la légende qui donna à l'étranger une bonne partie de sa renommée retentissante.

---

attention, prendre garde, regarder.
10. **extranjero :** *étranger* (au pays) ; **forastero :** *étranger* (à la ville, à la région) ; **extraño :** *étranger* (au groupe).
11. **Caracas :** capitale du Venezuela, située à 1 000 mètres d'altitude, fondée (1567) par Diego de Losada ; environ 3 millions d'habitants : **caraqueños.**
12. **de lo principal :** *de la haute* (société).
13. **¡ Anjá !** : *Ah ! tiens.* Exclamation fréquente.
14. **y que :** *il paraît que ;* sorte de tic du langage.
15. **al vuelo :** *très vite ;* m. à m. : *au vol.*
16. **su resonante fama :** *sa renommée retentissante.*

El resto de ella debíoselo a la intachable [1] elegancia de su persona. Curiosos hubo que se pusieron a la tarea de contar los diversos ternos [2] que ostentaba, siempre adecuados a la hora y a las circunstancias y todos flamantes [3], de esmerado corte [4] y finas telas de buen gusto ; pero perdieron la cuenta. Renunciando entonces al deseo pueblano [5] de inventariarle la percha [6], conluyeron imitándosela, con lo cual [7] vino a ser [8] el elegante desconocido algo así como un maniquí [9] que divulgó por Caracas [10] la moda de los paletós cortos y entallados [11] y de los pantalones de vuelos vueltos [12].

Imitáronse también sus maneras peculiares : su andar mesurado, con el busto ligeramente inclinado hacia adelante, apoyándose a cada paso en el bastón que siempre llevaba en la diestra [13] con los guantes manteniendo el brazo izquierdo en flexión [14], la mano casi a la altura del pecho portando el cigarro con el fuego vuelto hacia arriba, lo cual lo obligaba a hacer complicadas pero airosas [15] manipulaciones para llevárselo a la boca.

No obstante [16], el extranjero no gozaba de simpatía general entre los jóvenes de Caracas. Todavía no se le había visto darle a nadie una hermosa bofetada [17] que acreditara su hombría [18] ; se sospechaba que, con aquella cimbreante figura [19] tan análoga a la de la galga no podría ser capaz de semejante proeza [20], y como entre nosotros todo se le perdona al valiente y nada se le concede a quien no ha demostrado serlo, negáronsele cualidades varoniles y pusiéronle injuriosos remoquetes [21].

---

1. **intachable** : *irréprochable.*
2. **ternos** : *costumes trois-pièces.*
3. **flamantes** : *flambant neufs, resplendissants.*
4. **de esmerado corte** : *de coupe très soignée.*
5. **pueblano** : *villageois ;* el pueblo : *le village, le peuple.*
6. **inventariarle la percha** : *faire l'inventaire de sa garderobe ;* **la percha** : m. à m. : *le portemanteau.*
7. **con lo cual** : *grâce à quoi ;* **lo** : *art. neutre.*
8. **vino a ser** : *il devint ;* de **venir** (v. irr.) **a ser** : *devenir.*
9. **maniquí** : *mannequin.*
10. **por Caracas** : *à travers Caracas ;* **por** a souvent le sens de mouvement, de trajet sur une distance, un espace.

L'irréprochable élégance de sa personne fit le reste. Il y eut des curieux qui entreprirent de décrire les divers costumes qu'il exhibait, toujours adaptés à l'heure et aux circonstances et tous resplendissants, de coupe très soignée et d'excellents tissus de bon goût ; mais ils finirent par abandonner.

Renonçant alors au désir campagnard de faire l'inventaire de sa garde-robe, ils finirent par la copier, grâce à quoi l'élégant inconnu devint une sorte de mannequin qui répandit à travers Caracas la mode des paletots courts et ajustés et des pantalons à revers.

On imita aussi ses manières particulières : sa démarche mesurée, le buste légèrement penché en avant, s'appuyant à chaque pas sur la canne qu'il portait toujours à la main droite, les gants maintenaient le bras gauche fléchi, la main presque à la hauteur de la poitrine, portant le cigare la partie allumée vers le haut, ce qui l'obligeait à procéder à des manœuvres compliquées, mais élégantes, pour le porter à sa bouche.

Pourtant, l'étranger ne jouissait pas d'une sympathie générale parmi les jeunes gens de Caracas. On ne l'avait encore vu donner à personne une bonne gifle, susceptible de confirmer sa virilité ; on soupçonnait qu'avec cette allure souple si semblable à celle de la levrette, il ne pourrait être capable d'une telle prouesse, et comme chez nous on pardonne tout aux courageux et rien à ceux qui n'ont pas prouvé qu'ils l'étaient, on lui refusa des qualités mâles et on lui donna d'injurieux surnoms.

---

11. **paletós cortos y entallados** : *paletots courts et ajustés ;* **el talle** : *la taille* (ceinture) ; **la talla** : 1. *la taille* (stature) ; 2. *la sculpture sur bois.*
12. **pantalones de vuelos vueltos** : *pantalons à revers ;* m. à m. : *à bords* **(vuelos)** *retournés* **(vueltos)** ; **vuelto** : p.p. de **volver** (v. irr.) : *retourner, revenir.*
13. **diestra** : *main droite ;* expression : **a la diestra de Dios Padre** : *à la droite de Dieu ;* **diestro** : *habile.*
14. **en flexión** : *fléchi.*
15. **airosas** : *élégantes.*
16. **no obstante** : *cependant, néanmoins.*
17. **bofetada** : *soufflet, gifle ;* **abofetear** : *gifler, bafouer.*
18. **que acreditara su hombría** : *capable de confirmer sa virilité (sa condition d'homme).*
19. **cimbreante figura** : *allure souple, ondulante.*
20. **proeza** : *prouesse.*
21. **remoquetes** : *sobriquets, surnoms.*

En cambio, la fama de *dandy* fué entre las mujeres sol sin manchas. Rebullían[1] en sus femeniles corazones deliciosas esperanzas y después de exhibir su gallarda persona por calles, paseos y salones, el extranjero adquiría vida ubicua y fantástica en los ensueños[2] de las muchachas, que vieron en él una promesa de marido ideal.

Eran, sobre todo, los de Marisa Reinoso los sueños más tenaces.

Pertenecía ésta a una larga familia de muchachas casaderas[3] y todas muy aceptables. Marisa era bonita y graciosa, pero la habían echado a perder[4] a fuerza de tanto decirle que tenía una nariz griega y unos ojos enloquecedores[5]. Un poeta de postales[6] la llamó princesa y ella se lo creyó. Cuando iba al teatro procuraba llegar tarde, cosa de que[7] la sala estuviese llena y entonces atravesaba taconeando fuerte[8], con el busto erguido y la mirada desafiadora[9], concediendo mimosas sonrisas[10] a las amigas que la saludaban y graciosas inclinaciones de la cabeza griega a los jóvenes que la envolvían con sus miradas no siempre exentas[11] de maliciosos pensamientos, a tiempo que se decían unos a otros y no tan callado[12] que no los oyera ella :

— ¡ Qué buena es ![13] ¡ Hoy está imperial !

Íntimas afinidades, perfectamente comprensibles, hicieron que el extranjero se enamorase[14] de Marisa.

---

1. **rebullían :** de **rebullir :** *remuer, s'agiter.*
2. **ensueños :** *rêves, rêveries ;* **soñar** (v. irr.) : *rêver.*
3. **casaderas :** *à marier ;* **casarse :** *se marier.*
4. **la habían echado a perder :** *on l'avait gâtée ;* **echar a perder :** *endommager, abîmer, rater.*
5. **enloquecedores :** *affolants, grisants ;* **loco :** *fou.*
6. **un poeta de postales :** *un poète pour vers de cartes postales (vers de mirliton).*
7. **cosa de que :** *de manière que, en s'arrangeant pour.*
8. **taconeando fuerte :** *en tapant fortement du talon ;* **tacón :** *talon* (de la chaussure) ; **talón :** *talon* (pied).
9. **con el busto erguido y la mirada desafiadora :** *le buste droit et le regard provocateur ;* **erguir** (v. irr.) : *dresser ;* **desafiar :** *défier.*

Par contre, sa réputation de dandy brilla sans tache parmi les femmes. Dans leurs cœurs féminins s'agitaient de délicieuses espérances, et après avoir exhibé son élégante personne à travers rues, promenades et salons, l'étranger acquérait une vie fantastique et douée d'ubiquité dans les rêveries des jeunes filles, qui virent en lui une promesse de mari idéal.

C'étaient surtout les rêves de Marisa Reinoso qui étaient les plus tenaces.

Celle-ci appartenait à une grande famille de jeunes filles à marier qui étaient toutes très présentables. Marisa était jolie et gracieuse, mais on l'avait gâtée à force de lui répéter qu'elle avait un nez grec et des yeux grisants. Un poète pour cartes postales l'appela princesse et elle le crut. Lorsqu'elle allait au théâtre, elle s'efforçait d'arriver en retard, de manière que la salle fût pleine et elle traversait alors en faisant résonner ses talons, le buste droit et le regard provocateur, en accordant des sourires caressants aux amies qui la saluaient et de gracieuses inclinaisons de sa tête grecque aux jeunes gens qui l'enveloppaient de leurs regards pas toujours dénués de pensées malicieuses, en même temps qu'ils se disaient entre eux, et assez peu discrètement, pour qu'elle pût les entendre :

« Elle est terrible ! Aujourd'hui, elle a l'air d'une reine ! »

D'intimes affinités, parfaitement compréhensibles, firent que l'étranger tomba amoureux de Marisa.

---

10. **mimosas sonrisas :** *des sourires caressants.*
11. **no siempre exentas :** *pas toujours dénués (regards)*
12. **no tan callado :** *pas si bas ;* **callarse :** *se taire.*
13. **¡ Qué buena es ! :** (ici) : *qu'elle est bien !*
14. **se enamorase :** de **enamorarse :** *tomber amoureux.*

Por otra parte, obra fué de ésta que puso todas sus armas a la conquista de aquel árbitro de la elegancia cuyo nombre, Lope Arriolas, andaba envuelto en una sabrosa[1] leyenda de millones y aventuras donjuanescas. Y las manejó con tanta destreza[2] que a poco Lope Arriolas visitaba la casa de las Reinoso. Agitóse en torno a ella el desapacible escarceo de las envidias[3] y hasta hubo quienes[4] le enviaran pérfidos anónimos aconsejándole desistir de aquellos amores peligrosos, pues ya se comenzaba a murmurar que Arriolas era un aventurero que había salido de su país huyendo a las persecuciones de la justicia a causa de un sucio asunto[5] de fraude y seducción.

Pero, naturalmente, Marisa atribuyó tales maleantes especies[6] al despecho[7] de las otras que, junto con ella, emprendieron el asedio[8] del extranjero.

Y a trueque del sinsabor[9] que aquello le causaba, se entregaba a deliciosas preimaginaciones de su porvenir. Veíase recorriendo el mundo del brazo de Arriolas, agasajada[10] y admirada de todos, opulenta en su riqueza, feliz en su amor.

II

Así transcurrió el tiempo y llegó el que había sido señalado para la boda[11]. La casa de las Reinoso andaba toda revuelta[12] con los preparativos que se hacían.

---

1. **sabrosa** : *savoureuse ;* el sabor : *la saveur, le goût.*
2. **las manejó con tanta destreza** : *elle s'en servit avec tant d'habileté ;* de **manejar** : *manier, manipuler, conduire.*
3. **el desapacible escarceo de las envidias** : *le brusque clapotis des jalousies ;* **desapacible** : *rude, désagréable.*
4. **y hasta hubo quienes** : *et il y en eut même qui.*
5. **un sucio asunto** : *une sale affaire.*
6. **tales maleantes especies** : *des rumeurs aussi perverses ;* **la especie** : (ici) : *bruit, nouvelle ; espèce.*
7. **despecho** : *dépit ;* despechar : *dépiter, désespérer.*
8. **emprendieron el asedio** : *entreprirent le siège ;* de **emprender** : *entreprendre ;* **asedio** : *assaut, siège.*
9. **a trueque del sinsabor** : *en contrepartie du désagrément ;* **el trueque** : *le troc ;* **sinsabor** : *fadeur, ennui, déboire.*

D'autre part, elle usa de toutes ses armes pour conquérir cet arbitre de l'élégance, dont le nom, Lope Arriolas, était enveloppé d'une savoureuse légende de millions et d'aventures donjuanesques. Et elle s'en servit avec tant d'habileté que peu après Lope Arriolas rendait visite à la maison de la famille Reinoso. Le brusque clapotis des jalousies s'agita autour de celle-ci, il y en eut même qui lui envoyèrent de perfides billets anonymes lui conseillant de renoncer à ces amours dangereuses, car on commençait déjà à murmurer qu'Arriolas était un aventurier qui avait quitté son pays en fuyant les persécutions de la justice à cause d'une sale affaire de fraude et de séduction.

Mais, naturellement, Marisa attribuait d'aussi perverses rumeurs au dépit des autres qui, en même temps qu'elle, avaient entrepris le siège de l'étranger.

Et, en contrepartie du désagrément que cela lui causait, elle se livrait en imagination à de délicieuses projections de son avenir. Elle se voyait parcourir le monde au bras d'Arriolas, fêtée et admirée de tous, opulente dans sa richesse, heureuse dans son amour.

II

Ainsi passa le temps et vint le moment prévu pour la noce. La maison de la famille Reinoso était sens dessus dessous, avec les préparatifs que l'on y faisait.

---

10. **agasajada :** *fêtée, accueillie chaleureusement.*
11. **la boda :** *la noce.*
12. **andaba toda revuelta :** *était sens dessus dessous ;* **revolver :** *remuer, mélanger, agiter* (v. irr.), p.p. : **revuelto.**

Una cuadrilla [1] de artesanos pulía [2] los suelos, pintaban o empapelaban [3] las paredes, barnizaban [4] los muebles, tendían una complicada red de cables para la suntuosa iluminación eléctrica que convertiría la morada nupcial [5] en una mansión de hadas [6]. La modista [7] iba, casi a diario, a probar a la desposada [8] las prendas del ajuar [9], las vecinas acudían a curiosear las novedades y en las sobremesas [10] de la familia no se hablaba sino de las familias que debían asistir a la boda clasificándolas cuidadosamente en las dos categorias de padrinos [11] y simples invitados. Todo esto costaba al señor Reinoso un ojo de la cara [12], pero estaba dispuesto a hacer mayores sacrificios a fin de que la fiesta resultase digna de la altísima calidad del novio y de la elevada posición social que la familia ocupaba en el « mundo elegante » de Caracas.

Entretanto, Gertrudis, tía materna de Marisa, que la había tomado a su cargo desde la temprana orfandad [13] de ésta, erraba mustia [14], suspirante.

Abandonados de la diaria mano [15] de cosméticos, sus cabellos encanecían [16] de las noches a las mañanas, grandes ojeras de inquietos trasnochos [17] cercaban [18] sus ojos miopes en los cuales asomaban [19] a menudo lágrimas furtivas que se enjugaba [20] con la punta de un pañuelo que no dejaba de la mano, como si estuviera en un mortuorio [21].

---

1. **una cuadrilla** : *une équipe.*
2. **pulía** : de **pulir** : *polir, faire briller.*
3. **empapelaban** : de **empapelar** : *tapisser* (avec du papier).
4. **barnizaban** : de **barnizar** : *vernir ;* el barniz : *le vernis.*
5. **la morada nupcial** : *la demeure nuptiale ;* **morar** : *demeurer* (litt.) ; **demorarse** : *se retarder, prendre du retard.*
6. **una mansión de hadas** : *un palais de fées.*
7. **la modista** : *la couturière ;* la modiste : la **sombrerera**.
8. **la desposada** : *la mariée ;* syn. la **novia** (jusqu'au mariage), la **casada** (après) ; **desposarse con** : *épouser.*
9. **las prendas del ajuar** : *les pièces du trousseau.*
10. **sobremesas** : *propos d'après table.*
11. **padrinos** : *parrains, protecteurs, appuis.*

Une équipe d'artisans polissait les sols, peignait ou tapissait les murs, vernissait les meubles, tendait un réseau compliqué de câbles pour la somptueuse illumination électrique qui devait transformer la demeure nuptiale en un palais de fées. La couturière allait, presque chaque jour, essayer à la mariée les pièces du trousseau, les voisines venaient regarder en curieuses les nouveautés et, dans les propos d'après table de la famille, on ne parlait que des familles qui devaient assister à la noce en les classant soigneusement dans les deux catégories de parrains et de simples invités. Tout cela coûtait à monsieur Reinoso les yeux de la tête, mais il était prêt à faire les plus grands sacrifices afin que la fête fût digne de la très haute qualité du marié et de la position sociale élevée que la famille occupait dans le milieu élégant de Caracas.

Pendant ce temps, Gertrudis, la tante maternelle de Marisa, qui l'avait recueillie depuis qu'elle était jeune orpheline, errait pâle et soupirante.

Privés de leur couche quotidienne de cosmétiques, ses cheveux blanchissaient du soir au matin, de grands cernes d'inquiètes nuits blanches entouraient ses yeux myopes, où apparaissaient fréquemment de furtives larmes qu'elle essuyait avec l'extrémité d'un mouchoir qu'elle gardait à la main, comme si elle se trouvait dans une maison mortuaire.

---

12. **costaba... un ojo de la cara :** *coûtait les yeux de la tête.*

13. **orfandad :** *état d'orpheline ;* **huérfano :** *orphelin.*

14. **mustia :** *pâle, triste, abattue.*

15. **mano :** (ici) *couche ; main.*

16. **encanecían :** de **encanecer :** *blanchir ;* **las canas :** *les cheveux blancs ;* **cano** (adj.) : *à cheveux blancs.*

17. **ojeras de inquietos trasnochos :** *cernes d'inquiètes nuits blanches ;* **trasnochar :** *ne pas dormir de la nuit.*

18. **cercaban :** de **cercar :** *entourer* (ici) *; assiéger.*

19. **asomaban :** de **asomar :** *apparaître ;* **asomarse :** *se pencher.*

20. **se enjugaba :** de **enjugarse :** *s'essuyer, se sécher.*

21. **un mortuorio :** *une maison mortuaire.*

107

Cuando entraba la noche su cuerpo empezaba a sufrir sacudimientos de miedo, en previsión de los que la asaltarían[1] cuando faltándole la compañía de Marisa se acostara sola a dormir en aquel cuarto de enfrente en cuyo techorraso los ratones emprendían carreras pavorizantes[2].

A veces hacía fúnebres reflexiones que encogían los corazones[3] excitados, y don Juan Reinoso, que profesaba una aversión incontenible e injusta a la cuñada[4] que lo había ayudado a sobrellevar la carga de la viudedad[5], la mandaba a callarse ásperamente.

En cuanto a Arriolas, no se le veía hacer mayores preparativos a causa de que no pensaba fundar por el momento casa en Caracas, pues el mismo día de la boda emprendían viaje a Italia, bajo la legendaria belleza de cuyo cielo pasarían la luna de miel.

La víspera[6] de la boda fué a casa de las Reinoso y llamando aparte[7] a don Juan le exigió una entrevista, pues tenía algo grave que comunicarle. Encerróse con él el señor Reinoso en su escritorio[8] y allí estuvieron largo espacio.

Cuando salieron de allí y Arriolas se hubo despedido, don Juan congregó[9] a las hijas y a Gertrudis, la cuñada, para decirles :

— ¿ Saben lo que pasa ? Este Arriolas ha resultado ser[10] un aventurero, un vagabundo.

— ¡ Cómo va a ser posible, Juan ! — exclamó Gertrudis, sintiendo que el mundo se desplomaba[11] sobre las cabezas de todos ellos.

---

1. **asaltarían** : de **asaltar** : *prendre d'assaut, attaquer.*
2. **en cuyo techorraso los ratones emprendían carreras pavorizantes** : *dans les combles duquel les souris se lançaient dans des courses effrayantes.*
3. **que encogían los corazones** : *qui serraient les cœurs.*
4. **la cuñada** : *la belle-sœur ;* el cuñado : *le beau-frère.*
5. **a sobrellevar la carga de la viudedad** : *à supporter le poids du veuvage ;* **la carga** : *la charge ;* viudo : *veuf.*
6. **la víspera** : *la veille ;* las vísperas : *les vêpres.*
7. **llamando aparte** : *prenant à part ;* de **llamar** : *appeler.*
8. **Encerróse con él el señor Reinoso en su escritorio** : *Monsieur Reinoso s'enferma avec lui dans son bureau.*

Lorsque la nuit tombait, son corps commençait à être secoué par la peur, annonçant celle qui l'étreindrait lorsque, la compagnie de Marisa lui manquant, elle se coucherait seule pour dormir dans cette chambre d'en face, dans les combles de laquelle les souris se lançaient dans des courses effrayantes.

Parfois elle faisait de funèbres réflexions qui serraient les cœurs excités, et don Juan Reinoso, qui professait une aversion incoercible et injuste à l'endroit de sa belle-sœur qui l'avait aidé à supporter le poids du veuvage, lui intimait rudement l'ordre de se taire.

Quant à Arriolas, on ne le voyait pas faire de grands préparatifs, car il ne pensait pas s'établir à Caracas pour le moment, puisque le jour même de la noce, ils partaient en voyage pour l'Italie ; sous la légendaire beauté de son ciel, ils passeraient leur lune de miel.

La veille de la noce il se rendit à la maison de la famille Reinoso et prenant à part don Juan, il exigea une entrevue avec lui, car il avait à lui communiquer quelque chose de grave. Monsieur Reinoso s'enferma avec lui dans son bureau et ils y restèrent un long moment.

Quand ils en sortirent et qu'Arriolas eut pris congé, don Juan rassembla les filles et Gertrudis, la belle-sœur, pour leur dire :

« Savez-vous ce qui arrive ? Cet Arriolas s'est révélé être un aventurier, un vagabond.

— Comment cela est-il possible, Juan ! s'exclama Gertrudis, sentant que le monde s'écroulait sur la tête de chacun d'eux.

---

9. **congregó** : de **congregar** : *réunir, rassembler.*
10. **ha resultado ser** : *s'est avéré, s'est révélé être.*
11. **se desplomaba** : de **desplomarse** : *s'écrouler.*

— ¡ Siéndolo [1] ! Me ha confesado que todo lo que nos ha contado de su familia es pura leyenda. Que su padre no tiene más dinero que el que le produce una *charcuterie*, es decir : una salchichería. Que lo mandó a Venezuela porque las autoridades mexicanas lo perseguían a causa de una locura que cometió por allá. Imagínense lo que será. Que no tiene un centavo [2] para hacer los gastos del civil [3], porque su padre no le manda sino lo necesario para comer. En fin, que es un bribón, un caballero de industria [4].

Estas palabras, dichas con voz trémula de ira [5], cayeron abrumadoras [6] sobre las Reinoso. Sucedió un silencio mortal. De pronto [7] Marisa rompió a llorar [8], con un llanto entrecortado de singultos angustiosos [9], estrangulado [10] por la violencia misma de su fuerza, gritado, inquietante como un preludio de ataque nervioso. Acudió la tía a consolarla, mientras las hermanas, con los ojos arrasados en lágrimas [11], no se atrevían a mirarla siquiera [12].

Don Juan Reinoso apretaba los puños hasta clavarse las uñas en las palmas de las manos ; en el cuello congestionado la yugular se le brotaba [13] de una manera alarmante.

Las solicitudes maternales de la tía Gertrudis y un poco de valeriana [14] apaciguaron [15] al cabo de un rato [16] la dolorosa tormenta [17] de Marisa. Cerró los ojos y reclinando [18] la cabeza en el pecho de la tía, duro y estéril como la tierra del yermo [19], se abandonó a la implacable realidad de sus desengaños [20].

---

1. **¡ siéndolo !** : *parce que ça l'est* ; m. à m. : *en l'étant.*
2. **centavo** : *centime.*
3. **los gastos del civil** : *les frais d'état civil* (formalités).
4. **un bribón, un caballero de industria** : *un coquin, un chevalier d'industrie.*
5. **con voz trémula de ira** : *d'une voix tremblante de colère.*
6. **abrumadoras** : *accablantes, écrasantes.*
7. **de pronto** : *soudain* ; **pronto** : *vite.*
8. **rompió a llorar** : *se mit à pleurer* ; v. **romper** : *briser.*
9. **singultos angustiosos** : *sanglots angoissés.*
10. **estrangulado** : *étranglé* ; v. **estrangular.**
11. **con los ojos arrasados en lágrimas** : *les yeux remplis*

— C'est ainsi. Il m'a confessé que tout ce qu'il nous a raconté de sa famille est pure légende. Que son père n'a d'autre argent que celui que lui procure une charcuterie, c'est-à-dire une boutique de saucisses. Qu'il l'a envoyé au Venezuela parce que les autorités mexicaines le poursuivaient pour une folie qu'il avait commise là-bas. Imaginez-vous ce que cela doit être ! Qu'il n'a pas un centime pour effectuer les formalités d'état civil, parce que son père ne lui envoie que ce qu'il faut pour manger. Enfin, que c'est un coquin, un chevalier d'industrie. »

Ces paroles, prononcées avec une voix tremblante de colère, tombèrent de façon accablante sur les dames Reinoso. Un silence de mort suivit. Soudain Marisa se mit à pleurer, avec une plainte entrecoupée de sanglots angoissés, étranglés par la violence même de leur force, hurlante, inquiétante comme le prélude à une crise de nerfs. La tante vint la consoler, tandis que les sœurs, les yeux remplis de larmes, n'osaient même pas la regarder.

Don Juan Reinoso serrait les poings jusqu'à enfoncer les ongles dans les paumes des mains ; sur son cou congestionné, sa veine jugulaire gonflait d'une façon alarmante.

Les attentions maternelles de la tante Gertrudis et un peu de valériane calmèrent au bout d'un instant la douloureuse tourmente de Marisa. Elle ferma les yeux et appuyant la tête sur la poitrine de sa tante, dure et stérile comme la terre du désert, elle s'abandonna à l'implacable réalité de ses désillusions.

---

de larmes ; v. **arrasar** : *dévaster, ravager.*
12. **no se atrevían a mirarla siquiera** : *n'osaient même pas la regarder* ; v. **atreverse** : *oser* ; atrevido : *hardi.*
13. **la yugular se le brotaba** : *sa veine jugulaire gonflait* ; **brotar** : *jaillir, sourdre.*
14. **valeriana** : *valériane* (plante calmante).
15. **apaciguaron** : de **apaciguar** : *apaiser, calmer.*
16. **al cabo de un rato** : *au bout d'un moment.*
17. **tormenta** : *tempête, tourmente ;* **la tempestad** : *l'orage.*
18. **reclinando** : de **reclinar** : *appuyer, pencher.*
19. **la tierra del yermo** : *la lande, le désert froid.*
20. **desengaños** : *désillusions, déceptions.*

— Bien, Juan. ¿ Qué has pensado hacer ? preguntó[1] luego Gertrudis.

— ¡ Mandarlo a paseo[2] con mil demonios ! No faltaba más[3] ! Lo que es ese bribón no pisa más esta casa.

Saltó[4] Marisa :

— No, papá. No. Así y todo yo lo quiero y estoy dispuesta a casarme con él.

— Pero hija... ¿ Te has vuelto loca[5] ?

— Yo lo quiero[6], papá. Yo lo quiero y me caso con él, cueste lo que cueste[7]...

— ¡ Lo que cueste ! Qué sabes tú lo que me va a costar a mí !

— Lo quiero y me caso y me caso y me caso.

— Sí. Ya comprendo lo que te sucede[8]. Por no dar tu brazo a torcer[9], por no quedar en ridículo[10] entre tus amiguitas, serías capaz de sacrificar tu felicidad, hasta tu vida. Así son ustedes las mujeres. Y después se quejan[11].

— Yo no me quejaré nunca. Acepto la vida que él me ofrezca[12], si es necesario trabajar como una negra, trabajaré.

— Muy laudable[13] resolución. Eso se llama hacer sacrificios.

— Los haré y si tú no convienes en el matrimonio, yo...

— Cállate. ¡ Qué vas a decir, desgraciada !

---

1. **preguntó** : de **preguntar** : *demander, interroger ;* la pregunta : *la question.*
2. **mandarlo a paseo** : *l'envoyer promener ;* el paseo : *la promenade ;* pasear : *promener.*
3. **¡ No faltaba más !** : *il ne manquait plus que cela !*
4. **saltó** : de **saltar** : *bondir, sauter.*
5. **¿ Te has vuelto loca ?** : *Es-tu devenue folle ? ;* **volverse** (v. irr.) suivi d'un adj. : *devenir.*
6. **Yo lo quiero** : *moi, je l'aime ;* **querer** : *aimer* (qqn), *vouloir* (qqch.).
7. **cueste lo que cueste** : *quoi qu'il en coûte ;* v. irr. **costar.**
8. **lo que te sucede** : *ce qui t'arrive ;* **suceder** : *arriver, survenir ;* llegar : *arriver* (quelque part).
9. **Por no dar tu brazo a torcer** : *pour ne pas en démordre ;* m. à m. : *pour ne pas donner ton bras à tordre.*

112

« Bien, Juan. Que penses-tu faire ? demanda ensuite Gertrudis.

— L'envoyer promener avec le diable ! Il ne manquait plus que cela ! Ce coquin ne franchira plus le seuil de cette maison. »

Marisa bondit :

« Non, papa. Non. Je l'aime tel qu'il est et je suis disposée à l'épouser.

— Mais mon enfant... Es-tu devenue folle ?

— Moi, je l'aime, Papa. Je l'aime et je veux l'épouser, quoi qu'il en coûte...

— Ce qu'il en coûte ? Que sais-tu, toi, de ce qu'il va m'en coûter à moi ?

— Je l'aime, et je l'épouse et je l'épouse, et je l'épouse.

— Bon. Je comprends ce qui t'arrive. Pour ne pas en démordre, pour ne pas avoir l'air ridicule vis-à-vis de tes petites amies, tu serais capable de sacrifier ton bonheur, ta vie même. C'est ainsi que vous êtes, vous les femmes. Et ensuite, vous vous plaignez.

— Je ne me plaindrai jamais. J'accepte la vie qu'il m'offrira, s'il faut travailler comme une négresse, je travaillerai.

— Très louable résolution. Voilà qui s'appelle faire des sacrifices.

— Je les ferai et si tu ne consens pas au mariage je...

— Tais-toi. Que vas-tu dire, malheureuse !

---

10. **por no quedar en ridículo** : *pour ne pas avoir l'air ridicule ;* **quedar en** : *se trouver ;* **quedarse** : *rester.*

11. **se quejan** : *vous vous plaignez ;* **quejarse** : *se plaindre.*

12. **la vida que él me ofrezca** : *la vie qu'il m'offrira ;* v. irr. **ofrecer** ; subj. prés. à la place du fut. français avec les relatifs (cf. quand suivi du fut.).

13. **laudable** : *louable.*

— ¡ Papá !... comenzaron a suplicar las otras.

Y Gertrudis intervino :

— Reflexiona, Juan. Ella está enamorada. Porque sea pobre no va a ser malo Arriolas. Él la quiere y trabajará ; tú mismo, en el almacén[1], puedes emplearlo. Quién te asegura que ésa no sea la felicidad de tu hija.

— Tú también le temes al qué dirán[2].

— Y es natural que se le tema. Es muy desagradable saber que la gente está haciendo chacota de uno[3]. A ti mismo no puede agradarte pensar que si este matrimonio se desbarata[4], mañana tu familia estará en ridículo, siendo objeto de murmuraciones[5] y de calumnias.

Hubo una pausa.

Don Juan se debatía como bajo el imperio de una lucha interior. Al cabo[6] preguntó :

— Bien. ¿ Y qué hacemos ?

— Hacer como si no hubiera pasado nada.

— ¿ Y dónde va a vivir esta infeliz ? Porque ya he dicho que Arriolas me ha confesado que no tiene un centavo.

— ¿ Y el viaje a Italia ?

— ¡ Qué viaje de los demonios[7] ! ¿ Eres sorda[8] ? ¡ Que no tiene un centavo ! ¡ Lo oyes bien : ni un centavo ! Ha tenido la desvergüenza[9] de confesarme[10] que tuvo que vender el galgo para pagar la quincena vencida[11] del hotel, porque en este mes todavía no ha recibido la pensión que le manda el padre. ¡ El padre ! ¡ Ni padre tendrá ese badulaque[12] !

---

1. **almacén** : *magasin* ; **almacenar** : *stocker* ; **almacenero** : *magasinier*.
2. **le temes al qué dirán** : *tu as peur du qu'en-dira-t-on* ; **temer** : *craindre* ; **el temor** : *la crainte*.
3. **que la gente está haciendo chacota de uno** : *que les gens sont en train de se moquer de vous* ; **chacota** : *plaisanterie*.
4. **se desbarata** : de **desbaratarse** : *se défaire*.
5. **murmuraciones** : *médisances, critiques*.
6. **al cabo** : *au bout d'un instant*.
7. **¡ Qué viaje de los demonios !** : *au diable le voyage !*
8. **sorda** : *sourde* ; **la sordera** : *la surdité*.

« — Papa !... commencèrent à supplier les autres. »

Et Gertrudis intervint :

« Réfléchis, Juan. Elle est amoureuse. Ce n'est pas une raison parce qu'il est pauvre pour qu'Arriolas soit méchant. Lui l'aime et travaillera ; toi-même, au magasin, tu peux l'employer. Qui peut t'assurer que le bonheur de ta fille n'est pas là ?

— Toi aussi tu as peur du qu'en-dira-t-on.

— Et il est normal qu'on le craigne. Il est très désagréable de savoir que les gens sont en train de se moquer de vous. A toi non plus cela ne peut faire plaisir de penser que, si ce mariage se rompt, demain la famille sera ridiculisée et fera l'objet de médisances et de calomnies. »

Il y eut une pause.

Don Juan se débattait comme sous l'emprise d'une lutte intérieure. Enfin il demanda :

« Bon. Et que faisons-nous ?

— Faire comme si rien ne s'était passé.

— Et où cette malheureuse va-t-elle vivre ? Puisque j'ai déjà dit qu'Arriolas m'a avoué qu'il n'a pas un centime.

— Et le voyage en Italie ?

— Au diable le voyage ! Es-tu sourde ? Il n'a pas un centime ! Tu entends bien : pas un centime ! Il a eu l'insolence de m'avouer qu'il a dû vendre le lévrier pour payer la quinzaine échue de l'hôtel, parce que ce mois-ci il n'a pas encore reçu la pension que son père lui envoie. Son père ! Il ne doit même pas avoir de père, ce vaurien ! »

---

9. **la desvergüenza** : *l'insolence, l'effronterie* ; **vergüenza** : *honte* ; **vergonzoso** : *honteux*.
10. **confesarme** : *m'avouer* ; **la confesión** : *l'aveu, la confession*.
11. **la quincena vencida** : *la quinzaine échue*.
12. **badulaque** : *vaurien* ; *nigaud, imbécile*.

Nueva pausa y luego Gertrudis providente [1] :

— Ya encontré la solución. Se quedan a vivir aquí. Se les arregla [2] el cuarto de enfrente. Yo paso mi cama para la piececita [3] de los corotos [4] viejos. El cuarto de enfrente es muy cómodo. Y para un matrimonio [5] está que ni mandado a hacer [6].

Marisa pensó en el soñado viaje de bodas bajo el cielo de Italia y rompió a llorar de nuevo.

Una hora después la tía Gertrudis pasaba su cama para el cuarto de los trastos viejos [7].

Caracas, febrero de 1919.

---

1. **providente** : *avisée, prudente.*
2. **se les arregla** : *on leur arrange :* **arreglar** : *aménager.*
3. **piececita** : dim. de **pieza** : *petite pièce (chambre).*
4. **corotos** : *trucs, machins.*
5. **un matrimonio** : *un couple marié, un ménage.*
6. **está que ni mandado hacer** : *il est fait sur mesures.*
7. **el cuarto de los trastos viejos** : *le débarras ;* **trastos viejos** : *vieilleries.*

Nouvelle pause, et ensuite Gertrudis, avisée :

« J'ai trouvé la solution. Ils vont rester vivre ici. On va leur arranger la chambre d'en face. Moi je mettrai mon lit dans la petite pièce de débarras. La chambre d'en face est très pratique. Et pour un couple marié, elle est faite sur mesure. »

Marisa pensa au voyage de noces sous le ciel d'Italie dont elle avait rêvé et fondit en larmes à nouveau.

Une heure plus tard, la tante Gertrudis installait son lit dans la pièce de débarras.

Caracas, février 1919.

Révisions

Voici quelques phrases en français, inspirées de celles que vous avez rencontrées dans la nouvelle. Traduisez-les en espagnol sans regarder le corrigé, puis vérifiez si elles sont correctes.

1. Il montait un cheval harnaché et était suivi d'un lévrier.
2. Avez-vous vu cet étranger, monsieur ?
3. Son costume était d'une coupe soignée.
4. Promenons-nous à travers Caracas : c'est très joli.
5. De la main droite, il lui donna une gifle.
6. La jeune fille rêvait du beau cavalier.
7. Le regard provocateur, elle traversa la rue.
8. Malgré son dépit, elle tapissa la chambre.
9. La belle-sœur essuya ses cheveux blancs.
10. La veille, le monsieur à tête de souris s'était enfermé avec lui.
11. Tout s'écroula et Marisa se mit à pleurer.
12. D'une voix tremblante de colère, il dit : « C'est un coquin. »
13. Il m'a envoyé promener en me disant : « tais-toi ».
14. Il ne voulut pas en démordre et se maria avec elle.

1. Jineteaba un caballo enjaezado y lo seguía un galgo.
2. ¿ Vio a ese extranjero, señor ?
3. Su traje era de corte esmerado.
4. Paseemos por Caracas : es muy bonito.
5. De la diestra, le dio una bofetada.
6. La joven soñaba con el gallardo jinete.
7. Con la mirada desafiadora, ella cruzó la calle.
8. A pesar de su despecho, ella empapeló el cuarto.
9. La cuñada se enjugó las canas.
10. La víspera, el caballero de cabeza de ratón se había encerrado con él.
11. Todo se desplomó y Marisa rompió a llorar.
12. Con voz trémula de ira, dijo : « es un bribón ».
13. Me mandó a paseo diciéndome : « cállate ».
14. No quiso dar su brazo a torcer y se casó con ella.

GABRIEL GARCÍA MÁRQUEZ

Estos ojos vieron siete sicilianos muertos

Ces yeux ont vu sept Siciliens morts

Né en 1928, à Aracataca, Gabriel García Márquez est le plus connu des écrivains colombiens contemporains. Essentiellement romancier et conteur, il est également journaliste et scénariste. C'est dans des journaux de Barranquilla, puis de Bogota, qu'il publie ses premiers articles (réunis en 1982 par Jacques Gilard sous le titre *Textos costeños*) et ses premiers contes (*Todos los cuentos, 1947-1972*, 1975). D'autres concernent l'aide cubaine à l'Angola ou la prise du palais national de Managua par les sandinistes. Profondément colombien, García Márquez est en effet un grand internationaliste, proche de tous les peuples.

Son œuvre romanesque tourne autour d'un village, Macondo, véritable synthèse latino-américaine et pas seulement colombienne. Comme chez Balzac ou chez Faulkner, le lecteur retrouve des personnages d'un roman ou d'une nouvelle qui passent d'une œuvre à l'autre ; de *La Hojarasca* (1955) à *Cien años de soledad* (1967) en passant par *El Coronel no tiene quien le escriba* (1961) ou *La Mala hora* (1962). García Márquez se livre souvent à des recherches techniques dans le domaine romanesque, notamment dans *El Otoño del Patriarca* (1975) ou dans *Crónica de una muerte anunciada* (1981). Le texte que nous publions, à mi-chemin entre le reportage et la nouvelle, est tiré du recueil *Cuando era feliz e indocumentado* (1975).

García Márquez est lauréat de nombreux prix, notamment le prix Nobel de littérature (1982). La plus grande partie de son œuvre est traduite en français et en dix-sept autres langues.

En el corredor[1] de la pensión Libanesa[2] — N° 8
de Samán a Salas[3] — sólo quedaron cinco huéspedes[4]
de la cena. En un rincón, sentada en una silla de
lona[5], una señora encinta[6] dormitaba[7] frente a la
televisión. En el extremo del comedor[8], junto a un
pasamanos[9] lleno de tiestos de flores[10], cuatro hombres conversaban fumando, sentados aún a la mesa
donde habían tomado el café. Hablando en dialecto
italiano. Aunque sólo hubiera sido por la manera de
gesticular, se habría descubierto que era un dialecto
meridional, y que uno de ellos, el mejor vestido,
comandaba[11] la conversación. Después de un segundo
café, a las 9.30, los cuatro se levantaron de la mesa
con el propósito de[12] ir al cine.

Un largo automóvil negro permaneció[13] estacionado
más de una hora, en la sombra, frente a la pensión,
con dos hombres a bordo. Cuando los cuatro italianos
salieron a la calle y comenzaron a descender, en un
grupo bullicioso[14], hacia la avenida principal, el
automóvil se puso[15] en marcha. Fue como una señal[16]
para otro automóvil estacionado al final de la cuadra[17],
que se puso en marcha a su vez[18], muy lentamente,
sin separarse un metro del andén[19]. Antes de llegar
a la esquina, los cuatro italianos se vieron rodeados
por seis hombres. Uno de ellos había descendido del
primer automóvil[20]. Los otros cinco[21], del segundo. No
hubo[22] diálogo. Sólo una orden[23] seca y terminante[24].

---

1. **corredor** : (ici) : *couloir, vestibule ;* *coureur* (sportif) ;
courtier ; **correr** : *courir, couler* (fleuve).
2. **pensión Libanesa** : m. à m. : *pension du Liban.*
3. **de Samán a Salas** : manière de désigner une adresse à
Caracas (capitale du Venezuela) ; m. à m. : *entre la rue*
Saman et la rue Salas.
4. **huéspedes :** *pensionnaires* (ici) ; **el huésped :** *l'hôte.*
5. **silla de lona :** *siège en toile ;* **la silla :** *la chaise, la*
selle ; **la lona :** *la toile à voile, la bâche.*
6. **encinta :** *enceinte* (qui attend un bébé) ; **el recinto**
l'enceinte (bâtiment, de château) ; **la muralla :** *la muraille.*
7. **dormitaba :** de **dormitar :** *somnoler.*
8. **comedor :** *salle à manger ;* **comer :** *manger.*
9. **pasamanos** : (ici) *sorte de balustrade.*
10. **tiestos de flores :** *pots de fleurs.*
11. **comandaba :** de **comandar :** (ici) *mener.*
12. **con el propósito de :** *avec l'idée de ;* **el propósito**

Dans le vestibule de la pension du Liban — au 8, entre la rue Saman et la rue Salas —, il ne resta, après le dîner, que cinq pensionnaires. Dans un coin, assise sur un siège en toile, une dame enceinte somnolait devant la télévision. Au bout de la salle à manger, près d'une balustrade ornée de pots de fleurs, quatre hommes bavardaient en fumant, toujours assis à la table où ils avaient pris le café. Ils parlaient un dialecte italien. Rien qu'à leur manière de gesticuler, on aurait découvert qu'il s'agissait d'un dialecte méridional et que l'un d'eux, le mieux habillé, menait la conversation. Après un second café, à 21 h 30, tous les quatre se levèrent de table avec l'idée d'aller au cinéma.

Une longue automobile noire était restée garée pendant plus d'une heure, dans l'ombre, en face de la pension, avec deux hommes à l'intérieur. Lorsque les quatre Italiens sortirent dans la rue et commencèrent à descendre, en un groupe bruyant, vers l'avenue principale, l'automobile se mit en marche. Ce fut comme un signal pour une autre automobile, garée au bout du pâté de maisons et qui se mit en marche à son tour, très lentement, sans s'écarter d'un mètre du trottoir. Avant d'arriver au coin de la rue, les quatre Italiens se virent entourés par six hommes. L'un deux était descendu de la première automobile. Les cinq autres de la seconde. Il n'y eut pas de dialogue. Seulement un ordre sec et péremptoire.

---

l'intention, le propos.
13. **permaneció** : de **permanecer** : (v. irr.) *demeurer*.
14. **bullicioso** : *bruyant ;* el bullicio : *le brouhaha*.
15. **se puso** : de **ponerse** : (v. irr.) *se mettre*.
16. **una señal** : *un signal ;* la señal de la cruz : *le signe de croix ;* dejar señal : *laisser un acompte*.
17: **la cuadra** : distance d'environ 90 mètres qui va d'un croisement de rues à un autre (ici).
18. **a su vez** : *à son tour ;* la vez : *la fois ;* a veces : *parfois*.
19. **el andén** : (ici) *le trottoir ; le quai* (gare).
20. **primer automóvil : primero** *(premier)* perd o devant un nom masculin singulier.
21. **los otros cinco** : *les cinq autres ;* **otros** se place devant le chiffre (et devant **muchos, pocos**).
22. **no hubo** : passé simple (**pretérito**) de **hay** : *il n'y eut pas ;* ¿ qué hubo ? = ¿ qué tal ? : *comment ça va ?*
23. **una orden** : *un ordre (commandement) ;* el orden : *l'ordre* (contraire du désordre).
24. **terminante** : *formel(le), catégorique, péremptoire*.

Un momento después, los cuatro italianos fueron obligados a subir en los automóviles. Fue la última vez que se les vio.

Los sicilianos de Caracas tiemblan[1] :
Sin saber por qué la muerte los sigue

La noticia[2] de que Giuseppe Ferrantelli, Rosario La Porta, Vicenzo y Bernardino Piazza habían desaparecido[3], circuló como un rumor denso y cargado de presagio[4] en la colmena[5] de inmigrantes sicilianos que durante el día asedia[6] el Hotel Roma, en Caracas. La desaparición ocurrió[7] el 25 de febrero de 1955. A fines de[8] esa semana, un venezolano[9], desconocido[10] en la colonia de meridionales italianos, se presentó a la Zapatería[11] Roma — a cuya tertulia[12] asistían con frecuencia los cuatro desaparecidos — con una carta para Rosario Valenti, otro inmigrante siciliano. La carta, dijo el mensajero[13], era de Giuseppe Ferrantelli. El propietario de la zapatería, Calogero Bacino, un obrero de piel curtida[14] que hablaba un español aproximativo, negó conocer[15] a Rosario Valenti.

El desconocido lo invitó a tomar un café. Bacino aceptó. Caminó[16] 20 pasos hacia la Plaza El Panteón en compañía de su anfitrión[17] inesperado[18] pero un minuto después se vio rodeado por tres desconocidos más. Lo obligaron a subir a una camioneta, sin ninguna explicación, y fue ésa la última vez[19] que se le vio en Caracas.

---

1. **tiemblan :** de **temblar** (v. irr.) : *trembler, frémir.*
2. **la noticia :** *la nouvelle ;* el noticiero : *les actualités.*
3. **habían desaparecido :** de **desaparecer** (v. irr.) : *disparaître ;* el desaparecimiento, la desaparición : *la disparition.*
4. **cargado de presagio :** *chargé de présages.*
5. **la colmena :** *la ruche ;* el colmenar : *le rucher ;* el colmenero : *l'apiculteur.*
6. **asedia :** de **asediar :** *assiéger, harceler.*
7. **ocurrió :** de **ocurrir :** *arriver, survenir, avoir lieu.*
8. **a fines de :** *à la fin de ;* a principios de : *au début de ;* a mediados de : *au milieu* de (avec unité de temps).
9. **venezolano :** *vénézuélien.*
10. **desconocido :** *inconnu ;* **desconocer :** *méconnaître.*
11. **Zapatería :** *magasin de chaussures, cordonnerie.*

Un instant plus tard, les quatre Italiens furent contraints à monter dans les automobiles. Ce fut la dernière fois qu'on les aperçut.

Les Siciliens de Caracas tremblent.
Sans que l'on sache pourquoi la mort les poursuit.

La nouvelle de la disparition de Giuseppe Ferrantelli, Rosario La Porta, Vicenzo et Bernardino Piazza, circula, comme une rumeur dense et chargée de présages, dans la ruche d'immigrants siciliens qui, le jour, envahit l'hôtel Roma, à Caracas. La disparition avait eu lieu le 25 février 1955. A la fin de la semaine, un Vénézuélien, que la colonie des méridionaux italiens ne connaissait pas, se présenta à la cordonnerie Roma — les quatre disparus assistaient souvent aux réunions qui s'y tenaient — avec une lettre pour Rosario Valenti, un autre immigrant sicilien. La lettre, dit le messager, était de Giuseppe Ferrantelli. Le propriétaire de la cordonnerie, Calogero Bacino, un ouvrier à la peau tannée qui parlait un espagnol approximatif, dit qu'il ne connaissait pas Rosario Valenti.

L'inconnu l'invita à prendre un café. Bacino accepta. Il fit cent vingt pas vers la place El Panteón avec ce compagnon inattendu, mais, une minute plus tard, il se vit entouré par trois autres inconnus. Ils l'obligèrent à monter dans une camionnette, sans aucune explication, et ce fut la dernière fois qu'on le vit à Caracas.

---

12. **a cuya tertulia** : m. à m. : *à la réunion duquel* ; **la tertulia** : *réunion informelle d'amis.*
13. **el mensajero** : *le messager* ; **el mensaje** : *le message.*
14. **de piel curtida** : *à la peau tannée* ; **curtir** : *tanner.*
15. **negó conocer** : *dit qu'il ne connaissait pas* ; v. **negar** : *nier, refuser.*
16. **caminó** : de **caminar** : *marcher, cheminer* ; **el camino** : *le chemin.*
17. **anfitrión** : *amphitryon, hôte.*
18. **inesperado** : *inattendu* ; **esperar** : *attendre, espérer.*
19. **la última vez** : *la dernière fois* (il n'y en aura pas d'autre) ; **la vez pasada** : *la dernière fois* (la fois précédente).

La noticia de que un quinto [1] siciliano había desaparecido ocasionó un pánico en la colonia. Sin saber de qué se trataba [2], pero suponiendo que una terrible amenaza [3] pesaba sobre los sicilianos de Caracas, muchos de ellos [4] se escondieron [5]. Otros más precavidos [6], iniciaron [7] apresuradamente [8] las gestiones [9] para regresar [10] a su país. Entre ellos se encontraba el destinatario de la carta de Ferrantelli, Rosario Valenti a quien el zapatero desaparecido negó conocer, y que en realidad era uno de los amigos que más frecuentaban el establecimiento. Cuando supo [11] que cinco compañeros amigos habían desaparecido, Rosario Valenti se escondió tres días. Pero luego salió a la calle a preparar su documentación [12] para abandonar el país. En la puerta de la Dirección de Extranjería [13], un martes a las 4 de la tarde, dos desconocidos le cerraron el paso [14]. Lo hicieron subir a un automóvil. Esa fue la última vez que se le vio.

El último en verlo, por casualidad [15], fue otro siciliano que conocía a Valenti de vista, pero que era amigo de un tío suyo [16], Minzione Polizzi, quien compartía [17] con el sexto italiano desaparecido una pieza modesta [18] en una pensión de La Plaza Las Mercedes. Informado, Minzione Polizzi de que su sobrino [19] había sido secuestrado, torturado él mismo por el miedo [20], se dirigió a una agencia de turismo e [21] inició la urgente tramitación [22] de sus documentos para abandonar el país.

---

1. **quinto** : *cinquième* (chiffre ordinal et fraction) ; obligatoire pour les rois, les papes, les siècles.
2. **de qué se trataba** : *de quoi il s'agissait* ; **tratarse** : *s'agir ;* **tratar** : *traiter, négocier.*
3. **amenaza** : *menace ;* **amenazar** : *menacer ;* **amenazador** : *menaçant.*
4. **muchos de ellos** : *beaucoup d'entre eux.*
5. **se escondieron** : de **esconderse** : *se cacher ;* **el escondite** : *la cachette ;* **jugar al escondite** : *jouer à cache-cache.*
6. **precavidos** : *prévoyants, avisés.*
7. **iniciaron** : de **iniciar** : (ici) *commencer ; initier.*
8. **apresuradamente** : *en hâte ;* **apresurarse** : *se hâter.*
9. **las gestiones** : *les démarches ;* **gestionar un asunto** : *faire les démarches en vue d'une affaire.*
10. **regresar** : *revenir, retourner ;* **el regreso** : *le retour.*

La nouvelle de la disparition d'un cinquième Sicilien fit naître la panique au sein de la colonie. Sans savoir de quoi il s'agissait, mais supposant qu'une terrible menace pesait sur les Siciliens de Caracas, beaucoup d'entre eux se cachèrent. D'autres, plus prévoyants, commencèrent en hâte les démarches pour retourner dans leur pays. Parmi eux se trouvait le destinataire de la lettre de Ferrantelli, Rosario Valenti, que le cordonnier disparu avait déclaré ne pas connaître et qui, en réalité, était l'un des amis qui fréquentaient le plus l'établissement. Lorsqu'il apprit la disparition de cinq de ses camarades et amis, Rosario Valenti se cacha pendant trois jours. Mais il sortit ensuite pour préparer ses papiers àfin de quitter le pays. A la porte du service des étrangers, un mardi à quatre heures de l'après-midi, deux inconnus lui barrèrent le passage. Ils le firent monter dans une automobile. C'est la dernière fois qu'on le vit.

Le dernier à l'avoir vu, par hasard, c'est un autre Sicilien qui connaissait Valenti de vue, mais qui était l'ami d'un de ses oncles, Minzione Polizzi, qui partageait avec le sixième Italien disparu une chambre modeste dans une pension de la place Las Mercedes. Minzione Polizzi, informé de la séquestration de son neveu, lui-même torturé par la peur, s'adressa à une agence de voyages et mit en route d'urgence les démarches pour obtenir ses papiers afin de quitter le pays.

---

11. **supo** : de **saber** : (v. irr.) *savoir, apprendre*.
12. **su documentación** : *ses papiers* ; syn. **los documentos**.
13. **Dirección de Extranjería** : *service des étrangers ;* el extranjero : *l'étranger* (au pays) ; **el forastero** : *l'étranger* (à la région) ; **el extraño** : *l'étranger* (au groupe).
14. **le cerraron el paso** : *lui barrèrent le passage* ; v. irr. **cerrar** : *fermer*.
15. **por casualidad** : *par hasard* ; syn. **casualmente**.
16. **un tío suyo** : *un de ses oncles ;* **un tío** : *un type*.
17. **compartía** : de **compartir** : *partager (avec) ;* **repartir** : *partager (qqch.)*.
18. **una pieza modesta** : *une chambre modeste ;* **pieza (musical)** : *morceau de musique*.
19. **sobrino** : *neveu ;* **sobrina** : *nièce*.
20. **el miedo** : *la peur ;* **miedoso** : *peureux*.
21. **e** : remplace y devant un mot commençant par i.
22. **tramitación** : *mise en route des démarches*.

Fue la última diligencia que hizo en Caracas. En la puerta de la agencia de turismo, un desconocido se le acercó[1] y lo obligó a subir a una camioneta. Esa fue la última vez que se vio a Minzione Polizzi.

Era como si los siete italianos se los hubiera tragado la tierra[2]. Amordazados[3] por la censura, los periódicos de 1955[4] ignoraron la trascendencia[5] de la noticia. Pero los inmigrantes italianos la comentaron a media voz durante muchos meses. En apariencia, no había ninguna lógica en aquella desaparición de siete inmigrantes modestos, cuyas ganancias[6] apenas les permitían pagar una pensión de 180 bolívares[7]. Ninguno de ellos tenía antecedentes judiciales[8]. Giuseppe Ferrantelli, el más vivo[9], el más acomodado[10], el mejor vestido y el más culto[11] de la partida[12], ni siquiera había inmigrado a Venezuela presionado por las angustias económicas[13]. Había nacido en Burgio, en la arisca[14] provincia siciliana, donde su familia disfrutaba[15] de una cierta bonanza[16]. Ferrantelli había abandonado su casa en 1953 porque un amigo de familia, emigrado a Venezuela, hablaba de Caracas en sus cartas como una ciudad milagrosa[17] donde crecían[18] en 24 horas enormes rascacielos[19] de vidrios[20]. Nada más que por curiosidad[21], Ferrantelli atravesó[22] el Atlántico, desembarcó[23] en La Guaira y se preparó para asistir al milagro de los rascacielos.

---

1. **se le acercó** : de **acercarse** : *s'approcher.*
2. **como si los siete italianos se los hubiera tragado la tierra** : *comme si la terre avait avalé les sept Italiens* : redoublement du compl. par le pron. et inversion du sujet ; **tragar** : *avaler.*
3. **amordazados** : *bâillonnés ;* la mordaza : *le bâillon.*
4. **los periódicos de 1955** : c'est encore la dictature de Marcos Pérez Jiménez (1952-1958).
5. **la trascendencia** : *l'importance ;* **trascendente** : *important ;* syn. **trascendental.**
6. **ganancias** : (ici) *gains ; bénéfices.*
7. **bolívares** : *bolivars* : monnaie vénézuélienne qui tire son nom du Libérateur Simón Bolívar (1783-1830).
8. **antecedentes judiciales** : *casier judiciaire.*
9. **vivo** : (ici) *malin, habile.*
10. **acomodado** : *aisé, à son aise.*
11. **culto** : *instruit, cultivé.*

C'est la dernière démarche qu'il fit à Caracas. A la porte de l'agence de voyages, un inconnu s'approcha de lui et l'obligea à monter dans une camionnette. Ce fut la dernière fois que l'on vit Minzione Polizzi.

C'était comme si la terre avait avalé les sept Siciliens. Bâillonnés par la censure, les journaux de 1955 ignorèrent l'importance de la nouvelle. Mais les immigrants italiens la commentèrent à mi-voix pendant des mois. Apparemment il n'y avait aucune logique dans cette disparition de sept immigrants modestes : avec ce qu'ils gagnaient, ils pouvaient à peine payer une pension de 180 bolivars. Aucun d'eux n'avait un casier judiciaire. Giuseppe Ferrantelli, le plus malin, le plus aisé, le mieux habillé et le plus instruit de la bande, n'avait même pas immigré au Venezuela, pressé par des difficultés économiques. Il était né à Burgio, dans la farouche province sicilienne, où sa famille jouissait d'une certaine prospérité. Ferrantelli était parti de chez lui en 1953 parce qu'un ami de la famille, émigré au Venezuela, parlait de Caracas dans ses lettres comme d'une ville miraculeuse où, en vingt-quatre heures, poussaient d'énormes gratte-ciel en verre. Rien que par curiosité, Ferrantelli traversa l'Atlantique, débarqua à La Guaira et s'apprêta à assister au miracle des gratte-ciel.

---

12. **la partida** : (ici) *la bande ; le départ.*
13. **angustias económicas** : *embarras économiques.*
14. **arisca** : *sauvage, farouche.*
15. **disfrutaba** : de **disfrutar** : *jouir, profiter.*
16. **bonanza** : *prospérité, aisance ; bonace* (terme maritime).
17. **milagrosa** : *miraculeuse ;* **el milagro** : *le miracle ;* Milagros : prénom féminin.
18. **crecían** : de **crecer** : (v. irr.) *pousser ; croître, grandir.*
19. **rascacielos** : *gratte-ciel ;* rascar : *gratter.*
20. **vidrios** : *verre, vitres ;* **el vidrio** : *le verre* (matière) ; **el vaso** : *le verre* (récipient) ; **la vidriera** : *la verrière, le vitrail ;* **el vitral** : *le vitrail.*
21. **Nada más que por curiosidad** : *rien que par curiosité.*
22. **atravesó** : de **atravesar** : *traverser ;* **la travesía** : *la traversée ;* syn. **cruzar.**
23. **desembarcó** : de **desembarcar** : *débarquer ;* el desembarco : *le débarquement* (passagers, troupes) ; **el desembarque** : *le débarquement* (marchandises).

127

Pero dos meses de turismo vegetal lo pusieron [1] frente a la realidad concreta de que en Venezuela era preciso [2] trabajar para comer.

La voz de la S.N. [3] *corta el reportaje de Bafile : « No camine sobre dinamita. »*

En contacto con un grupo de compatriotas, Ferrantelli compró [4] a crédito un viejo Chevrolet, azul y rojo, placa 5671, y se dedicó a viajar en él [5] por los estados Miranda y Aragua, vendiendo toda clase de mercancías baratas [6]. Las ganancias no eran apreciables. Pero los gastos tampoco [7]. En la Pensión Libanesa, se metió [8] en una pieza grande sin más adornos [9] que una ventana [10] de cortinas [11] rojas sobre la calle, en compañía de tres sicilianos más : Bernardo y Vicenzo Piazza y Rosario La Porta.

Todos, salvo [12] Bernardo Piazza — que no tenía ningún parentesco [13] con Vicenzo Piazza — eran oriundos [14] de Burgio. Por la pensión completa pagaban cada uno 180 bolívares.

A través [15] de Bernardo Piazza — que era natural [16] de Alessandría de la Roca — los cuatro sicilianos del Chevrolet azul y rojo se hicieron amigos del propietario de la Zapatería Roma, Calogero Bacino. Allí se reunían todos al atardecer [17], a conversar de la patria distante [18] en ese dialecto abrupto y árido que tanto se parecía [19] a la provincia natal.

---

1. **pusieron** : de **poner** : (v. irr.) *mettre.*
2. **era preciso** : *il fallait* ; loc. verb. : **ser preciso** : *falloir, être nécessaire.*
3. **S. N. : Seguridad Nacional** : *Sécurité nationale.*
4. **compró** : de **comprar** : *acheter.*
5. **se dedicó a viajar en él** : *l'utilisa pour voyager* ; m. à m. : *se mit à y voyager ;* **dedicarse a :** *se consacrer à.*
6. **mercancías baratas** : *articles* (marchandises) *bon marché.*
7. **los gastos tampoco** : *les frais non plus.*
8. **se metió** : *il s'installa* ; m. à m. : *se casa, se fourra.*
9. **adornos** : *ornements, décoration ;* **adornar** : *orner.*
10. **una ventana** : *une fenêtre ;* **la ventanilla** : *le guichet* (banques, gares), *la fenêtre* (trains), *le hublot.*
11. **cortinas** : *rideaux* (à tirer) ; **el telón** : *le rideau* (théâtre).

Mais deux mois de tourisme végétal le mirent en face de la réalité concrète : au Venezuela, il fallait travailler pour manger.

La voix de la S.N. interrompt le reportage de Bafile :
« Ne marchez pas sur de la dynamite. »

En accord avec un groupe de compatriotes, Ferrantelli acheta à crédit une vieille Chevrolet, bleue et rouge, numéro 5671, et l'utilisa pour voyager dans les États de Miranda et d'Aragua, en vendant toute sorte de marchandises bon marché. Les bénéfices n'étaient pas extraordinaires. Mais les frais non plus. A la pension du Liban, il s'installa dans une grande pièce sans autre ornement qu'une fenêtre à rideaux rouges donnant sur la rue, en compagnie de trois autres Siciliens : Bernardo et Vicenzo Piazza et Rosario La Porta.

Tous, sauf Bernardo Piazza — qui n'avait aucun lien de parenté avec Vicenzo Piazza — étaient originaires de Burgio. Pour la pension complète, ils payaient chacun 180 bolivars.

Par l'intermédiaire de Bernardo Piazza — qui était natif d'Alessandria de la Roca — les quatre Siciliens à la Chevrolet bleue et rouge devinrent amis du propriétaire de la cordonnerie Roma, Calogero Bacino. Ils s'y réunissaient tous, à la tombée de la nuit, pour parler de la patrie lointaine, dans ce dialecte abrupt et aride qui ressemblait tellement à la province natale.

---

12. **salvo** : *sauf ;* syn. **excepto** ; **sano y salvo** : *sain et sauf.*
13. **parentesco** : *parenté* (liens familiaux) ; **la parentela** : *la famille proche ;* **los parientes** : *les parents* (famille) ; **los padres** : *les parents (le père et la mère).*
14. **oriundos** : *originaires.*
15. **a través** : (ici) *par l'intermédiaire, par l'entremise.*
16. **natural** : (ici) *natif, originaire ; naturel.*
17. **al atardecer** : *à la tombée de la nuit, à la fin de l'après-midi, au crépuscule.*
18. **distante** : *lointaine ;* **distar de** : *être éloigné de.*
19. **se parecía** : de **parecerse** (v. irr.) : *ressembler.*

Entre los contertulios[1] conocieron a Rosario Valenti y a su tío, Minzione Polizzi, que vivían a pocas cuadras de allí, en una misma pieza de la Plaza Las Mercedes. Ferrantelli comandaba siempre la conversación. « Sus iniciativas — se ha dicho en estos días — no se discutían : se aceptaban por buenas[2]. Estaba dotado[3] de una dialéctica singular y de una labia[4] capaz[5] de pulverizar la resistencia más obstinada. » En cierta manera, los siete constituían un grupo homogéneo. Pero los cuatro de la pensión Libanesa constituían un grupo compacto con intereses y aficiones[6] comunes. Vivían en la misma pieza. Trabajaban juntos[7]. Comían juntos, tomaban dos tazas de café después de la cena, hablando siempre, e iban al cine casi todas las noches[8]. Aparentemente, no tenían ninguna relación[9] que permitiera explicar su desaparición.

En la estrecha[10] y revuelta[11] oficina[12] que en ese tiempo servía de redacción, gerencia y administración a « La Voce d'Italia », uno de los periódicos en italiano que se editan en Caracas, el director Attilio M. Cecchini, un periodista[13] que parece más bien[14], por su físico, un galán[15] de cine italiano, tomó como cosa propia[16] la misteriosa desaparición de sus siete compatriotas. En una reunión informal con su jefe de redacción[17], Gaetano Bafile, decidió investigar[18] a fondo, por cuenta del periódico y sin recurrir a[19] la policía, hasta descubrir la verdad.

---

1. **contertulios** : *habitués de la réunion* (tertulia).
2. **por buenas** : *parce qu'elles étaient bonnes* : **por** a souvent un sens causal, notamment avec l'infinitif.
3. **dotado** : *doué* ; **dotar** : *doter* ; dote : *dot, don.*
4. **labia** : *bagout* ; el labio : *la lèvre.*
5. **capaz** : *capable* ; la capacidad : *la capacité* ; la capacitación : *la formation (professionnelle).*
6. **aficiones** : *goûts* ; aficionado : *amateur.*
7. **juntos** : *ensemble.*
8. **todas las noches** : *tous les soirs* ; anoche : *hier soir* ; esta noche : *ce soir* ; por la noche : *le soir.*
9. **ninguna relación** : *aucune connaissance* ; con relación a : *par rapport à* ; relacionarse con : *se mettre en rapport avec* ; las relaciones : *les relations.*
10. **estrecha** : *étroite* ; el estrecho : *le détroit* ; estrechar : *serrer, étreindre* ; syn. angosto (a) ; contr. : *ancho.*

Parmi les habitués, ils firent la connaissance de Rosario Valenti et de son oncle, Minzione Polizzi, qui habitaient quelques rues plus loin, dans une même chambre de la place Las Mercedes. Ferrantelli menait toujours la conversation. « Ses initiatives, a-t-on dit ces jours-ci, n'étaient pas discutées : elles étaient acceptées parce qu'elles étaient bonnes. Il était doué d'une dialectique singulière et d'un bagout capable de pulvériser la résistance la plus obstinée. » En un sens, les sept formaient un groupe homogène. Mais les quatre de la pension du Liban formaient un groupe compact aux intérêts et aux goûts communs. Ils habitaient dans la même chambre. Ils travaillaient ensemble. Ils mangeaient ensemble, ils prenaient deux tasses de café après le dîner, toujours en bavardant et ils allaient au cinéma presque tous les soirs. Apparemment, ils n'avaient aucune connaissance permettant d'expliquer leur disparition.

Dans le bureau étroit et en désordre qui, à cette époque-là, servait à la rédaction, à la gestion et à l'administration de *La Voce d'Italia*, un des journaux en italien publiés à Caracas, le directeur, Attilio M. Cecchini, un journaliste qui ressemble plutôt, par son physique, à un jeune premier de film italien, considéra comme quelque chose de personnel la mystérieuse disparition de ses sept compatriotes. Au cours d'une réunion informelle avec son rédacteur en chef, Gaetano Bafile, il décida d'enquêter à fond, pour le compte du journal et sans avoir recours à la police, jusqu'à la découverte de la vérité.

---

11. **revuelta :** (ici) *en désordre* ; p.p. de **revolver :** *mélanger, mettre sens dessus dessous* ; **la revuelta :** *la révolte.*
12. **oficina (la) :** *le bureau* ; **la oficina de turismo :** *le syndicat d'initiative* ; *l'office du tourisme* ; **el oficio :** *le métier, la profession.*
13. **un periodista :** *un journaliste* ; **el periodismo :** *le journalisme.*
14. **más bien :** *plutôt.*
15. **galán :** *jeune premier.*
16. **tomó como cosa propria :** *considéra comme quelque chose de personnel* ; m. à m. : *prit comme une chose à lui.*
17. **jefe de redacción :** *rédacteur en chef.*
18. **investigar :** (ici) *enquêter* ; *faire des recherches.*
19. **sin recurrir a :** *sans avoir recours à.*

Con el obstinado y minucioso método del periodista italiano, que es capaz de armar un tremendo escándalo [1] nacional partiendo de un cadáver tan modesto como el de Vilma Montesi [2], pero que en todo caso suele llegar [3] siempre primero que los detectives [4] al nudo [5] de un problema, Bafile dedicó varias semanas a recorrer [6], paso a paso, los últimos pasos dados [7] en Caracas, por los siete compatriotas desaparecidos. Pero en 1955, con la ciudad controlada por los 5 000 ojos de Pedro Estrada [8], las conclusiones a que llegó el periodista eran un pasaje sin regreso [9] para la muerte. Un funcionario de policía, que se dio cuenta de los progresos de Bafile en su investigación, lo previno [10] cordialmente :

— No camine [11] sobre dinamita.

El hombre a quien [12] ustedes deben asesinar se llama Pérez Jiménez [13].

El hilo [14] de la investigación había llevado al redactor de la « Voce d'Italia » hasta la « Gestoría [15] Capri », una agencia de turismo situada en la Urbanización [16] El Bosque [17], que se encargaba [18] de arreglar [19] la documentación [20] de los sicilianos de Caracas. La propietaria de la agencia, una italiana atractiva [21], enérgica e irascible tenía un grupo de amigos que podían ser la explicación de la rapidez y la eficacia con que su agencia de turismo tramitaba [22] la documentación de sus compatriotas.

---

1. **armar un tremendo escándalo :** *déclencher un terrible scandale ;* **armar :** *monter* (jeu, machines), *armer.*
2. **Vilma Montesi :** allusion à une affaire des années 1950.
3. **suele llegar :** *arrive généralement ;* de **soler** (v. irr.) : *avoir l'habitude de, être généralement.*
4. **primero que los detectives :** *avant les policiers.*
5. **nudo :** *nœud ;* anudar : *nouer ;* reanudar : *reprendre.*
6. **recorrer :** *parcourir ;* el recorrido : *le parcours.*
7. **los últimos pasos dados :** *les derniers pas faits ;* dar un paso : *faire un pas ;* dar un paseo : *faire une promenade.*
8. **Pedro Estrada :** chef de la Sûreté.
9. **pasaje sin regreso :** *billet sans retour.*
10. **previno :** de **prevenir** (v. irr.) : *prévenir.*

Avec la méthode, obstinée et minutieuse, du journaliste italien, capable de déclencher un terrible scandale national, en partant d'un cadavre aussi modeste que celui de Vilma Montesi, mais qui, de toutes manières, parvient toujours avant les détectives au nœud d'un problème, Bafile mit plusieurs semaines à parcourir, un à un, les derniers pas faits, à Caracas, par les sept compatriotes disparus. Mais en 1955, avec la ville sous le contrôle des 5 000 yeux de Pedro Estrada, les conclusions du journaliste aboutissaient à un billet sans retour vers la mort. Un policier, qui se rendit compte des progrès de Bafile dans son enquête, le prévint cordialement :
« Ne marchez pas sur de la dynamite. »

L'homme que vous devez assassiner s'appelle Pérez Jiménez.

Le fil de l'enquête avait mené le rédacteur de *La Voce d'Italia* jusqu'à la Gestoría Capri, une agence de voyages située dans le quartier El Bosque et qui se chargeait d'arranger les papiers des Siciliens de Caracas. La propriétaire de l'agence, une Italienne attrayante, énergique et irascible, avait un groupe d'amis qui pouvait expliquer la rapidité et l'efficacité de son agence de voyages pour s'occuper des papiers de ses compatriotes.

---

11. **no camine** : *ne marchez pas ;* **caminar** : *marcher, cheminer ;* impér. négatif : toujours avec le subj.
12. **a quien** : compl. d'objet désignant une personne précédé de **a** ; **quien** : relatif réservé aux personnes.
13. **Pérez Jiménez (Marcos)** : général et homme politique vénézuélien, né en 1914 ; au pouvoir entre 1952 et 1958 ; renversé par la révolution démocratique de 1958.
14. **el hilo** : *le fil ;* **hilar** : *filer ;* **la hilandera** : *la fileuse ;* **el hijo** : *le fils.*
15. **Gestoría ;** *agence, cabinet d'affaires.*
16. **Urbanización** : (ici) *quartier, lotissement.*
17. **El Bosque** : *le bois* (ensemble d'arbres) ; **la madera** : *le bois (de construction) ;* **la leña** : *le bois (de chauffage).*
18. **se encargaba** : de **encargarse** : *se charger de ;* **el encargado** : *le préposé ; l'employé.*
19. **arreglar** : *arranger, régler.*
20. **la documentación** : *les papiers (d'identité).*
21. **atractiva** : *attrayante ;* **atraer** : *attirer.*
22. **tramitaba** : de **tramitar** : *faire des démarches, s'occuper d'une affaire.*

Ese grupo de amigos era el sexteto de la muerte[1], el siniestro brazo derecho de Pedro Estrada. La propietaria de la « Gestoria Capri » tenía un nombre absolutamente desconocido en 1955, que hace tres semanas es uno de los más conocidos de Caracas : Ada Di Tomaso.

Nacida en Buganra, en el Abruzzo[2], Ada Di Tomaso había entrado en contacto con la S.N. a través de su marido, un oscuro portugués llamado Angiolino Apolinario. Ferrantelli frecuentaba la « Gestoría Capri ». Bafile llegó a la conclusión de que era allí donde había empezado[3] todo el drama. Según él, Giuseppe Ferrantelli, enterado[4] de que el marido de Ada Di Tomaso pertenecía[5] a la S.N. le preguntó :

— ¿ Y yo no podría entrar también en la Seguridad ?

El portugués prometió interponer su influencia[6]. Concertó una cita[7] con un alto oficial[8] de la Guardia Nacional[9], a la cual asistió puntualmente Ferrantelli, acompañado por su compañero[10] de pieza y negocios, Vicenzo Piazza, que también tenía interés en ingresar a la S.N.[11] El oficial era — según lo reveló hace poco « La Voce d'Italia » — el Coronel[12] Oscar Tamayo Suárez. La primera entrevista[13] fue simplemente para establecer los contactos. En la segunda se planteó[14] una cuestión[15] de confianza. Luego[16] las entrevistas se sucedieron casi a diario.

---

1. **el sexteto de la muerte :** *le sextette de la mort.*
2. **el Abruzzo :** *les Abruzzes* (en Italie).
3. **era allí donde había empezado :** *c'est là qu'avait commencé ;* **era :** imparfait par concordance avec le v. suivant ; **donde :** idée de lieu.
4. **enterado :** p.p. de **enterar :** *mettre au courant ;* **enterarse :** *apprendre, savoir.*
5. **pertenecía :** de **pertenecer** (v. irr.) : *appartenir.*
6. **prometió interponer su influencia :** *promit de servir d'intermédiaire ;* m. à m. : *promit d'interposer son influence ;* v. **prometer :** se construit sans prép.
7. **concertó una cita :** *il combina (arrangea) un rendez-vous ;* **concertar** (v. irr.) : *mettre d'accord, combiner.*
8. **un alto oficial :** *un officier de haut grade.*
9. **Guardia Nacional :** *garde nationale :* corps à mi-chemin entre l'armée (**Ejército**) et la police (**Policía**).

Ce groupe d'amis, c'était le sextette de la mort, le sinistre bras droit de Pedro Estrada. La propriétaire de la Gestoría Capri avait un nom absolument inconnu en 1955 : il y a trois semaines, il est devenu l'un des plus connus de Caracas : Ada Di Tomaso.

Née à Buganra, dans les Abruzzes, Ada Di Tomaso était entrée en relation avec la S.N. par l'entremise de son mari, un obscur Portugais nommé Angiolino Apolinario. Ferrantelli fréquentait la Gestoría Capri. Bafile parvint à conclure que c'est là où tout le drame avait commencé. D'après lui, Giuseppe Ferrantelli, ayant appris que le mari d'Ada Di Tomaso faisait partie de la S.N., lui avait demandé : « Et moi, je ne pourrais pas également entrer à la Sécurité ? »

Le Portugais promit de servir d'intermédiaire. Il combina un rendez-vous avec un officier de haut grade de la garde nationale, auquel se rendit ponctuellement Ferrantelli, accompagné de son camarade de chambre et d'affaires, Vicenzo Piazza, qui voulait également entrer à la S.N. D'après les révélations récentes de *La Voce d'Italia*, l'officier était le colonel Oscar Tamayo Suárez. Le premier entretien servit simplement à entrer en contact. Au cours du second, la question de la confiance fut posée. Puis, les entretiens se succédèrent presque quotidiennement.

---

10. **compañero** : *camarade, compagnon.*
11. **ingresar a la S.N.** : *entrer à la Sécurité nationale.*
12. **coronel** : *colonel.*
13. **entrevista** : *entretien, entrevue.*
14. **se planteó** : de **plantear** : *poser* (un problème).
15. **cuestión** : *question (affaire)* ; **la pregunta** : *la question (interrogation)* ; **cuestionar** : *contester* ; **preguntar** : *questionner, interroger.*
16. **luego** : *puis, ensuite* ; **desde luego** : *d'ailleurs.*

En una de ellas, el oficial quiso[1] saber si los sicilianos eran buenos tiradores[2]. En el Polígono de Tiro, Vicenzo Piazza demostró no sólo que sabía manejar[3] un revólver, sino que era un tirador de escuela. Entonces se les solicitó[4] un tercer hombre de entera confianza para cumplir[5] una misión delicada. Ferrantelli recomendó a otro de sus compañeros de pieza : Bernardo Piazza. Una vez constituido el equipo, se les puso al tanto[6] de la delicada misión que les sería encomendada[7], asesinar a Marcos Pérez Jiménez. La recompensa era de 400 000 bolívares. La mitad sería pagada antes del atentado. La otra mitad sería entregada[8] después, junto con los pasajes en avión y los documentos en regla para viajar a Italia.

Veinte detectives vigilan[9] una fiesta en la Zapatería « Roma ».

Bafile supone[10] que los sicilianos no creyeron[11] en aquel enorme complot planteado en términos tan sencillos[12]. Pero se prestaron al juego[13] pensando que, de todos modos[14], podrían derivar de él algún provecho[15]. En el proceso[16] de perfeccionamiento[17] del plan[18], un cuarto hombre ingresó a la sociedad : Minzione Polizzi. Fue él quien se encargó de hacer traer las pistolas desde Italia.

---

1. **quiso :** de **querer** (v. irr.) : *vouloir* (avec inf. ou nom de chose) ; **querer a :** *aimer* (d'amour ou d'affection).
2. **tiradores :** *tireurs ;* tirador de escuela : *tireur professionnel ;* tirador de primera : *tireur d'élite.*
3. **manejar :** *manier, manipuler, se servir de ; conduire.*
4. **se les solicitó :** *on leur demanda ;* v. **solicitar :** *demander ;* solicitud de empleo : *demande d'emploi.*
5. **cumplir :** *accomplir, remplir, être chargé de ;* **cumplir 20 años :** *avoir 20 ans ; tenir ses promesses.*
6. **se les puso al tanto :** *on les mit au courant ;* de **poner** (v. irr.) ; syn. **poner al corriente.**
7. **que les sería encomendada :** *qui leur serait assignée ;* **encomendar** (v. irr.) **algo a alguien :** *charger qqn. de faire qqch.*
8. **entregada :** p.p. de **entregar :** *remettre, livrer.*
9. **vigilan :** de **vigilar :** *surveiller ;* **el vigilante :** *le surveillant.*

Au cours de l'un d'eux, l'officier voulut savoir si les Siciliens étaient bons tireurs. Sur le polygone de tir, Vicenzo Piazza prouva, non seulement qu'il savait se servir d'un revolver, mais qu'il était un tireur professionnel. On leur demanda alors de trouver un troisième homme ayant leur entière confiance afin d'accomplir une mission délicate. Ferrantelli recommanda un autre de ses camarades de chambre : Bernardo Piazza. Une fois l'équipe constituée, on la mit au courant de la délicate mission dont elle serait chargée, celle d'assassiner Marcos Pérez Jiménez. La récompense s'élevait à 400 000 bolivars. La moitié serait payée avant l'attentat. L'autre moitié serait versée après, avec les billets d'avion et les papiers en règle pour partir en Italie.

Vingt détectives surveillent
une fête à la cordonnerie Roma.

Bafile suppose que les Siciliens n'ont pas cru à cet énorme complot aussi simplement bâti, mais qu'ils avaient joué le jeu en pensant que, de toutes manières, ils pourraient en tirer quelque profit. Au cours du processus de mise au point du projet, un quatrième homme fit son entrée dans l'association : Minzione Polizzi. C'est lui qui se chargea de faire venir les pistolets d'Italie.

---

10. **supone :** de **suponer** (v. irr.) : *supposer ;* la suposi-ción : *la supposition ;* **por supuesto** : *naturellement.*
11. **creyeron :** de **creer** : *croire ;* **el creyente** : *le croyant ;* **la creencia** : *la croyance ;* **crear** : *créer.*
12. **sencillos :** *simples ;* **la sencillez** : *la simplicité.*
13. **se prestaron al juego :** *ils jouèrent le jeu ;* de **prestar** : *prêter* (v. irr.) ; **jugar** : *jouer ;* **el juguete** : *le jouet.*
14. **de todos modos :** *de toute manière ;* **el modo** : *la manière, le mode* (grammaire) ; **la moda** : *la mode.*
15. **podrían derivar de él algún provecho :** *ils pourraient en tirer quelque profit (bénéfice) ;* de **poder** (v. irr.) : *pouvoir ;* **derivar** : *dériver ;* **aprovechar** : *profiter.*
16. **proceso :** (ici) *processus ;* **el proceso** : *le procès* (droit pénal) ; **el pleito** : *le procès* (droit civil).
17. **perfeccionamiento :** *mise au point ;* **perfeccionar** : *mettre au point ;* **perfecto** : *parfait ;* **la perfección** : *la perfection.*
18. **plan :** *plan (projet) ;* **el plano** : *plan* (architecture).

Las trajo[1] personalmente un sobrino[2] suyo, quien desembarcó en La Guaira[3] sin que su equipaje[4] fuera requisado[5] en la aduana[6]. Ese sobrino habría de ser más tarde otro de los desaparecidos : Rosario Valenti.

En enero de 1955, el Chevrolet azul y rojo de los sicilianos no anduvo[7] solo por las calles de Caracas. A prudente distancia los siguió[8] siempre un automóvil de la S.N. Un detective alquiló[9] en la pensión Libanesa la pieza contigua a la de los sicilianos. En esos días, Bacino dio una fiesta en su zapatería, y mientras ella duró[10], la cuadra estuvo llena de detectives[11]. Pedro Estrada estaba sobre la pista del complot.

El 25 de febrero en la noche, en la puerta de la pensión Libanesa, se liquidó[12] para siempre el proyecto de atentado contra Pérez Jiménez. Cinco días después no quedaba un solo rastro[13] de los siete sicilianos, las únicas personas que conocían las intimidades del complot[14], fueron silenciadas[15] para siempre por la S.N. Tres años después de la desaparición, « La Voce d'Italia » — que había guardado esta historia en sus archivos[16] — soltó[17] la bomba a todo lo ancho de su primera página[18]. De acuerdo con las averiguaciones[19] del periodista Gaetano Bafile, el complot contra Pérez Jiménez era una farsa[20].

---

1. **trajo :** de **traer** (v. irr.) : *apporter ;* llevar : *porter, emporter.*
2. **sobrino :** *neveu ;* nieto : *petit-fils ;* sobrina : *nièce.*
3. **La Guaira :** port important, situé au nord de Caracas.
4. **equipaje :** *bagages ;* la tripulación : *l'équipage.*
5. **fuera requisado :** de **requisar :** *vérifier, fouiller.*
6. **la aduana :** *la douane ;* el aduanero : *le douanier.*
7. **anduvo :** de **andar** (v. irr.) : *marcher ;* (ici) *rouler ;* las andanzas : *les aventures ;* el caballero andante : *le chevalier errant ;* andariego : *aventureux.*
8. **siguió :** de **seguir** (v. irr.) : *suivre.*
9. **alquiló :** de **alquilar :** *louer ;* el alquiler : *le loyer.*
10. **mientras ella duró :** *pendant sa durée ;* m. à m. : *tant qu'elle a duré ;* **mientras :** *tant que, pendant que ;* mientras que : *tandis que.*
11. **la cuadra estuvo llena de detectives :** *la rue demeura*

Ils furent apportés personnellement par un des ses neveux, qui débarqua à La Guaira sans voir ses bagages fouillés à la douane. Ce neveu devait être plus tard un autre des disparus : Rosario Valenti.

En janvier 1955, la Chevrolet bleue et rouge des Siciliens ne roula pas seule dans les rues de Caracas. Elle fut toujours suivie, à une distance raisonnable, par une automobile de la S.N. Un détective loua, à la pension du Liban, la chambre contiguë à celle des Siciliens. Un de ces jours-là, Bacino organisa une fête dans sa cordonnerie et, pendant sa durée, la rue demeura pleine de policiers. Pedro Estrada était sur la piste du complot.

Le 25 février au soir, à la porte de la pension du Liban, le projet d'attentat contre Pérez Jiménez fut liquidé pour toujours. Cinq jours après, il ne restait aucune trace des sept Siciliens ; les seules personnes qui connaissaient les dessous du complot furent à jamais réduites au silence par la S.N. Trois ans après la disparition, *La Voce d'Italia* — qui avait gardé cette histoire dans ses archives — lâcha la bombe sur toute sa première page. D'après les enquêtes du journaliste Gaetano Bafile, le complot contre Pérez Jiménez était une farce.

---

remplie de policiers ; **la cuadra :** espace d'environ 100 mètres entre deux rues ; **lleno :** *plein, rempli.*

12. **se liquidó :** de **liquidarse :** *être liquidé ;* emploi du passif à forme pronominale.

13. **rastro :** *trace ;* **rastrear :** *suivre à la trace ;* **arrastrar :** *traîner ;* **el Rastro :** *marché aux puces de Madrid.*

14. **las intimidades del complot :** *les dessous du complot ;* **la intimidad :** *l'intimité ;* **íntimo :** *intime ;* **intimar con :** *se lier avec.*

15. **fueron silenciadas :** de **silenciar :** *réduire au silence ;* **el silencio :** *le silence ;* **silencioso :** *silencieux.*

16. **archivos :** *archives ;* **archivar :** *classer ;* **el archivador :** *le classeur ;* **el archivero :** *l'archiviste.*

17. **soltó :** de **soltar** (v. irr.) : *lâcher ; détacher, libérer.*

18. **a todo lo ancho de su primera página :** *sur toute sa première page ;* m. à m. : *sur toute la largeur ;* art. neutre **lo** + adj. équivaut au nom correspondant.

19. **las averiguaciones :** *les enquêtes, les vérifications ;* **averiguar :** *enquêter, vérifier.*

20. **farsa :** *farce (blague) ;* **farsante :** *farceur.*

El portugués Apolinario, que descubrió los propósitos[1] de los sicilianos, los vendió[2] a Pedro Estrada por 10 000 bolívares. Pero Apolinario no está en Venezuela para responder ante la justicia[3], pues[4] abandonó el país en circustancias que no han sido explicadas. Ada Di Tomaso, la única sindicada[5], fue sometida[6] a una indagatoria[7] de tres horas en el Juzgado Segundo de Instrucción[8]. Al final de la diligencia, en una crisis de nervios, se enfrentó[9] a los periodistas para negar obstinadamente todos los cargos. Pero 24 horas después había desaparecido.

---

1. **los propósitos** : *les intentions ;* **a propósito de** : *à propos de ;* **proponer** : *proposer.*
2. **vendió** : de **vender** : *vendre ;* **la venta** : *la vente ; l'auberge ;* **el vendedor** : *le marchand.*
3. **ante la justicia** : *devant les tribunaux ;* **ante** : *devant, auprès ;* **la justicia** : *la justice ;* **justo** : *juste.*
4. **pues** : *car ; eh bien* (au début d'une proposition) ; *donc* (après le début d'une proposition).
5. **sindicada** : de **sindicar** : *accuser* (en justice).
6. **fue sometida** : de **someter** : *soumettre.*
7. **indagatoria** : (ici) *interrogatoire ; commission d'enquête ;* **indagar** : *interroger, enquêter.*
8. **el Juzgado Segundo de Instrucción** : *Tribunal d'Instruction Numéro Deux ;* **el juzgado** : *le tribunal* (dans certains pays *le commissariat*) ; **juzgar** : *juger ;* **el juez** : *le juge.*
9. **se enfrentó** : de **enfrentarse** : *faire face, affronter.*

Le Portugais Apolinario, qui avait découvert les intentions des Siciliens, les avait vendus à Pedro Estrada pour 10 000 bolivars. Mais Apolinario n'est pas au Venezuela pour répondre devant les tribunaux, car il a quitté le pays dans des circonstances qui n'ont pas été expliquées. Ada Di Tomaso, la seule accusée, fut soumise à un interrogatoire de trois heures au tribunal d'instruction numéro deux. A la fin de l'enquête, en pleine crise de nerfs, elle fit face aux journalistes pour nier obstinément toutes les charges. Mais vingt-quatre heures plus tard, elle avait disparu.

Révisions

Voici quelques phrases en français, inspirées de celles que vous avez rencontrées dans la nouvelle. Traduisez-les en espagnol sans regarder le corrigé, puis vérifiez si elles sont correctes.

1. Dans la salle à manger, il y avait de nombreux pots de fleurs.
2. Un groupe bruyant descendit, sortit et monta dans une automobile.
3. Il parla d'une voix sèche et catégorique.
4. Cet ouvrier à la peau tannée était sicilien.
5. Le cinquième homme, prévoyant, prépara ses papiers.
6. Le cordonnier apprit que cinq de ses compagnons avaient disparu.
7. Par hasard, son ami le vit dans une agence de voyages.
8. Il voulait faire des démarches pour partir de Caracas.
9. La Guaira est un port vénézuélien.
10. Dans cette ville miraculeuse, il achetait à crédit des marchandises.
11. Sauf Bernard, ils payaient tous deux cents bolivars.
12. Les habitués de la réunion discutent de la patrie lointaine.

1. En el comedor, había numerosos tiestos con flores.
2.. Un grupo bullicioso bajó, salió y subió a un automóvil.
3. Habló con voz seca y terminante.
4. Ese obrero de piel curtida era siciliano.
5. El quinto hombre, precavido, preparó sus documentos.
6. El zapatero supo que cinco de sus compañeros habían desaparecido.
7. Por casualidad, su amigo lo vio en una agencia de viajes.
8. Quería hacer gestiones para salir de Caracas.
9. La Guaira es un puerto venezolano.
10. En esta ciudad milagrosa compraba mercancías a crédito.
11. Salvo Bernardo, todos pagaban doscientos bolívares.
12. Los contertulios conversan de la patria distante.

LISANDRO OTERO

En el Ford azul

Dans la Ford bleue

Lisandro Otero est né à La Havane en 1932. Il a été correspondant de presse et a voyagé en Europe, en Amérique et en Afrique. En 1955, il a reçu le prix de journalisme « Juan Gualberto Gómez » pour une série de reportages sur la guerre d'Algérie. Après la victoire de la Révolution cubaine, Otero a occupé divers postes officiels.

Son premier recueil de nouvelles, *Tabaco para un jueves santo*, paraît à Paris, en 1955. En 1956, Otero rejoint les révolutionnaires cubains. En 1960, il publie un reportage, « Cuba, zone de développement agraire ». En 1963, il publie *La situación* (prix Casa de las Américas), qui évoque Cuba dans les années 1950. En 1964, le court roman *Pasión de Urbino* obtient une mention au prix Biblioteca Breve. Il sera publié en 1966 à Buenos Aires et en 1967 à La Havane. En 1970, l'écrivain cubain publie *En ciudad semejante*, suite de *La Situación*. Le roman évoque les luttes dans la Sierra Maestra et le passé révolutionnaire de Cuba. La même année Otero publie un livre de témoignages, *En busca de Vietnam*. De 1972 à 1977, Otero écrit *General a caballo*, un court roman sur la dictature au quotidien, satirique et plein d'ironie. Le dernier roman de Lisandro Otero, *Temporada de ángeles,* évoque la Grande-Bretagne au temps de Cromwell. Quelques essais de l'écrivain cubain ont été recueillis dans *Trazados* (1977).

Ténían el automóvil, que era lo importante[1]. Para trasladar[2] algo hacen falta[3] cuatro ruedas y lo demás[4] es secundario. El « movimiento » les prestó el Ford azul que, con una bujía defectuosa, podía subir a ochenta en menos de cien metros.

Antonio lo parqueó[5] en el garaje y caminó hasta la casa.

— ¿ Está bueno ?
— Camina bien[6].
— Pero... ¿ bueno ?
— ¿ Qué tú quieres[7] ? Camina. Hasta corre[8].
— Ayúdame a cargar.
— ¿ Así, en la calle ?
— La casa no está quemada.[9]
— ¿ No hay chivatos[10] ?
— Casi seguro que no.

Entraron en la casa. La sala estaba vacía. En el primer cuarto había un catre[11] de lona[12] y una pistola[13] en el piso. En el segundo cuarto, cubierta con un nailon[14], reposaba la *multilit*[15]. Junto a ella, cuatro paquetes.

— Lleva tú dos y yo dos — dijo Yoyi.
— Ponlos en el asiento[16] de delante.
— En el maletero[17] es mejor.
— Es lo primero que registran[18]. En el asiento es más inocente[19].

---

1. **que era lo importante :** *et c'était cela l'important ;* le **que** est à la fois explétif et insistant.
2. **trasladar :** (ici) *transporter ; transférer* (tourisme).
3. **hacen falta :** *il faut ;* syn. : se necesitan.
4. **lo demás :** *le reste :* lo, art. neutre.
5. **parqueó :** de **parquear :** *garer, stationner ;* syn. : aparcar.
6. **camina bien :** *il marche bien ;* v. **caminar :** *marcher.*
7. **¿ Qué tú quieres ? :** *qu'est-ce qu'il te faut ?* A Cuba, **tú** est souvent inséré entre **qué** et le verbe.
8. **Hasta corre :** *et même il va vite :* **correr :** *courir.*
9. **La casa no está quemada :** *la maison n'est pas brûlée (grillée, démasquée).*
10. **chivatos :** (ici) *mouchards, délateurs ; chevreaux.*
11. **catre :** *lit de camp.*
12. **lona :** *toile* (à voile, à bâche, de tente).

Ils avaient l'automobile, et c'était cela l'important. Pour transporter quelque chose, il faut quatre roues et le reste est secondaire. Le « mouvement » leur avait prêté la Ford bleue qui, malgré une bougie défectueuse, pouvait monter à quatre-vingts en moins de cent mètres.

Antonio la mit dans le garage et marcha jusqu'à la maison.

« Elle marche bien ?

— Elle roule bien.

— Mais... vraiment bien ?

— Qu'est-ce qu'il te faut. Elle marche. Elle court même !

— Aide-moi à charger.

— Comme ça, dans la rue ?

— La maison n'est pas grillée.

— Il n'y a pas de mouchards ?

— Je suis presque sûr que non. »

Ils entrèrent dans la maison. Le salon était vide. Dans la première pièce, il y avait un lit de camp en toile et un pistolet par terre. Dans la seconde pièce, couverte d'un nylon, se trouvait la machine à polycopier. A côté d'elle, quatre paquets.

« Portes-en deux, et moi deux, dit Yoyi.

— Mets-les sur le siège de devant.

— C'est mieux dans le coffre à bagages.

— C'est la première chose qu'ils fouillent. Sur le siège, ça se remarque moins. »

---

13. **pistola :** *pistolet.*
14. **nailon :** *nylon.*
15. **la multilit :** *machine à polycopier.*
16. **asiento :** *siège.*
17. **maletero :** *coffre à bagages ;* **la maleta :** *la valise ; porteur* (gare).
18. **registran :** de **registrar :** *fouiller, vérifier ; enregistrer les bagages :* facturar el equipaje.
19. **En el asiento es más inocente :** *sur le siège, ça se remarque moins ;* m. à m. : *c'est plus innocent.*

Al salir[1], Yoyi descansó[2] sus paquetes en la baranda[3] para cerrar la puerta con doble llave[4]. Subieron al Ford y Antonio salió en marcha atrás[5]. Pasaron del Ensanche[6] a Carlos III[7]. Cruzaron[8] frente a la Quinta de los Molinos[9].

— Ese es un buen lugar — dijo Yoyi.
— Está muy quemado. La FEU[10] lo quemó muy pronto.
— No fue la FEU.
— Pero es un buen lugar.
— Sí, muy bueno.
— Hasta prácticas de tiro[11] hacían ahí.
— Es muy bueno, qué lástima[12].
— Hay otros mejores.
— No tan buenos, no con tanto espacio.
— Ahora está muy vigilado[13].
— Es muy cerca de la Universidad.

Antonio aprovechó[14] la luz roja del semáforo[15] para encender un regalía superfino[16]. Palpó los paquetes.

— ¿ Está bueno este número ?
— Trae noticias[17] — respondió Yoyi.
— ¿ De la Sierra[18] ?
— De todo.
— Debe estar bueno[19].

Con la luz verde, continuaron. Antonio cuidaba de[20] no pasar de los cincuenta[21]. El motor ronroneaba seguro.

---

1. **al salir :** *en sortant ;* **al** + infinitif indique la simultanéité de deux actions.
2. **descansó :** de **descansar :** (ici) *appuyer, reposer.*
3. **baranda :** *rampe (d'escalier), balustrade, barre.*
4. **con doble llave :** *à double tour ;* **la llave :** *la clé.*
5. **en marcha atrás :** *en marche arrière.*
6. **Ensanche :** m. à m. : *nouveau quartier ;* **ensanchar :** *élargir, agrandir.* Quartier de La Havane, capitale de Cuba.
7. **Carlos III (Tercero) :** roi d'Espagne (1716-1788) de 1759 à 1788. Cuba est une colonie espagnole jusqu'en 1898.
8. **cruzaron :** de **cruzar :** *traverser ;* syn. **atravesar** (v. irr.).
9. **Quinta de los Molinos :** m. à m. : *Villa des Moulins.*
10. **FEU : Federación de Estudiantes Universitarios :** *Fédération des Étudiants d'Université :* association de caractère syndical qui travaillait dans la clandestinité (sous le gouvernement de Fulgencio Batista — 1952-1959) avec le « movimiento » (cité plus haut), le Mouvement du 26 juillet

En sortant, Yoyi appuya ses paquets sur la rampe pour fermer la porte à double tour. Ils montèrent dans la Ford et Antonio sortit en marche arrière. Ils passèrent du nouveau quartier à la rue Charles III. Ils traversèrent en face de la Villa des Moulins.

« Voilà un bon endroit, dit Yoyi.

— Il est très grillé. C'est la F.E.U. qui l'a grillé rapidement.

— Ce n'était pas la F.E.U.

— Mais c'est un bon endroit.

— Oui, très bon.

— On y faisait même des exercices de tir.

— Il est très bien, quel dommage !

— Il y en a de mieux.

— Pas aussi bons, pas avec autant d'espace.

— Maintenant, il est très surveillé.

— C'est très près de l'université. »

Antonio profita du feu rouge pour allumer un « regalia » extra-fin, Il toucha les paquets.

« Il est bon ce numéro ?

— Il donne des nouvelles, répondit Yoyi.

— De la Sierra ?

— De tout.

— Il doit être bien. »

Quand le feu passa au vert, ils continuèrent. Antonio faisait attention à ne pas dépasser cinquante à l'heure, le moteur ronronnait tranquillement.

(1953), qui groupait différents courants révolutionnaires.
11. **prácticas de tiro** : *exercices de tir* ; **prácticas** : *stage* ; la **práctica** : *la pratique*.
12. **qué lástima !** : *quel dommage !* ; la **lástima** : *la pitié*.
13. **vigilado** : p.p. de **vigilar** : *surveiller*.
14. **aprovechó** : de **aprovechar** : *profiter*.
15. **la luz roja del semáforo** : *le feu rouge* ; m. à m. : *la lumière rouge des feux de signalisation*.
16. **un regalía superfino** : *un « regalia » extra-fin*.
17. **trae noticias : traer** (v. irr.) : *apporter*.
18. **la Sierra : la Sierra Maestra** : chaîne de montagnes à l'est de Cuba, où combattaient les révolutionnaires.
19. **debe estar bueno** : *il doit être bien* ; emploi fréquent de **deber** à la place de **deber de** (sens de probabilité).
20. **cuidaba de** : de **cuidar de** : *veiller à, faire attention*.
21. **no pasar de los cincuenta** : *ne pas rouler à plus de 50*.

Cruzaron frente al castillo [1] del Príncipe. En lo alto [2] de la loma, las almenas [3] y las siluetas de los guardias.

— Tico está ahí — dijo Antonio.

— Si fuera Tico nada más [4].

— Tico es el último.

— El último nunca existe. Puedo ser yo o tú.

— Tuvo suerte [5], está vivo [6].

— ¿ Sabes cómo lo cogieron, Antonio ?

— No, dime.

— Iba en una ruta 28 [7] por la calle 23 [8] y en la esquina de Paseo [9] ve a un señor que lo saluda [10] desde la calle. Tico contestó al saludo. El señor sube a la guagua [11] y siguen viaje [12]. A Tico se le parecía un amigo de su padre [13]. En la calle G se baja Tico y el señor también. Tico se le acerca y lo saluda. El señor le dice : « ¿ Cómo está tu mamá, Tico ? » El contesta que muy bien y por decir algo le pregunta por su esposa [14]. « ¿ Adónde vas ahora ? » Tico le dice que a casa de su primo, al Edificio Chibás, que era donde realmente iba.

— ¿ Y qué ?

— A los diez minutos se presentó el tipo de la guagua con tres del buró [15] y se lo llevaron a él y al primo.

— ¡ Qué idiota !

— A cualquiera le pasa [16].

— Sí, a cualquiera le pasa si está suave [17].

---

1. **castillo** : *château fort.*
2. **en lo alto** : *au sommet ;* **lo alto** : *la hauteur, le haut.*
3. **las almenas** : *les créneaux ;* **almenado** : *crénelé.*
4. **Si fuera Tico nada más** : *si c'était seulement Tico.*
5. **tuvo suerte** : *il a eu de la chance ;* de **tener** (v. irr.) : *avoir ;* **la suerte** : *la chance, le sort.*
6. **está vivo** : *il est vivant ;* **es vivo** : *il est malin, vif.*
7. **una ruta 28** : *un autobus 28 ;* m. à m. : *un (autobus) de l'itinéraire du Nº 28 ;* **la ruta** : *l'itinéraire, la route.*
8. **calle 23** : *23ᵉ Rue :* à La Havane, certaines rues ont des noms, d'autres des numéros, d'autres encore des lettres.
9. **en la esquina de Paseo** : *au coin de Paseo.*
10. **que lo saluda** : *qui lui dit bonjour ;* de **saludar** : *dire bonjour, saluer.*

Ils traversèrent en face du château fort du Príncipe. En haut de la colline, les créneaux et les silhouettes des gardes.

« Tico est là, dit Antonio.

— S'il n'y avait que Tico.

— Tico est le dernier.

— Il n'y a jamais de dernier. C'est peut-être moi ou toi.

— Il a eu de la chance. Il est vivant.

— Sais-tu comment ils l'ont pris, Antonio ?

— Non, dis-moi.

— Il était dans l'autobus 28 dans la 23e Rue et au coin de Paseo. Il voit un homme qui lui dit bonjour depuis la rue. Tico répond à son salut. L'homme monte dans l'autobus et le trajet se poursuit. Tico pensait que c'était un ami de son père. Tico descend à la rue G et l'homme aussi. Tico s'approche de lui et lui dit bonjour. L'homme lui dit « Comment va ta maman, Tico ? » Il répond qu'elle va bien et, pour dire quelque chose, il lui demande des nouvelles de sa femme. « Où vas-tu maintenant ? » Tico lui dit qu'il va chez son cousin, à l'immeuble Chibás, là où il allait réellement.

— Et alors ?

— Dix minutes plus tard, le type de l'autobus se présenta avec trois hommes de la police et ils l'emmenèrent, lui et son cousin.

— Quel imbécile !

— Ça peut arriver à n'importe qui.

— Oui, ça peut arriver à n'importe qui, s'il est mou.

---

11. **la guagua** : *l'autobus* (à Cuba) ; **el guagua** (Pérou, Bolivie, Équateur) : *le bébé*.

12. **y siguen viaje** : *et le trajet se poursuit* ; de **seguir** (v. irr.) : *suivre, continuer* ; **el viaje** : *le voyage*.

13. **A Tico se le parecía un amigo de su padre** : *Tico trouvait qu'il ressemblait à un ami de son père* ; de **parecerse** (v. irr.) : *ressembler* ; **parecer** : *sembler*.

14. **preguntar por** : *demander des nouvelles* ; **la esposa** : *l'épouse* ; **las esposas** : *les menottes*.

15. **buró** : *bureau* (généralement politique), *police*.

16. **a cualquiera le pasa** : *ça peut arriver à n'importe qui* ; **pasar** : *arriver, survenir* ; *passer* ; **cualquiera** (adj.) perd **a** final *devant* un nom masc. ou fém. sing. : **cualquier hombre, cualquier mujer**.

17. **si está suave** : *s'il est mou* ; **suave** : *doux*, (ici) : *lent*.

149

— En cualquier momento...

— No, cuando uno los tiene atrás[1], camina con cuatro ojos, se cuida hasta de la sombra.

— Pero cuando uno los tiene atrás no se vive. No sabes si vas para el Príncipe o para aquí — dijo Yoyi señalando con un dedo hacia la monumental portada[2] del cementerio de Colón[3].

Habían bajado toda la calzada[4] de Zapata y doblaron[5] frente a Colón para tomar por la calle 12. En ese instante, con un chirriar de gomas[6], los interceptó la perseguidora[7].

— ¡ Arrímate ahí[8] ! — gritó el cabo[9] bajándose con una ametralladora[10] en la mano. Otro policía[11] se bajó del lado opuesto y el cabo le entregó la ametralladora para que lo cubriera[12] mientras se acercaba al Ford azul.

Antonio sintió que el estómago se le encogía[13] como si fuese a disolverse[14].

El cabo se acodó en la ventanilla y vio los paquetes.

— ¿ Qué llevan ahí ?

— Medicinas[15] — dijo Antonio.

— ¿ Para los rebeldes[16] ? — dijo el cabo sonriendo.

— No juegue[17] con eso, cabo, yo trabajo en un laboratorio.

— ¿ De quién es[18] este carro ?

— Mío[19].

— Bueno, pues[20] tiene la chapa[21] vencida[22].

---

1. **cuando uno los tiene atrás :** *quand on les a à ses trousses.*
2. **portada :** (ici) : *porte, façade ; couverture (livre).*
3. **Colón :** *Colomb ;* **Cristóbal Colón :** *Christophe Colomb.*
4. **calzada ;** *chaussée, avenue ;* **el calzado :** *la chaussure* (industrie) ; **calzar :** *chausser, plomber* (dent).
5. **doblaron :** de **doblar :** (ici) *tourner (le coin d'une rue).*
6. **con un chirriar de gomas :** *dans un grincement de pneus ;* **la goma :** *la gomme, le caoutchouc, le pneu.*
7. **la perseguidora :** *voiture de police ;* m. à m. : *celle qui poursuit ;* **perseguir :** *poursuivre, persécuter.*
8. **¡ Arrímate ahí ! :** *mets-toi là ;* **arrimarse :** *s'approcher.*
9. **el cabo :** (ici) : *le brigadier ; le caporal ; le cap.*
10. **ametralladora :** (ici) : *mitraillette ; mitrailleuse.*
11. **otro policía : el policía :** *le policier, l'agent ;* **la policía :** *la police.*

— A n'importe quel moment...

— Non, quand on les a à ses trousses, on garde les yeux grands ouverts, et on se méfie même de son ombre.

— Mais quand on les a à ses trousses, on ne vit pas. Tu ne sais pas si tu vas vers Príncipe ou ici », dit Yoyi, en montrant de son doigt la façade monumentale du cimetière de Colón.

Ils avaient descendu toute l'avenue de Zapata et ils tournèrent devant Colón pour prendre la 12e Rue. A cet instant précis, dans un grincement de pneus, ils furent interceptés par la voiture de police.

« Mets-toi là ! » cria le brigadier en descendant, une mitraillette à la main. Un autre policier descendit de l'autre côté et le brigadier lui remit la mitraillette pour qu'il le couvrît pendant qu'il s'approchait de la Ford bleue.

Antonio sentit que son estomac se contractait comme s'il allait fondre.

Le brigadier s'accouda à la vitre et vit les paquets.

« Que transportez-vous là ?

— Des médicaments, dit Antonio.

— Pour les rebelles ? dit le brigadier en souriant.

— Ne plaisantez pas avec ça, brigadier, je travaille dans un laboratoire.

— A qui est cette voiture ?

— A moi.

— Bon, eh bien, sa plaque minéralogique est périmée.

---

12. **para que lo cubriera :** m. à m. : *pour qu'il le couvrît ;* subj. impf. de **cubrir :** conc. des temps (**entregó :** p. s.).

13. **el estómago se le encogía : encogerse :** *se serrer* (cœur).

14. **como si fuese a disolverse :** *comme s'il allait fondre.*

15. **medicinas :** *médicaments ;* **la medicina :** *la médecine.*

16. **los rebeldes :** *les rebelles.*

17. **no juegue :** de **jugar** (v. irr.) : *jouer ;* l'impératif négatif se met au subj. prés.

18. **de quién es :** *à qui est ;* appartenance : prép. **de** + verbe **ser : es de Juan :** *c'est à Jean ;* **es de Juan** peut vouloir dire aussi que *Juan en est l'auteur.*

19. **mío :** *à moi ;* m. à m. : *mien ;* **mío** s'emploie seul ou après le nom : **un amigo mío :** *un de mes amis.*

20. **pues :** (ici) : *eh bien ; car* (en début de phrase) ; *donc* (après le début de la phrase).

21. **chapa :** (ici) : *plaque minéralogique.*

22. **vencida :** (ici) : *périmée ;* **vencer :** *venir à échéance.*

— ¿ Vencida ?
— Vencida.
— Pero ¿ cómo es posible ?
— Ya lo sabes [1].
— ¿ Qué puede hacerse ?
— Me tengo que llevar el carro. [2]

— Por favor, cabo, déjemelo aunque sea un día más [3]. Hoy mismo le saco la chapa [4]. Es que he tenido mucho trabajo...

— De eso nada [5], me lo tengo que llevar.

El cabo disfrutaba [6] obviamente [7] con el trastorno [8] que le producía al muchacho y Antonio insistió para satisfacer el sadismo del policía en la negación [9].

— Déjemelo aunque sea un día más, cabo, aunque sea un día.

— No, no, tá bueno ya [10]. Vamos para la novena estación [11]. ¿ Sabes dónde es ?

— Sí, ahí en Zapata.

— Bueno, dale [12]. Nosotros te seguimos.

Antonio encendió el motor [13] y esperó que los policías subieran a la perseguidora para poner la primera [14].

— ¿ Qué hacemos ? — preguntó Yoyi.

— Te tienes que bajar — dijo Antonio. Agarra [15] los paquetes y apéate [16] en 12 y 23 [17]. Hazlo natural [18], no te apures [19].

El Ford descendió por la 12, seguido a corta distancia por la perseguidora.

---

1. **ya lo sabes** : m. à m. : *tu le sais déjà.*
2. **me tengo que llevar el carro** : *je dois prendre la voiture ;* **llevar** : *porter, emporter, emmener ;* **carro** : *voiture,* syn. **coche** ; *char.*
3. **aunque sea un día más** : *même pour un jour de plus.*
4. **le saco la chapa** : *je renouvelle la plaque.*
5. **de eso nada** : *rien à faire ;* m. à m. : *de cela rien.*
6. **disfrutaba** : de **disfrutar** : *jouir, être heureux.*
7. **obviamente** : (ici) : *visiblement ; évidemment.*
8. **trastorno** : *dérangement, ennui* (causé à qqn.), *bouleversement ;* **trastornar** : *bouleverser, faire mal au cœur.*
9. **negación** : (ici) : *refus ; négation.*
10. **tá bueno ya** : está bueno ya : *ça va comme ça, ça suffit.*
11. **novena estación** : *neuvième poste ;* estación de policía : *poste de police.*

— Périmée ?

— Périmée.

— Mais, comment est-ce possible ?

— Te voilà au courant.

— Que peut-on faire ?

— Je dois emmener la voiture.

— S'il vous plaît, brigadier, laissez-la-moi ne serait-ce qu'un jour de plus. Aujourd'hui-même, je vais renouveler la plaque. C'est que j'ai eu beaucoup de travail...

— Pas question, je dois l'emmener. »

Le brigadier jouissait visiblement des ennuis qu'il causait au garçon, et Antonio insista pour satisfaire le sadisme de l'agent de police qui refusait.

« Laissez-la-moi, au moins un jour de plus, brigadier, même pour un jour.

— Non, non, ça suffit comme ça. Allons au neuvième poste. Tu sais où c'est ?

— Oui, à Zapata.

— Bon, vas-y. Nous, nous te suivons. »

Antonio mit le moteur en marche et attendit que les policiers soient montés dans la voiture de police pour passer la première.

« Qu'allons-nous faire ? demanda Yoyi.

— Il faut que tu descendes, dit Antonio. Prends les paquets et descends à l'angle de la 12e et de la 23e Rue. Fais-le naturellement, ne te presse pas. »

La Ford descendit par la 12e Rue, suivie à courte distance par la voiture de police.

---

12. **dale** : de **dar** ; (ici) *vas-y, en route, en marche.*

13. **encendió el motor** : *mit le moteur en marche* ; **encender** : *allumer.*

14. **poner la primera** : *mettre en première* ; m. à m. : *passer en première.*

15. **agarra** : de **agarrar** : *attraper, saisir, prendre* ; **la garra** : *la griffe, la serre.*

16. **apéate** : de **apearse** : *descendre* (de cheval, de voiture, du train) ; **el apeadero** : *la halte* (train).

17. **en 12 y 23** : *à l'angle de la 12e et de la 23e Rue.*

18. **Hazlo natural** : *fais-le naturellement* ; **haz** : impératif irr. de **hacer.**

19. **no te apures** : *ne te presse pas* ; **apurarse** : *se presser,* syn. *darse prisa* ; *apurar un vaso* : *vider un verre* ; **estar en apuros** : *être dans l'embarras.*

Se detuvieron[1] en el semáforo de la calle 23. Yoyi tomó tres paquetes en sus brazos. Apenas podía[2]. El último se lo situó Antonio[3]. Casi le tapaba la nariz[4]. Antonio abrió la portezuela[5] y Yoyi descendió haciendo equilibrios con los paquetes.

La perseguidora aceleró en seco[6] para colocarse junto al Ford.

— ¿ Qué le pasa a ése ? — preguntó el cabo.

— Tiene que seguir las diligencias[7], cabo. Si no, nos botan[8].

No contestó[9]. El cabo había almorzado[10] bien y fumaba un buen tabaco[11]. Era feliz.

La luz verde. La perseguidora avanzó primero. Antonio la siguió. Al doblar por 23 miró a Yoyi por el retrovisor. En ese instante el cuarto paquete se balanceaba y Yoyi trataba de[12] estabilizarlo, pero no pudo y el paquete cayó[13] sobre la acera[14] y se deshizo[15].

Las hojas[16] volaron, cubrieron la acera y el asfalto de la calle. Dos palabras gruesas, entintadas[17], podían leerse a distancia : HUELGA[18] y, más abajo, ASESINOS[19].

Yoyi echó a andar[20], con los tres paquetes, en dirección a la calle 25. Los peatones[21] que esperaban en la esquina de 12 y 23 vieron los periódicos y leyeron las palabras. Una mujer comenzó a dar un paseíto[22] inquieto y corto.

---

1. **se detuvieron** : de **detenerse** : *s'arrêter.*
2. **Apenas podía** : *Yoyi y arrivait à peine.*
3. **El último se lo situó Antonio** : *Antonio plaça le dernier paquet.*
4. **Casi le tapaba la nariz** : *il lui cachait presque le nez ;* **tapar** : (ici) : *cacher ; couvrir, boucher.*
5. **portezuela** : *portière ;* dim. de **puerta** : *porte.*
6. **aceleró en seco** : *accéléra brusquement.*
7. **diligencias** : *démarches,* syn. **gestiones.**
8. **Si no, nos botan** : *sans ça, on va nous mettre à la porte ;* **botar** : *jeter ;* **sino** : *mais,* après une négation.
9. **no contestó** : de **contestar** : *répondre ;* **contester** : *cuestionar, protestar.*
10. **había almorzado** : de **almorzar** (v. irr.) : *déjeuner ;* **el almuerzo** : *le déjeuner.*

Ils s'arrêtèrent au feu rouge de la 23e Rue. Yoyi prit trois paquets dans ses bras. Il y arrivait à peine. Le dernier c'est Antonio qui le lui plaça. Il lui cachait presque le nez. Antonio ouvrit la portière et Yoyi descendit en faisant de l'équilibre avec les paquets.

La voiture de police accéléra brusquement pour se placer à côté de la Ford.

« Qu'est-ce qu'il fait, celui-là ? interrogea le brigadier.

— Il doit continuer ses démarches, brigadier. Sinon, on va nous mettre à la porte. »

Il ne répondit pas. Le brigadier avait bien déjeuné et fumait un bon cigare. Il était heureux.

Le feu vert. La voiture de police passa d'abord. Antonio la suivit. En tournant à la 23e Rue, il regarda Yoyi dans le rétroviseur. A cet instant, le quatrième paquet se balançait et Yoyi essayait de le stabiliser, mais il n'y parvint pas et le paquet tomba sur le trottoir et se défit.

Les feuillets s'envolèrent, recouvrirent le trottoir, et l'asphalte de la rue. Deux mots épais, chargés d'encre, pouvaient se lire de loin : GRÈVE et, plus bas, ASSASSINS.

Yoyi se mit à marcher, avec les trois paquets, en direction de la 25e Rue. Les piétons qui attendaient à l'angle de la 12e et de la 23e Rue virent les journaux et lurent les mots. Une femme commença à faire une petite promenade inquiète et courte.

---

11. **tabaco :** (ici) *cigare.*
12. **trataba de :** de **tratar de :** *essayer de ;* **tratar :** *traiter.*
13. **cayó :** de **caer** (v. irr.) *tomber.*
14. **la acera :** *le trottoir ;* **el acero :** *l'acier.*
15. **se deshizo :** de **deshacerse** (v. irr.) : *se défaire.*
16. **hojas :** *feuilles ;* **hojear :** *feuilleter.*
17. **dos palabras gruesas, entintadas :** *deux mots épais, chargés d'encre ;* **la tinta :** *l'encre ;* **el tintero :** *l'encrier.*
18. **huelga :** *grève ;* **holgar** (v. irr.) : *ne rien faire.*
19. **asesinos :** *assassins ;* **asesinar :** *assassiner.*
20. **Yoyi echó a andar :** *Yoyi se mit en route ;* **echar a :** *se mettre à, commencer à ;* **echar :** *jeter.*
21. **peatones :** *piétons.*
22. **dar un paseíto :** *faire une petite promenade ;* **paseíto :** dim. de **paseo :** *promenade ;* **pasear (se) :** *se promener.*

Un hombre caminó hasta la otra esquina para esperar la guagua allí. Nadie dijo nada. Yoyi desapareció doblando por 25.

En la novena estación de policía, Antonio entregó su cartera dactilar[1] al sargento de guardia[2] y la circulación[3] del Ford.

— La circulación no está a su nombre.

— Ya lo sé — dijo Antonio.

— ¿ Quién es esta María Ruiz ?

— Mi tía[4].

—. Bueno, tiene que ser ella la que recoja el carro[5] cuando tenga la chapa nueva.

El sargento le devolvió los documentos[6].

—¿ Y yo ?

— Puede irse.

Antonio iba llegando[7] a la puerta cuando una voz gritó desde el fondo :

— ¡ Un momento !

El policía de guardia le impidió el paso[8] con su Garand[9]. Antonio se volvió[10]. Era un hombre con un pantalón blanco y una camisa[11] de colores que usaba con los faldones por fuera[12].

— Yo te conozco a ti.

Antonio distinguió en la cintura[12] del hombre que se le acercaba el bulto[13] de la 45[14]. Sintió que el estómago se le encogía de nuevo.

— Tú eres Ernesto Suárez, ¿ no ?[15]

— No, señor.

---

1. **cartera dactilar** : (ici) *carte d'identité* ; m. à m. : *carton avec empreintes digitales* ; **la cartera** : *le portefeuille, la serviette (porte-documents), le sac* (dame).
2. **sargento de guardia** : *sergent de garde.*
3. **la circulación** : (ici) *la carte grise.*
4. **tía** : *tante* ; **tío** : *oncle* ; **un tío** : *un type* ; **el tío Goriot** : *le père Goriot.*
5. **tiene que ser ella la que recoja el carro :** *c'est elle qui doit reprendre la voiture* ; v. **recoger** : *reprendre* ; subj. prés. après les relatifs (cf. **cuando** et subj. prés.).
6. **los documentos** : (ici) *les papiers (d'identité).*
7. **iba llegando** : *était sur le point d'arriver, allait arriver.*
8. **le impidió el paso** : *lui barra le passage* ; **impedir** (v. irr.) : *empêcher* ; **paso** : *pas, passage.*
9. **Garand** : marque d'arme.

Un homme marcha jusqu'à l'autre coin pour y attendre l'autobus. Personne ne dit rien. Yoyi disparut en tournant dans la 25e Rue.

Au neuvième poste de police, Antoine remit sa carte d'identité au sergent de garde et la carte d'immatriculation de la Ford.

« La carte n'est pas à votre nom.

— Je le sais, dit Antonio.

— Qui est cette Maria Ruiz ?

— Ma tante.

— Bon, c'est elle qui doit reprendre la voiture quand elle aura la nouvelle plaque. »

Le sergent lui rendit les papiers.

« Et moi ?

— Vous pouvez partir. »

Antonio allait arriver à la porte lorsqu'une voix s'écria du fond :

« Un moment ! »

Le policier de garde lui interdit le passage avec son Garand. Antonio se retourna. C'était un homme avec un pantalon blanc et une chemise bariolée qu'il portait avec les pans à l'extérieur.

« Toi, je te connais ».

Antonio distingua à la ceinture de l'homme qui s'approchait de lui la forme du 45. Il sentait son estomac se contracter à nouveau.

« C'est toi, Ernesto Suarez, n'est-ce pas ?

— Non, monsieur.

---

10. **Antonio se volvió** : *Antonio se retourna ;* v. irr. **volverse** : *se retourner ;* **volver** : *revenir.*

11. **camisa** : *chemise.*

12. **que usaba con los faldones por fuera** : *qu'il portait avec les pans à l'extérieur (du pantalon) ;* **usar** : *porter, utiliser ;* ¡ **fuera** ! : *dehors ! ;* **la falda** : *la jupe, le versant (de la montagne).*

12. **la cintura** : *la ceinture (partie du corps) ;* **el cinturón** : *la ceinture (objet).*

13. **bulto** : *masse, silhouette ; colis.*

14. **la 45** : *le 45 ;* **la pistola** : *le pistolet.*

15. ¿ **no** ? : *n'est-ce pas ? ;* syn. ¿ **verdad** ?, ¿ **no es cierto** ?

— ¿ Cómo que no ? ¿ Yo soy un mentiroso [1] acaso ? [2]

— No, señor, usted no es un mentiroso.

— A ver, Ramón, ¿ yo soy un mentiroso ?

— No, mi teniente [3].

— Tú, Candela, ¿ me conoces de mentiroso ? [4]

— No, señor.

— Tú lo ves, Ernestico [5]. Yo no miento.

— Eso se ve en seguida, teniente.

— ¿ Cómo sabes que soy teniente ?

— Porque lo han llamado aquí.

— ¿ Tú eres Ernestico Suárez ?

Antonio desabotonó [6] el bolsillo [7] superior de la camisa y extrajo [8] la cartera dactilar.

— Mire, teniente, éste soy yo.

El hombre de la camisa de colores examinó atento [9] la identificación y se volvió hacia el sargento de guardia.

— ¿ Está limpio ? [10]

— Es una chapa vieja [11] — respondió el sargento.

— Bueno, puedes irte, Ernestico... porque no eres Ernestico.

Le dio un manotazo [12] a Antonio en el hombro [13].

— Es una lástima porque tú puedes aguantar [14] unos cuantos [15] mameyazos [16].

— Lo siento [17], teniente.

El teniente se rió y caminó, subiéndose el pantalón que se le corría [18] por el peso de la pistola, hacia el bebedero [19].

---

1. **mentiroso** : *menteur ;* **mentir** (v. irr.) : *mentir ;* la **mentira** : *le mensonge.*
2. **acaso** : *peut-être ;* syn. **quizás, tal vez.**
3. **mi teniente** : *mon lieutenant.*
4. **¿ me conoces de mentiroso ?** : *tu crois que je suis un menteur ? ;* **conocer** (v. irr.) : *connaître.*
5. **Ernestico** : dim. de **Ernesto.**
6. **desabotonó** : de **desabotonar** : *déboutonner ;* **abotonar** : *boutonner ;* el **botón** : *le bouton ;* el **botones** : *le groom.*
7. **el bolsillo** : *la poche ;* el **bolso** : *le sac à main ;* la **bolsa** : *la bourse, le sac* (plastique).
8. **extrajo** : de **extraer** (v. irr.) : *tirer, sortir.*
9. **examinó atento** : *il examina avec attention ;* **ser atento** : *être aimable, courtois ;* **estar atento** : *être attentif, faire*

— Comment non ? Je suis un menteur peut-être ?

— Non, monsieur, vous n'êtes pas un menteur.

— Voyons, Ramón, je suis un menteur ?

— Non, mon lieutenant.

— Toi, Candela, j'ai la réputation d'un menteur ?

— Non, monsieur.

— Tu le vois, mon petit Ernesto. Moi, je ne mens pas.

— Cela se voit tout de suite, lieutenant.

— Comment sais-tu que je suis lieutenant ?

— Parce qu'on vient de vous appeler comme ça.

— C'est toi le petit Ernesto Suarez ? »

Antonio déboutonna la poche supérieure de sa chemise et en sortit sa carte d'identité.

« Regardez, lieutenant, ça, c'est moi. »

L'homme à la chemise bariolée examina avec attention le document et se tourna vers le sergent de garde.

« On n'a rien à lui reprocher ?

— Il s'agit d'une vieille plaque, répondit le sergent.

— Bon, tu peux t'en aller. Mon petit Ernesto... puisque tu n'es pas le petit Ernesto. »

Il donna à Antonio une petite tape sur l'épaule.

« C'est dommage, parce que toi, tu peux supporter un certain nombre de coups.

— Je regrette, lieutenant. »

Le lieutenant rit et s'en alla vers le point d'eau, remontant son pantalon qui glissait sous le poids du pistolet.

---

attention ; **examinarse** : *passer un examen.*

10. **¿ está limpio ?** : *on n'a rien à lui reprocher ?* ; m. à m. : *est-il pur, net, propre ?* ; **estar limpio** peut vouloir dire aussi : *n'avoir pas d'argent.*

11. **es una chapa vieja** : *il s'agit d'une vieille plaque.*

12. **manotazo** : *tape* ; **la mano** : *la main* ; suff. **azo** indiquant *un coup de.*

13. **hombro** : *épaule* ; **hombre** : *homme.*

14. **aguantar** : *supporter, endurer.*

15. **unos cuantos** : *quelques, un certain nombre* ; syn. algunos.

16. **mameyazos** : *coups* ; **mamey** : *arbre et fruit des Antilles.*

17. **lo siento** : *je regrette* ; **sentir** (v. irr.) : *sentir, regretter.*

18. **que se le corría** : *qui glissait* ; de **correrse** : *se pousser, avoir honte.*

19. **bebedero** : *point d'eau* ; m. à m. : *abreuvoir* ; **beber** : *boire.*

Antonio salió contento de la estación porque había pasado bien por todo, pero lo mortificaba[1] haber perdido un carro del « movimiento ». Estaba cansado[2].

Fue a casa de Blanca, que no tenía el teléfono chequeado[3]. Hizo varias llamadas[4]. Supo[5] que Yoyi tomó un taxi, después que bajó del Ford azul, y no paró hasta el Cerro y que los periódicos estaban a salvo[6].

Blanca era agradable de ver, joven y todo lo demás. Le ofreció una limonada[7] fría, que Antonio bebió con una aspirina en el portal[8] cruzado por la brisa.

Salió al anochecer[9]. Fue hacia el Mercado Unico en una guagua y tomó una sopa china[10] con mucho pan. Cruzó la calle y entró en una casa de dormir[11] para hombres solos y pagó veinticinco centavos por su cama[12]. Se acostó[13] vestido[14] para que no le robaran[15] la ropa[16]. Durmió[17] doce horas seguidas[18], porque el encuentro[19] con la perseguidora lo había agotado[20].

---

1. **mortificaba** : de **mortificar** : *faire de la peine, mortifier.*
2. **estaba cansado** : *il était fatigué* ; **cansarse** : *se fatiguer.*
3. **teléfono chequeado** : *téléphone sur table d'écoute* ; **chequear** : *contrôler, vérifier, enregistrer les bagages.*
4. **hizo varias llamadas** : *il donna plusieurs coups de téléphone* ; de **hacer** (v. irr.) : *faire* ; **la llamada** : *l'appel.*
5. **supo** : de **saber** (v. irr.) : (ici) *apprendre* ; *savoir.*
6. **a salvo** : *à l'abri* ; **salvo** : *sauf* ; **salvar** : *sauver.*
7. **limonada** : *citronnade* ; **el limón** : *le citron* ; *la limonade* : la gaseosa.
8. **portal** : *vestibule* ; *porche, galerie.*
9. **al anochecer** : *à la tombée de la nuit.*
10. **sopa china** : *soupe chinoise.*
11. **casa de dormir** : *asile, dortoir.*
12. **cama** : *lit.*
13. **se acostó** : de **acostarse** (v. irr.) : *se coucher, s'étendre.*

Antonio sortit content du poste parce qu'il s'en était bien tiré, mais cela lui faisait de la peine d'avoir perdu une voiture du « mouvement ». Il était fatigué.

Il se rendit chez Blanca, dont le téléphone n'était pas sur table d'écoute. Il donna plusieurs coups de téléphone. Il apprit que Yoyi avait pris un taxi après être descendu de la Ford bleue, et ne s'était arrêté qu'au Cerro, et que les journaux étaient à l'abri.

Blanca était agréable à regarder, jeune et tout le reste. Elle lui offrit une citronnade fraîche qu'Antonio but avec une aspirine, dans le vestibule où soufflait la brise.

Il partit à la tombée de la nuit. Il se rendit au marché central dans une voiture, et il prit une soupe chinoise avec beaucoup de pain. Il traversa la rue et entra dans un dortoir pour hommes seuls et paya vingt-cinq centavos pour son lit. Il se coucha tout habillé pour qu'on ne lui vole pas ses vêtements. Il dormit douze heures d'affilée, parce que la rencontre avec la voiture de police l'avait épuisé.

---

14. **vestido :** habillé ; v. irr. **vestirse :** s'habiller.
15. **robaran :** de **robar :** voler.
16. **la ropa :** les vêtements.
17. **durmió :** de **dormir** (v. irr.) : dormir.
18. **doce horas seguidas :** douze heures de suite, à la file.
19. **el encuentro :** la rencontre ; v. irr. **encontrar :** trouver.
20. **lo había agotado :** l'avait épuisé ; de **agotar :** épuiser.

Révisions

Voici quelques phrases en français, inspirées de celles que vous avez rencontrées dans la nouvelle. Traduisez-les en espagnol sans regarder le corrigé, puis vérifiez si elles sont correctes.

1. Cette auto marche bien et même va vite.
2. Après avoir fermé la porte à double tour, il partit.
3. Dans la chambre, il y avait quatre paquets sous une bâche.
4. Il faisait des exercices de tir près de l'université.
5. Il dit bonjour à un monsieur qui était le cousin de sa femme.
6. Comment va ta mère ? — Bien, merci.
7. Quand on a quelqu'un à ses trousses, on fait attention.
8. Il tourna le coin de la rue et descendit de l'auto.
9. A qui est cette plaque minéralogique ? — A lui.
10. Descendez sans vous presser.
11. Réponds-moi : veux-tu déjeuner avec moi ?
12. Je remis mes papiers à l'agent de police.
13. Le lieutenant s'approche du sergent pour lui demander qui ment.
14. Il prit un taxi car il était épuisé.

1. **Ese auto marcha (camina) bien y hasta corre.**
2. **Después de cerrar la puerta con doble llave, salió.**
3. **En el cuarto, había cuatro paquetes debajo de una lona.**
4. **Hacía prácticas de tiro cerca de la Universidad.**
5. **Saludó a un señor que era el primo de su esposa.**
6. **¿ Cómo está tu madre ? — Bien, gracias.**
7. **Cuando tiene uno alguien atrás, pone cuidado.**
8. **Dobló la esquina y bajó del auto.**
9. **¿ De quién es esta chapa ? — De él.**
10. **Bájese sin apurarse.**
11. **Contéstame : ¿quieres almorzar conmigo ?**
12. **Le entregué mis documentos al policía.**
13. **El teniente se acerca al sargento para preguntarle quién miente.**
14. **Tomó un taxi pues estaba agotado.**

RUBÉN BAREIRO SAGUIER (né en 1930)

Licantropía [1]

Lycanthropie

Poète, conteur et essayiste paraguayen, Rubén Bareiro Saguier est également avocat et licencié en philosophie. A Asunción, il a dirigé la revue littéraire Alcor (Coteau). Professeur de guarani à l'université de Paris-Vincennes, il a fait partie du département d'ethno-linguistique amérindienne dirigé par Bernard Pottier.

Critique littéraire, Bareiro Saguier s'est intéressé à la littérature paraguayenne (« Panorama de la literatura paraguaya », in *Panorama das Literaturas das Americas* de Joaquim de Montezuma de Carvalho, 1959). Poète, il a publié *Biografía del ausente* (1964). Nouvelliste, il a obtenu en 1971 le prix Casa de las Américas, décerné à Cuba par un jury international, pour son recueil *Ojo por diente*, publié en français sous le titre *Pacte de sang* (Éd. du Cerf, traduction : Anne-Marie Métaillié). La nouvelle que nous publions est inédite.

Dans le numéro d'*Europe* consacré à la « Littérature du Paraguay » (juin 1970), le lecteur trouvera, en traduction française, des poèmes, une nouvelle et des articles de Rubén Bareiro Saguier.

Cuando ayer lo ví en la calle, tan cadavérico, me vino a la memoria la cantidad de rumores que corría por el pueblo[2] a propósito del tío[3] Cabrilla y de la tía Lalí. « Mentiras[4] », decía mi madre ; « calumnias », sentenciaba[5] más severo mi padre, coreado[6] por los comentarios indignados de sus hermanas[7]. Aunque luego, hasta mamá[8] pareció cambiar de opinión, o por lo menos guardaba silencio cuando se hablaba de la cosa[9].

Y todo eso me volvió a la memoria cuando el tío Cabrilla se me cruzó[10] por la misma vereda[11], sin siquiera reparar en mi presencia[12]. En la mía o en la de cualquiera otra persona. Iba con la mirada opaca perdida en algún lugar vacío[13] del espacio o del limbo[14]. Descarriado[15] y ausente, paseaba lentamente su esqueleto, con la marca neta de los huesos bajo la piel, verdosa de tan amarillenta o cerosa[16]. Era la primera vez que notaba tan claramente estos detalles, quizá olvidados por los años o disimulados por la mirada neutra del niño hacia seres tan poco atractivos, como estos tíos entrevistos en medio del ajetreo[17] apasionado del mundo de los trompos[18], escondites, arroyos y caballos en el intenso tiempo de las vacaciones o feriados largos[19] que nos devolvía al pueblo.

---

1. **licantropía** : *lycanthropie :* maladie de celui qui se croit loup (lycanthrope, loup-garou).
2. **por el pueblo** : *dans le village ;* **por** indique souvent l'idée de circulation dans l'espace.
3. **tío** : *oncle ;* parfois : *père* (sans idée de filiation) : **un tío** (Esp.) : *un type.*
4. **mentiras** : *mensonges ;* **mentir** (v. irr.) : *mentir ;* **menti-roso** : *menteur, mensonger ;* **el mentís** : *le démenti.*
5. **sentenciaba** : de **sentenciar** : *juger, décider, rendre un arrêt* (**sentencia**) ; **sentencioso** : *sententieux.*
6. **coreado** : de **corear** : *faire chorus ;* (ici) : *repris en chœur, appuyé ;* **el coro** : *le chœur* (musique, église) ; **el corro** : *la ronde ;* **el corazón** : *le cœur.*
7. **hermanas** : *sœurs ;* **el hermano** : *le frère ;* **Sor** (suivi d'un prénom féminin) : *Sœur... :* Sor Juana Inés de la Cruz.
8. **hasta mamá** : *même maman.*
9. **cuando se hablaba de la cosa** : *quand on parlait de cette question* (*affaire*) ; **las cosas** : *les affaires* (objets).
10. **se me cruzó** : *me croisa :* de **cruzar** : *croiser.*

164

Lorsque je le vis, hier, dans la rue, l'air si cadavérique, toutes les rumeurs qui couraient dans le village à propos de l'oncle Cabrilla et de la tante Lali me vinrent à l'esprit. « Mensonges », disait ma mère ; « calomnies », jugeait plus sévèrement mon père, soutenu en chœur par les commentaires indignés de ses sœurs ; quoique, ensuite, même maman semblât changer d'opinion, ou au moins gardât le silence — quand on parlait de cette question.

Et tout ceci me revint en mémoire lorsque l'oncle Cabrilla me croisa sur le même trottoir, sans même s'apercevoir de ma présence. Ni de la mienne, ni de celle de quiconque. Il marchait, le regard sombre perdu dans quelque endroit vide de l'espace ou des limbes. Égaré et absent, il promenait lentement son squelette, les os remontant nettement sous sa peau verdâtre à force d'être jaunâtre ou cireuse. C'était la première fois que je remarquais aussi distinctement ces détails, peut-être oubliés à force d'années, ou dissimulés par le regard neutre de l'enfant à l'égard d'êtres aussi peu attirants que ces oncle et tante entrevus au milieu de l'agitation passionnée du monde des toupies, des parties de cache-cache, des ruisseaux et des chevaux, à l'époque si bien remplie des vacances ou des jours de fête prolongés qui nous ramenait au village.

---

11. **por la misma vereda** : *sur le même trottoir ;* **vereda :** *sentier,* devient *trottoir* dans les pays du Rio de la Plata (Argentine, Uruguay, Paraguay) ; *hameau* (en Colombie).

12. **sin siquiera reparar en mi presencia** : *sans même s'apercevoir de ma présence ;* **ni siquiera** : *pas même ;* **reparar** : *réparer ;* **reparar en** : *faire attention à, s'apercevoir de.*

13. **vacío** : *vide* (adj.) : **el vacío** : *le vide ;* **vaciar** : *vider.*

14. **limbo** : *limbes :* pour les catholiques, lieu où vont les enfants morts sans avoir reçu le baptême ; **estar en el limbo** : *être distrait, dans la lune.*

15. **descarriado** : *égaré ;* **la oveja descarriada** : *la brebis égarée.*

16. **cerosa** : *cireuse ;* **la cera** : *la cire.*

17. **ajetreo** : *affairement, agitation, déploiement d'activité.*

18. **trompos** : *toupies.*

19. **feriados largos** : *jours de fête prolongés.*

Recuerdo[1], sin embargo, que a la pandilla[2] de hermanos y primos[3] nos llamaba bastante la atención[4] la vida recoleta[5] que los tíos llevaban en la casona[6] oscura que hacía esquina[7] frente a la plazoleta[8] lateral de la iglesia, que "Cuando se fundó el pueblo era el cementerio parroquial[9]", afirmaban los chismosos[10], relacionándolo con su ubicación[11]. Era la única casa que los niños visitábamos escasamente[12] en las excursiones de langostas[13] o de loros parlanchines[14] que hacían el gozo[15] o, a veces, el terror de los tíos y tías. Quizá porque nos cohibía[16] la adusta[17] seriedad — quizá el aspecto, aunque no podría asegurar — de Lalí y del tío Cabrilla. O tal vez fuera el aura[18] de la casa, con sus piezas sombrías y húmedas, casi siempre cerradas.

Las habladurías[19] habían comenzado, según pude sonsacarle a mamá[20], cuando Jacinto Cabrilla casó con la tía Lalí. Cabrilla era séptimo hijo varón, "sin interrupciones de hembras", como requisito indispensable[21], según asegura la creencia popular. Y lo notable del caso, es que don Cabrilla pidió en matrimonio, de manera intempestiva e imprevista, a la séptima hija mujer en la familia de mis abuelos (papá era el octavo vástago[22], el primer varón de los nueve hermanos). Pero esto pudo no haber sido sino mera coincidencia.

---

1. **recuerdo :** de **recordar** (v. irr.) : *se rappeler ;* el recuerdo : *le souvenir.*
2. **pandilla :** *bande (d'enfants, d'amis, de bandits).*
3. **primos :** *cousins ;* primero : *premier.*
4. **nos llamaba bastante la atención :** *attirait pas mal notre attention, nous frappait relativement.*
5. **recoleta :** *recueillie, monacale, paisible ;* un recoleto : *un récollet* (moine).
6. **casona :** *grande maison de famille, manoir.*
7. **hacía esquina :** *faisait le coin ;* **la esquina :** *le coin* (rue, table) ; **el rincón :** *le coin* (pièce), *le recoin.*
8. **plazoleta :** *placette, petite place ;* diminutif de **plazuela ;** la plaza : *la place* (ville), *les arènes* (taureaux).
9. **cementerio parroquial :** *cimetière paroissial ;* la parroquia : *la paroisse, la clientèle (locale).*
10. **chismosos :** *médisants, cancaniers ;* los chismes : *cancans ;* (parfois) *affaires, trucs* (fam.).

Je me rappelle, cependant, que l'attention de notre bande de frères et de cousins était pas mal attirée par la vie recueillie que l'oncle et la tante menaient dans la grande et sombre maison familiale qui faisait le coin en face de la petite place attenante à l'église, qui « à l'époque de la fondation du village était le cimetière paroissial » affirmaient les médisants, en établissant un rapport avec sa situation. C'était la seule maison qu'enfants nous visitions rarement pendant les expéditions pour trouver des sauterelles ou des perroquets bavards, qui faisaient la joie ou parfois la terreur des oncles et des tantes. Peut-être étions-nous intimidés par l'austère sévérité — peut-être l'aspect, bien que je ne puisse l'affirmer — de Lali et de l'oncle Cabrilla. Ou peut-être était-ce l'atmosphère de la maison, avec ses pièces sombres et humides, presque toujours fermées.

Les commérages avaient commencé, d'après les informations que j'ai pu arracher à maman, lorsque Jacinto Cabrilla épousa la tante Lali. Cabrilla était le septième enfant mâle « sans interruption par des femmes », c'était une condition indispensable, selon ce qu'assure la croyance populaire. Et ce qu'il y a de remarquable dans l'affaire, c'est que don Cabrilla demanda en mariage, de façon intempestive et imprévue, la septième fille de la famille de mes grands-parents (papa était le huitième rejeton, le premier garçon de neuf enfants). Mais tout a bien pu n'être qu'une simple coïncidence.

---

11. **ubicación :** *situation ;* **ubicar :** *situer.*
12. **escasamente :** *rarement, très peu ;* **escaso :** *rare.*
13. **langostas :** *sauterelles, langoustes.*
14. **loros parlanchines :** *perroquets bavards.*
15. **gozo :** *joie, bonheur ;* **gozar de :** *jouir de ;* **gozoso :** *joyeux, réjoui.*
16. **cohibía :** de **cohibir :** *intimider.*
17. **adusta :** *sévère, austère.*
18. **aura :** (ici) *atmosphère ;* **urubu** (vautour d'Amérique) ; *souffle, zéphyr ;* **aura** (faveur, popularité).
19. **habladurías :** *potins, commérages, racontars.*
20. **según pude sonsacarle a mamá :** *d'après ce que j'ai pu tirer (savoir) de maman ;* **pude :** de **poder :** *pouvoir ;* **sonsacar :** *soutirer, tirer les vers du nez.*
21. **requisito indispensable :** *condition indispensable.*
22. **vástago :** *rejeton.*

Es bien sabido que las mujeres nunca se vuelven luisón[1], palabra que no posee femenino. Una serie de hechos poco comunes en el ritmo tranquilo del pueblo habrían ido tejiendo[2] los hilos de la leyenda[3] a propósito de la pareja[4] de "originales". Es cierto que ni a él ni a élla les gustaba salir durante el día. « Ese sol agresivo hace daño[5], ¿no ven como les pone negritos[6] y raquíticos a los campesinos[7]? » solía decir la tía no sin un dejo de desprecio[8]. El color blanco leche de su piel, así como el amarillento verdoso[9] de la de su marido, sería resultado de esa común aversión a la luz solar. O como ellos decían, la causa, pues necesitaban protegerse de los efectos dañinos que les podrían hacer asemejarse[10] a la chusma-plebe[11], como más de una vez les escuché decir.

Sea como fuera[12], la tía Lalí salía poco. A él, por el contrario se lo veía a menudo[13] vagabundear por las calles desiertas del pueblo, una vez caída la noche. Yo mismo lo encontré alguna vez paseando su larga osamenta[14], el aire distraído, por los alrededores de la plaza de la iglesia. Haciendo memoria[15], de golpe me acordé haberlo cruzado una noche, seguido de una jauría[16] de perros que ladraban o aullaban[17]. Lo recordé porque me impresionó el brillo[18] de los ojos ausentes, el color ceniciento[19] de la piel bajo el resplandor fantasmal de la luna llena.

---

1. **luisón :** déformation de **lobizón,** *homme-loup, loup-garou.*
2. **habrían ido tejiendo :** *devaient avoir tissé petit à petit (peu à peu) :* **ir** + gérondif : action progressive ; conditionnel marquant une probabilité au passé.
3. **los hilos de la leyenda :** *les fils de la légende ;* hilar : *filer :* las hilanderas : *les fileuses.*
4. **la pareja :** *le couple ;* **el par :** *la paire, le pair :* **número par :** *nombre pair :* **a la par :** *au pair* (monnaies).
5. **hace daño :** *fait du mal, est nocif ;* **daño :** *dommage* (causé) ; **dañino :** *nuisible.*
6. **negritos :** dim. de **negros :** (ici) : *bronzés.*
7. **campesinos :** *paysans ;* **el campo :** *la campagne, le champ.*
8. **no sin un dejo de desprecio :** *non sans un léger mépris ;* **dejo :** *arrière-goût, reste, léger accent ;* **dejar :** *laisser.*

Il est bien connu que les femmes ne peuvent jamais devenir loup-garou, mot qui ne possède pas de féminin.

Une série de faits peu ordinaires dans le cours tranquille du village devaient avoir tissé peu à peu les fils de la légende à propos du couple d'« originaux ». Il est vrai que ni lui ni elle n'aimaient sortir durant le jour. « Ce soleil agressif fait mal, ne voyez-vous pas comme il rend les paysans tout noirs et rachitiques ? » avait coutume de dire la tante, non sans un léger mépris. La couleur blanc laiteux de sa peau, de même que celle jaune verdâtre de la peau de son mari, devait être le résultat de cette aversion commune pour la lumière solaire. Ou comme ils disaient, la cause, puisqu'ils avaient besoin de se protéger des effets nocifs qui auraient pu les faire ressembler à la « populace », comme je les ai entendu dire plus d'une fois.

Quoi qu'il en soit, la tante Lali sortait peu. Lui par contre, on le voyait souvent vagabonder de par les rues désertes du village, après la tombée de la nuit. Je l'ai moi-même rencontré quelquefois en train de promener sa longue charpente osseuse, l'air distrait, aux alentours de la place de l'église. En faisant appel à mes souvenirs, je me souvins tout à coup de l'avoir croisé une nuit, alors qu'il était suivi d'une meute de chiens qui aboyaient ou hurlaient. Je me le rappelai parce que je fus impressionné par l'éclat de ses yeux absents, la couleur cendrée de sa peau sous la lueur fantomatique de la pleine lune.

---

9. **amarillento verdoso** : *jaune verdâtre.*
10. **asemejarse** : (ici) *ressembler ; être semblable ;* **seme-jante** : *semblable ;* **la semejanza** : *la similitude.*
11. **chusma-plebe** : *populace, racaille ;* m. à m. : *populo-plèbe.*
12. **sea como fuera** : *quoi qu'il en soit ;* syn. **sea como sea.**
13. **a menudo** : *souvent ;* syn. **muchas veces.**
14. **osamenta** : *ossements, charpente osseuse ;* **los huesos** : *les os ;* **huesudo** : *osseux ;* **la sin hueso** : *la langue.*
15. **haciendo memoria** : *en rappelant mes souvenirs ;* **hacer memoria** : *se remémorer ;* **la memoria** : *la, le mémoire.*
16. **jauría** : *meute.*
17. **ladraban o aullaban** : *aboyaient ou hurlaient ;* de **ladrar, aullar ;** *ladrido : aboiement ;* **aullido** : *hurlement.*
18. **brillo** : *éclat ;* **brillante** : *brillant ;* **brillar** : *briller.*
19. **ceniciento** : *cendré ;* **la ceniza** : *la cendre.*

Sería después de la medianoche, pues volvía con el primo Miguel de una serenata[1], y, como ayer, tampoco esa vez reparó en[2] nuestra presencia.

Nos quedamos sorprendidos, mirándolo hasta que se perdió en la calleja[3] que llevaba a su casa. Seguimos caminando, callados[4], pero yo estaba seguro[5] que Miguel iba pensado lo mismo que yo.

Su fama[6] de *Luisón* se fue extendiendo por el pueblo, entre sus paseos nocturnos, los rumores[7] y la inquietud — no demasiado vehemente, es cierto — de la familia ; entre la vida recatada[8] de encierro[9] diurno que llevaban la pareja y las ausencias súbitas del pueblo. La gente decía que en estas « desapariciones » el tío se encerraba en un sótano[10] lleno de libros raros, de botellas retorcidas[11] y de alambiques[12] de cobre[13]. Y que las noches de luna llena iba a la plazoleta de la iglesia, al antiguo cementerio de los comienzos[14] del pueblo, para librarse a prácticas estrambóticas[15], a los revolcones[16] entre cadáveres. A los primos nos costaba creer[17], tanto más que quien más difundía[18] estas « habladurías » — al decir de las tías — era la vieja loca de Cotí, que durante años fue sirvienta[19] en casa de[20] los Cabrilla. Hace mucho tiempo, de manera que nunca pude saber si estuvo trastornada[21] desde siempre, o si se volvió así en casa de los tíos.

---

1. **serenata :** *sérénade* (souvent, en plein air, devant la fenêtre de la bien-aimée).
2. **reparó en :** de **reparar en :** *remarquer, faire attention.*
3. **calleja :** *ruelle ;* dim. de **calle :** *rue ;* el callejón sin salida : *l'impasse ;* **callejear :** *flâner ;* **callejero :** *badaud.*
4. **callados :** *silencieux ;* p.p. de **callar** *(se taire)* à valeur active.
5. **seguro :** *sûr ;* el seguro : *l'assurance ;* **asegurarse :** *s'assurer ;* la **seguridad :** *la sécurité, la sûreté ;* seguro que sí : *oui, sûrement ;* **seguramente :** *sûrement.*
6. **fama :** *réputation, renommée ;* **famoso, afamado :** *célèbre.*
7. **los rumores :** *les bruits, les rumeurs.*
8. **recatada :** *prudente, réservée ;* el recato : *la pudeur.*
9. **encierro :** *claustration ;* **encerrar** (v. irr.) : *enfermer.*
10. **sótano :** *cave (débarras) ;* la **bodega :** *la cave* (vins).
11. **retorcidas :** *tordues ;* **retorcerse :** *se tordre* (douleur).

Il devait être minuit passé, car je revenais avec l'oncle Miguel d'une sérénade et, comme hier, il ne prêta pas non plus attention à notre présence.

Nous restâmes interloqués, en le regardant, jusqu'à ce qu'il disparût dans la ruelle qui conduisait à sa maison. Nous poursuivîmes notre chemin sans mot dire, mais j'étais sûr que Miguel pensait la même chose que moi.

Sa réputation de loup-garou se répandit dans le village, au milieu de ses promenades nocturnes, des rumeurs et de l'inquiétude — pas très vive, il est vrai — de la famille ; au cours de la vie réservée, de claustration diurne, que menait le couple et de ses absences subites du village. Les gens disaient que, durant ces « disparitions », l'oncle s'enfermait dans une cave emplie de livres bizarres, de bouteilles tordues et d'alambics de cuivre. Et que les nuits de lune, il se rendait sur la petite place de l'église, au vieux cimetière à l'entrée du village, pour se livrer à des pratiques extravagantes, à des cabrioles au milieu des cadavres. Nous, les cousins, nous avions du mal à y croire, d'autant plus que la personne qui répandait ces commérages — au dire des tantes — c'était cette vieille folle de Coti, qui des années durant avait été servante chez les Cabrilla il y a longtemps, de sorte que je n'ai jamais pu savoir si elle avait toujours été dérangée, ou si elle l'était devenue chez l'oncle et la tante.

---

12. **alambiques :** *alambics.*
13. **cobre :** *cuivre ;* **cobrizo :** *cuivré ;* **cobro :** *paiement, encaissement ;* **la cobra :** *le cobra* (serpent).
14. **comienzos :** *débuts, commencements ;* **comenzar** (v. irr.) : *commencer ; syn. :* **empezar** (v. irr.).
15. **estrambóticas :** *extravagantes, bizarres.*
16. **revolcones :** *galipettes, culbutes, cabrioles ;* **revolcarse** (v. irr.) : *se rouler par terre.*
17. **A los primos nos costaba creer :** *nous, les cousins, nous avions du mal à croire ;* **costar** (v. irr.) : *coûter :* **el costo :** *le coût ;* **el precio de coste (o costo) :** *le prix de revient.*
18. **difundía :** *répandait ;* **difundir :** *diffuser, répandre.*
19. **sirvienta :** *servante.*
20. **en casa de :** *chez* (sans mouvement) ; **a casa de :** *chez* (avec mouvement).
21. **trastornada :** (ici) *dérangée, un peu folle ;* **trastornar :** *bouleverser, donner la nausée.*

Pero con respecto[1] a estas historias, un hecho[2] notable está registrado en los anales del pueblo. Fue una noche de luna llena, redonda[3], inquietante de tan luminosa[4].

Un viernes, y en esto el Padre Laya era categórico. El cura volvía de casa de la Sindulfa, según versiones irreverentes ; de una reunión de amigos feligreses[5], como aseguraba él. Sería hacia la medianoche, cuando el padre vio en la plazoleta lateral de la iglesia un enorme perro negro de ojos centelleantes[6] rodeado de una manada[7] de canes[8] de erizada pelambre[9] y aulladora[10] presencia. El perrazo se revolcaba[11] sobre la carroña[12] de un gato muerto y un montón de basura[13] desparramada[14] en el lugar. Por momentos, contaba luego el cura, el extraño animal arañaba[15] furiosamente el suelo, como buscando algo enterrado. Los aullidos de la jauría aumentaban de tono en esos instantes. El Padre Laya se asustó[16] ante espectáculo tan inusitado, y empezó a gritar[17], a ver si conseguía espantar[18] a los perros. Las voces del sacerdote atrajeron[19] la atención de los canes que se encaminaron hacia donde estaba. Se le puso los pelos de punta[20] y blandiendo[21] la cruz del pectoral[22] la dirigió hacia la manada, que se acercaba amenazante. Al perrazo negro le refulgía la mirada[23], como si el arma bendita esgrimida[24] por el Padre Laya lo atrajera y lo excitara.

---

1. **con respecto a :** *au sujet de, en ce qui concerne.*
2. **hecho :** *fait ;* p.p. de **hacer** (v. irr.).
3. **redonda :** *ronde* (adj.) ; **la ronda :** *la ronde* (patrouille).
4. **de tan luminosa :** *à force d'être lumineuse.*
5. **feligreses :** *paroissiens, fidèles* (d'une église).
6. **centelleantes :** *scintillants, éclatants ;* **la centella :** *l'éclair :* **centellear :** *briller, scintiller.*
7. **manada :** *troupeau.*
8. **canes :** *chiens ;* syn. **perros.**
9. **pelambre (la) :** *le poil ;* **los pelos ;** *les poils ;* **el pelo :** *les cheveux.*
10. **aulladora :** *hurlante ;* **aullar ;** *hurler ;* **aullido :** *hurlement.*
11. **se revolcaba :** de **revolcarse** (v. irr.) : *se rouler.*
12. **carroña :** *charogne.*
13. **un montón de basura :** *un tas d'ordures ;* **amontonar :**

172

Mais, au sujet de ces histoires, un fait remarquable est enregistré dans les annales du village. Ce fut par une nuit de pleine lune, de lune ronde, et inquiétante à force d'être lumineuse. C'était un vendredi, et, sur ce point, le père Laya était catégorique. Le curé revenait de chez la Sindulfa, selon des versions irrévérencieuses, d'une réunion d'amis de la paroisse, selon ce qu'il assurait pour sa part.

Il devait être aux alentours de minuit, lorsque le père vit sur la petite place, à côté de l'église, un énorme chien noir aux yeux scintillants entouré d'un troupeau de chiens au poil dressé en train de hurler. L'énorme chien se roulait sur la charogne d'un chat mort et sur un tas d'ordures répandues en cet endroit. Par moments, racontait ensuite le curé, l'étrange animal grattait furieusement le sol, comme s'il cherchait quelque chose d'enterré. Les hurlements de la meute étaient de plus en plus forts à ces moments-là. Le père Laya prit peur devant un spectacle aussi inhabituel, et commença à crier, pour voir s'il réussissait à chasser les chiens. Les cris du curé attirèrent l'attention des chiens qui se dirigèrent vers l'endroit où il était. Ses cheveux se dressèrent sur sa tête et, brandissant sa croix pectorale, il la tendit vers le troupeau qui s'approchait menaçant.

Le regard du molosse brillait, comme si l'arme bénite agitée par le père Laya l'attirait et l'excitait.

---

entasser ; **el basurero** : *l'éboueur.*
14. **desparramada :** *éparpillée, répandue.*
15. **arañaba :** de **arañar** : *gratter, égratigner ;* **la araña :** *l'araignée, le lustre.*
16. **se asustó :** de **asustarse** : *avoir peur, s'effrayer.*
17. **gritar :** *crier ;* **criar :** *élever, nourrir ;* **el grito :** *cri.*
18. **espantar :** *chasser, faire fuir ;* **el espanto :** *l'épouvante ;* **espantoso :** *épouvantable.*
19. **atrajeron :** de **atraer** (v. irr.) : *attirer.*
20. **se le puso los pelos de punta :** *ses cheveux se dressèrent sur sa tête ;* **poner** (v. irr.) : *mettre, poser.*
21. **blandiendo :** de **blandir** : *brandir.*
22. **la cruz del pectoral :** *la croix pectorale.*
23. **al perrazo negro le refulgía la mirada :** *le regard du gros chien noir (molosse) brillait ;* **refulgir :** *briller.*
24. **esgrimida :** *agitée, brandie ;* **la esgrima :** *l'escrime.*

El cura pegó un salto[1] hacia atrás y de tres zancadas[2] ganó la puerta de la sacristía cercana. Cuando al instante regresó con la carabina que allí guardaban, el perro negro se dirigía hacia la calle — los otros habían desaparecido — que separa la plazoleta de la casa de los Cabrilla. El padre emprendió una breve carrera, y aprovechando de la claridad del plenilunio, apuntó y disparó dos tiros[3].

El perro se detuvo[4] un instante y cuando comenzó a cruzar la calle, el sacerdote[5] vio que rengueaba[6] como si el impacto del disparo[7] le hubiera alcanzado en la pata izquierda trasera[8]. Cuando el Padre llegó al sitio en que el perro habría sido herido[9], éste había dado vuelta a la esquina[10]. Fueron inútiles las pesquisas[11] realizadas por los policías de facción[12], el sacristán y los numerosos vecinos que acudieron[13] atraídos por los tiros de la carabina y los gritos del sacerdote. Entre todos pudieron comprobar[14] las gotas de sangre, absorbidas por la arena[15] que separa la plazoleta de la iglesia de la vereda de los Cabrilla. Esa noche, en medio de la búsqueda[16] inútil, el Padre Laya estuvo muy locuaz[17], quizás por la natural emoción del episodio que acababa de vivir, aunque algunos vecinos atribuyeran su excitación a los efectos del trago[18].

---

1. **pegó un salto** : *fit un bond ;* **pegar** : *coller, frapper.*
2. **zancadas** : *enjambées ;* los zancos : *les échasses.*
3. **apuntó y disparó dos tiros** : *visa et tira deux coups.*
4. **se detuvo** : *s'arrêta ;* **detenerse** (v. irr.) : *s'arrêter.*
5. **sacerdote** : *prêtre ;* el sacerdocio : *la prêtrise.*
6. **rengueaba** : de **renguear** : *boiter ;* syn. renquear, cojear.
7. **disparo** : *coup de feu ;* disparar : *tirer ;* salir disparado : *partir à fond de train.*
8. **pata izquierda trasera** : *patte gauche de derrière ;* el trasero : *le derrière, l'arrière-train ;* ¡ **atrás** ! : *en arrière !*
9. **habría sido herido** : *aurait été blessé ;* **herir** (v. irr.) : *blesser ;* la herida : *la blessure.*
10. **la esquina** : *le coin (de la rue).*
11. **pesquisas** : *recherches, enquêtes, perquisitions.*
12. **los policías de facción** : *les policiers (agents de police) de garde (en faction) ;* la policía : *la police.*
13. **acudieron** : de **acudir** : *venir, accourir.*

Le curé fit un bond en arrière et, en trois enjambées, il gagna la porte de la sacristie proche. Quand il revint aussitôt avec la carabine qu'on y gardait, le chien noir se dirigeait vers la rue — les autres avaient disparu — qui séparait la petite place de la maison des Cabrilla. Le père entreprit une courte poursuite et profitant de la clarté de la pleine lune, il visa et tira deux coups.

Le chien s'arrêta un instant et, lorsqu'il commença à traverser la rue, le prêtre vit qu'il boitait comme si l'impact du coup de feu l'avait atteint à la patte arrière gauche. Lorsque le père arriva à l'endroit où le chien avait probablement été blessé, celui-ci avait tourné le coin de la rue. Les recherches effectuées par les policiers de garde, le sacristain et les nombreux voisins attirés par les coups de carabine et les cris du prêtre, furent inutiles.

Tous ensemble ils purent examiner les gouttes de sang, absorbées par le sable qui sépare la petite place de l'église du sentier des Cabrilla. Cette nuit, au milieu des recherches vaines, le père Laya fut plus loquace, peut-être à cause de l'émotion naturelle causée par l'épisode qu'il venait de vivre, quoique quelques voisins aient attribué son excitation aux effets de la boisson.

---

14. **comprobar** (v. irr.) : *constater, vérifier.*
15. **la arena :** *le sable ; l'arène :* **el circo, la plaza** (toros), **el redondel** (partie des arènes où se déroule la course de taureaux : **corrida**).
16. **búsqueda :** *recherche, quête ;* buscar : *chercher.*
17. **locuaz :** *bavard, loquace :* la locuacidad : *loquacité.*
18. **los efectos del trago :** *les effets de la boisson ;* **tomarse un trago :** *boire un coup ;* **tragar :** *avaler.*

« El maldito [1] aprovechó la breve ausencia de Dios a la medianoche de los viernes de plenilunio », exclamaba a gritos. Y agregaba [2] repetidamente : « Pero se lo di [3], mediante que [4] la carabina está cargada con bala de plata bendecida. Lo ví renguear, tiene que estar por aquí nomás [5] ». Claro que la devoción exagerada del cura por San Onofre, el santo de la caramañola [6] colgada de un hombro, volvía dudosas sus aseveraciones. Tanto más que el mismo Padre Laya, al día siguiente, ya más tranquilo o más lúcido, mitigaba sus expresiones exaltadas de la víspera ; parecía dudar por momentos, omitía detalles o reducía la ferocidad del perro negro y la intensidad del fuego en sus ojos.

Aunque en ningún momento se desmintió [7] acerca del episodio de la medianoche del viernes, su versión de los hechos se edulcoraba a medida que avanzaba el día sábado. Muchos desconfiaban [8] que esta desinfladura [9] era una actitud de « caridad cristiana » — hacia el que aparecía como principal implicado en la aventura del luisón : el tío Jacinto. Y después de todo, don Cabrilla era un honorable feligrés del Padre Laya, uno de los integrantes de su recua [10] — negro perro o no en las noches de luna llena — que más contribuía a alimentar los fondos parroquiales [11], no demasiado abundantes en este pueblo en que los « negritos y escuálidos [12] » eran mayoría.

---

1. **el maldito :** *le maudit, le diable ;* **maldecir :** *maudire.*
2. **agregaba :** de **agregar :** *ajouter ;* syn. **añadir ;** agregado cultural : *attaché culturel.*
3. **se lo di :** *il l'a eu* (le coup) ; m. à m. : *je le lui ai donné, je l'ai eu (touché).*
4. **mediante que :** *grâce au fait que, du fait que.*
5. **por aquí nomás :** *juste par ici.*
6. **caramañola :** *gourde ;* syn. *cantimplora.*
7. **se desmintió :** de **desmentir** (v. irr.) : *démentir.*
8. **desconfiaban :** de **desconfiar :** (ici) *ne croyaient pas ;* (en général) : *se méfier ;* la **desconfianza :** *la méfiance.*
9. **desinfladura :** *mollissement, déflation* (réduction de l'importance donnée à qqch.) ; **desinflar :** *dégonfler.*
10. **recua :** *troupeau* (chevaux, mules).

« Le diable a profité de la brève absence de Dieu à minuit les vendredis de pleine lune », criait-il. Et il ajouta à plusieurs reprises : « Mais je l'ai touché, étant donné que la carabine est chargée d'une balle d'argent bénite. Je l'ai vu boiter, il doit être juste par ici. » Il est clair que la dévotion exagérée du curé pour Saint Onofre, le saint à la gourde suspendue à une épaule, rendait douteuses ses assertions. Si bien que le lendemain, le père Laya lui-même, soit qu'il fût plus calme ou plus lucide, tempérait ses expressions exaltées de la veille ; il semblait douter par moments, il omettait des détails, ou diminuait la férocité du chien noir et l'intensité du feu dans ses yeux.

Quoique à aucun moment il ne se démentît à propos de l'épisode de la nuit du vendredi, sa version des faits s'édulcorait à mesure que le samedi approchait. Ils étaient nombreux à ne pas croire que cette reculade fût une attitude de « charité chrétienne » — à l'égard de celui qui apparaissait comme le principal personnage impliqué dans l'aventure du loup-garou : l'oncle Jacinto. Et après tout, don Cabrilla était un honorable paroissien du père Laya, un des membres de son troupeau — chien noir, ou pas, par les nuits de pleine lune — qui contribuaient le plus à alimenter les fonds paroissiaux, pas très abondants dans ce village où « les noirauds et les maigrichons » étaient en majorité.

---

11. **parroquiales** : *paroissiaux* ; **la parroquia** : *la paroisse*.
12. **« negritos y escuálidos »** : « *noirauds et maigres* » : manière de désigner les gens du peuple.

Justamente, el matrimonio[1] Cabrilla era el que ofrendaba[2] la misa vespertina[3] del sábado, en sufragio del alma[4] del abuelo, padre de Lalí. La misa cantada, luego del toque del ángelus[5], había comenzado en la iglesia abarrotada[6] de gente. Los pudientes y los humildes[7] habían acudido a rendir homenaje a don Cipriano, que en vida fuera caudillo[8] y generoso semental[9] en la comarca. Que no se los viera a los Cabrilla durante el día, no era muy sorprendente. Pero que no aparecieran en la misa aniversario — que comenzó con retraso para esperarlos — era causa de comentarios susurrados[10] en la iglesia. Entre el *agnus dei* y el *sanctus,* la pareja hizo su aparición. El tío Jacinto más pálido, huesudo y descuajeringado[11], se apoyaba en el brazo derecho de su esposa. Atravesaron la nave lentamente hasta ganar el banco que les corresponde por derecho de donación. Un silencio sepulcral acompañaba la leve cojera[12] del tío Jacinto.

El mismo Padre Laya, que en esos momentos se había vuelto para impartir la bendición[13] a los fieles, no pudo evitar dirigir la mirada consternada al pie izquierdo que el orgulloso caballero posaba lenta, cuidadosa y parsimoniosamente[14] en el suelo ; un pie vendado[15] y enfundado[16] en una amplia alpargata[17] que contrastaba con el brillo oscuro de su zapato de charol[18] lustroso en el pie derecho. Al Padre Laya le quedó un pedazo de la bendición en el aire[19].

---

1. **matrimonio :** (ici) *ménage (couple marié) ; mariage,* syn. casamiento ; cama de matrimonio : *lit à deux places.*
2. **ofrendaba :** de **ofrendar :** *donner en offrande* (ofrenda).
3. **misa vespertina :** *messe du soir ;* **vespertina :** *représentation (spectacle) de 19 h. ou 20 h.* (selon les pays).
4. **en sufragio del alma :** *pour le repos de l'âme ;* el sufragio universal : *le suffrage universel.*
5. **luego del toque del ángelus :** *après l'angélus ;* el toque : *le coup, la sonnerie, la touche ;* **tocar :** *toucher, jouer* (instrument de musique).
6. **abarrotada :** *très remplie, bourrée, bondée ;* **abarrotes :** *articles d'épicerie, épicerie (boutique).*
7. **los pudientes y los humildes :** *les puissants et les humbles.*
8. **caudillo :** *chef local ;* syn. cacique.
9. **semental :** *étalon* (animal reproducteur).

178

Justement, le couple Cabrilla était celui qui faisait offrande de la messe du samedi soir, donnée pour le repos de l'âme du grand-père, père de Lali. La messe chantée, après la sonnerie de l'angélus, avait commencé dans l'église bondée. Les riches comme les pauvres étaient accourus pour rendre hommage à don Cipriano, qui de son vivant avait été un chef local et un généreux étalon dans la région. Le fait qu'on ne vit point les Cabrilla durant le jour n'avait rien de surprenant ; mais qu'ils ne soient pas venus à la messe d'anniversaire — qui commença en retard pour les attendre — était la cause de commentaires chuchotés dans l'église. Entre l'Agnus Dei et le sanctus, le couple fit son apparition. L'oncle Jacinto plus pâle, osseux et moulu que jamais, s'appuyait sur le bras droit de son épouse. Ils traversèrent lentement la nef pour parvenir au banc qui leur revient par droit de donation. Un silence sépulcral accompagnait le léger boitement de l'oncle Jacinto.

Le père Laya lui-même, qui à ce moment-là s'était tourné pour donner la bénédiction aux fidèles, ne put s'empêcher de diriger ses regards consternés vers le pied gauche que l'homme orgueilleux posait lentement, soigneusement et avec circonspection sur le sol ; un pied bandé et gainé dans une large espadrille qui contrastait avec le brillant foncé de son soulier verni luisant au pied droit. Une partie de la bénédiction du père Laya demeura dans les airs.

---

10. **susurrados :** *murmurés, chuchotés :* **el susurro ;** *le murmure.*

11. **descuajeringado :** *moulu, éreinté.*

12. **cojera :** *boiterie, claudication ;* **cojear :** *boiter.*

13. **impartir la bendición :** *donner la bénédiction ;* **impartir :** *accorder ; réclamer.*

14. **lenta, cuidadosa y parsimoniosamente :** *lentement, soigneusement et modérément ;* dans une énumération d'adv. de manière, seul le dernier comporte **mente.**

15. **vendado :** *bandé ;* **la venda :** *la bande* (tissu).

16. **enfundado :** (ici) : *fourré, gainé ;* **la funda :** *gaine, taie.*

17. **alpargata :** *espadrille.*

18. **zapato de charol :** *soulier verni ;* **charol :** *plateau* (bois).

19. **al Padre Laya le quedó un pedazo de la bendición en el aire :** *une partie de la bénédiction du père Laya demeura dans les airs ;* **pedazo :** m. à m. : *morceau.*

Pero claro, todo esto es vieja historia de comadreos pueblerinos[1], de la que no me acuerdo el epílogo. Vagamente recuerdo que el domingo temprano[2] era el duro momento del fin de las vacaciones. Después, alguien de la familia me comentó que los Cabrilla se habían ausentado por un tiempo largo del paraje[3]. Y luego el tiempo pasó, yo dejé de[4] ir más a menudo al pueblo : papá murió, mamá vino a vivir a la capital. Supe[5] que la tía Lalí estuvo enferma, de una dolencia[6] rara, que recurrió[7] a los mejores especialistas de la plaza, que viajó a Buenos Aires varias veces, en consulta con otros especialistas, recurriendo a centros aún más especializados. Y luego la noticia[8] de su muerte. La enterraron en el pueblo, y como yo andaba por entonces escondido, en prisión o expulsado — no recuerdo bien —, no pude asistir a su sepelio[9]. Hubiera querido hacerlo, porque la tía Lalí fue el puente con ese mundo insólito del luisón de la infancia y al mismo tiempo, posiblemente un parapeto para el sospechoso[10] héroe de esa aventura : Jacinto Cabrilla, su marido.

Por eso es que anoche[11], después del encuentro imprevisto con este raro personaje, fui a ver a mamá. Quería saber algo más ; adivinaba[12] que detrás de su discreción, de su equilibrio providencial, de su ecuánime projimidad[13], ella sabía cosas que yo desconocía[14] sobre esta historia que de golpe[15] me apasionaba ; detalles, aspectos, anécdotas que yo ignoraba.

---

1. **comadreos pueblerinos :** *commérages villageois ;* comadre ; *commère, sage-femme ;* **comadrear :** *potiner, cancaner.*
2. **domingo temprano :** *le dimanche, de bonne heure ;* fruta temprana : *fruit précoce.*
3. **paraje :** *endroit, site.*
4. **dejé de :** de **dejar de :** *cesser de ;* dejar : *laisser.*
5. **supe :** de **saber** (v. irr.) : *savoir.*
6. **dolencia :** *maladie ;* syn. **enfermedad ;** doler (v. irr.) : *avoir mal ;* el dolor : *la douleur ;* doloroso : *douloureux.*
7. **recurrió a :** de **recurrir a :** *avoir recours à ;* los recursos : *les ressources.*
8. **noticia :** *nouvelle* (que l'on apprend).
9. **sepelio :** *enterrement, funérailles ;* syn. **entierro.**
10. **sospechoso :** *suspect ;* la sospecha : *le soupçon.*

Mais bien sûr, tout ceci n'est qu'une vieille histoire de commérages de village, dont je ne me rappelle plus l'épilogue. Je me souviens vaguement que le dimanche, de bonne heure, arriva le dur moment de la fin des vacances. Ensuite, un membre de la famille me fit part de ce que les Cabrilla s'étaient absentés pour une longue durée de l'endroit. Puis le temps passa, je cessai de me rendre aussi souvent au village. Papa mourut, maman vint habiter la capitale. J'appris que la tante Lali était tombée malade, d'une maladie rare, qu'elle avait fait appel aux meilleurs spécialistes de la place, qu'elle s'était rendue à Buenos Aires plusieurs fois pour consulter d'autres spécialistes, faisant appel à des centres encore plus spécialisés. Et puis arriva la nouvelle de sa mort. Elle fut enterrée au village, et comme, à l'époque, je me cachais, j'étais en prison ou expulsé — je ne me rappelle plus bien — je ne pus assister à son inhumation. J'aurais voulu le faire, parce que la tante Lali fut le trait d'union avec ce monde insolite du loup-garou de l'enfance et, en même temps, sans doute un parapet pour le héros suspect de cette aventure : Jacinto Cabrilla, son mari.

C'est pourquoi, hier soir, après ma rencontre insolite avec ce curieux personnage, j'allai voir ma mère. Je voulais savoir quelque chose de plus ; je devinais que derrière sa discrétion, son équilibre providentiel, son amour impartial du prochain, elle savait des choses que j'ignorais sur cette histoire qui tout à coup me passionnait ; des détails, des aspects, des anecdotes que j'ignorais.

---

11. **anoche :** *hier soir ;* **esta noche :** *ce soir,* **de noche :** *la nuit (pendant la nuit),* syn. **por la noche.**
12. **adivinaba :** de **adivinar :** *deviner ;* **la adivinanza :** *devinette.*
13. **su ecuánime projimidad :** *son amour impartial du prochain ;* **la ecuanimidad :** *égalité d'humeur, impartialité ;* **el prójimo :** *le prochain (les autres) ;* **próximo :** *prochain* (adj.).
14. **desconocía :** de **desconocer** (v. irr.) : *ne pas savoir.*
15. **de golpe :** *soudain, tout à coup ;* **el golpe :** *le coup.*

Me recibió en la calma atmósfera que le [1] caracteri-
zaba, con el cariño [2] tranquilo y al mismo tiempo
especial que, según mis hermanos, le profesa [3] a su
hijo preferido. Hablamos largamente sobre muchos
temas [4] y sobre el que despertaba mi curiosidad
especial. No adquirí mayor certidumbre [5] — o lo
contrario — acerca del [6] tío Jacinto y de su supuesta [7]
calidad de *Luisón*. Sentía, sin embargo, que había
algo que se le atragantaba [8] ; desviaba la mirada [9]
cuando yo le insistía. Ya cuando me levantaba para
marcharme [10], me dijo tímidamente : « No sé si
sabés [11], yo me encargué [12] de preparar el cadáver de
Lalí, a pedido [13] especial de Jacinto... »

La miré con silenciosa curiosidad, como animándole
a que siguiera [14].

— Mi hijo, era horrible... Yo no sé de qué murió
Lalí ; los médicos, hablaron vagamente de una enfermedad llamada lupus... Cuando la desnudé para
ponerle la mortaja [15], los pies de mi pobre cuñada [16]
estaban desfigurados, con aspecto de patas de perro,
o de lobo..., llenos de pelos negros y espesos que le
iban subiendo por las piernas...

---

1. **le** : usage peu fréquent de **le** pour la.
2. **cariño** : *amour, affection, tendresse ;* **cariñoso** : *affectueux.*
3. **profesa** : de **profesar** : (ici) *vouer.*
4. **temas** : *sujets, thèmes (musicaux, artistiques) ; un thème*
(opposé à une version) : **una traducción inversa.**
5. **certidumbre** : *certitude ;* **cierto** : *vrai, certain.*
6. **acerca del** : *au sujet du, en ce qui concerne le.*
7. **supuesta** : p.p. de **suponer** : *supposer ;* (ici) : *prétendue.*
8. **había algo que se le atragantaba** : *il y avait quelque
chose qui ne passait pas (qu'elle avait sur l'estomac) ;*
atragantarse : *s'étrangler, se troubler.*
9. **la mirada** : *le regard ;* **mirar** : *regarder.*
10. **marcharme** : *m'en aller ;* **marchar** : *marcher, fonction-
ner.*

Elle me reçut dans l'atmosphère calme qui la caractérisait, avec l'affection tranquille et en même temps particulière que, selon mes frères, elle voue à son fils préféré. Nous parlâmes longuement de plusieurs sujets et de celui qui éveillait ma curiosité particulière. Je n'acquis pas plus de certitude — ni de doute — à propos de l'oncle Jacinto et de sa prétendue qualité de loup-garou. Je sentais, cependant, qu'il y avait quelque chose qui la gênait : elle détournait son regard quand j'insistais auprès d'elle. Au moment où je me levai pour m'en aller, elle me dit timidement : « Je ne sais pas si tu le sais, je me suis chargée de préparer le cadavre de Lali, à la demande particulière de Jacinto... »

Je la regardai avec un silence curieux, comme pour l'encourager à poursuivre.

« Mon enfant, c'était horrible... Je ne sais pas de quoi Lali est morte ; les médecins ont vaguement parlé d'une maladie appelée « lupus »... Lorsque je l'ai déshabillée pour lui mettre le linceul, les pieds de ma pauvre belle-sœur étaient défigurés, ils ressemblaient à des pattes de chien, ou de loup... couvertes de poils noirs et épais qui montaient le long de ses jambes... »

---

11. **sabés : sabes ;** cette accentuation est un reste de celle de la 2ᵉ pers. plur. : **sabéis** (surtout fréquente en Argentine, Uruguay, Paraguay, Chili).

12. **me encargué : encargarse :** se charger de.

13. **a pedido :** sur la demande ; syn. **a petición de.**

14. **como animándole a que siguiera :** comme pour l'encourager à poursuivre ; **animar :** encourager ; **seguir :** continuer.

15. **mortaja :** linceul ; **amortajar :** ensevelir.

16. **cuñada :** belle-sœur ; **cuñado :** beau-frère.

Révisions

Voici quelques phrases en français, inspirées de celles que vous avez rencontrées dans la nouvelle. Traduisez-les en espagnol sans regarder le corrigé, puis vérifiez si elles sont correctes.

1. Il l'avait croisé sans s'en apercevoir.
2. L'oncle et la tante ne parlaient pas de l'affaire.
3. Mes cousins menaient une vie paisible dans leur manoir.
4. Les médisants sont comme des perroquets bavards.
5. Le soleil ne faisait pas de mal au couple de paysans.
6. Il se rappela une meute de chiens qui hurlaient.
7. Il continua à se promener dans le village.
8. Il avait du mal à croire qu'elle était folle.
9. L'animal gratta au milieu du tas d'ordures.
10. En trois enjambées, il revint vers la placette.
11. Le prêtre ne vit pas le chien car celui-ci avait tourné le coin de la rue.
12. La veille, ils avaient pu entendre des coups de feu.
13. Il traversa l'église bondée et s'assit sur un banc.
14. Il devinait le sujet qui éveillait sa curiosité.

1. Se había cruzado con él sin reparar en su presencia.
2. El tío y la tía no hablaban del asunto.
3. Mis primos llevaban una vida recoleta en su casona.
4. Los chismosos son como loros parlanchines.
5. El sol no le hacía daño a la pareja de campesinos.
6. Recordó una jauría de perros que aullaban.
7. Siguió paseando por el pueblo.
8. A él le costaba creer que ella estuviera loca.
9. El animal arañó en medio del basurero.
10. En trez zancadas volvió hacia la plazoleta.
11. El sacerdote no vio el perro pues éste había dado vuelta a la esquina.
12. La víspera, habían podido oír los disparos.
13. Atravesó la iglesia abarrotada y se sentó en el banco.
14. Adivinaba el tema que despertaba su curiosidad.

ENREGISTREMENT SONORE

• Vous trouverez dans les pages suivantes le texte des extraits enregistrés sur la cassette accompagnant ce volume.

• Chaque extrait est suivi d'un certain nombre de questions, destinées à tester votre compréhension.

• Les réponses à ces questions apparaissent à la suite.

Vous tirerez le meilleur profit de cette dernière partie en utilisant la cassette de la façon suivante :

1) *Essayez de répondre* aux questions sans vous référer au texte écrit.

2) *Vérifiez votre compréhension* de l'extrait et des questions de la cassette à l'aide du livre.

3) *Refaites* l'exercice jusqu'à ce que vous ne soyez plus tributaire du texte écrit.

LA HISTORIA DEL MONITO PWACARI

Extrait p. 12 :

Estando más grandecito lo crió la raya.

Equivocadamente, la raya guardaba una cesta llena de camarones rojos y creía que eran ajíes. Un día Pwácari se los comió.

— Ay, ay ¿ Quién me comería mis ajíes ?

— Eran camarones, los ajíes son diferentes — le dijo Pwácari. Al rato le trajo un poco de ajíes. La raya al comerlos se picó y para calmarse se tiró al río. Pwácari le tiró un flechazo y se lo pegó en el rabo. Ese es el origen de la espina que llevan las rayas debajo de la cola.

En aquella época los animales se transformaban en otros y así Pwácari se transformó en culebra para llegar donde su abuelo porque su padre había muerto de tristeza. El abuelo lo cogió y le cayó a correazos pero de inmediato Pwácari se descubrió como su nieto.

- **Questions**
  1. ¿ Quién crió el monito Pwácari ?
  2. ¿ Qué guardaba la raya ?
  3. ¿ Cómo estaba la cesta ?
  4. ¿ De qué color eran los camarones ?
  5. ¿ Qué creía la raya ?
  6. ¿ Qué trajo Pwácari a la raya ?
  7. ¿ Qué hizo la raya para calmarse ?
  8. ¿ Qué le tiró Pwácari a la raya ?
  9. ¿ En qué se transformó Pwácari ?
  10. ¿ Qué cogió el abuelo ?

- **Corrigé**
  1. La raya lo crió.
  2. La raya guardaba una cesta.
  3. La cesta estaba llena de camarones.
  4. Los camarones eran rojos.
  5. La raya creía que eran ajíes.

6. Pwácari le trajo un poco de ajíes.
7. Se tiró al río.
8. Pwácari le tiró un flechazo.
9. Pwácari se transformó en culebra.
10. El abuelo cogió la culebra.

LA ACHIRANA DEL INCA

Extrait p. 22 :

Visitando Pachacutec el feraz territorio que acababa
de sujetar a su dominio, detúvose una semana en el
pago llamado Tate. Propietaria del pago era una
anciana a quien acompañaba una bellísima doncella,
hija suya.

El conquistador de pueblos creyó también de fácil
conquista el corazón de la joven ; pero ella, que
amaba a un galán de la comarca, tuvo la energía,
que sólo el verdadero amor inspira, para resistir a
los enamorados ruegos del prestigioso y omnipotente
soberano.

Al fin, Pachacutec perdió toda esperanza de ser
correspondido, y tomando entre sus manos las de la
joven, la dijo, no sin ahogar antes un suspiro :

— Quédate en paz, paloma de este valle, y que
nunca la niebla del dolor tienda su velo sobre el cielo
de tu alma. Pídeme alguna merced que, a ti y a
los tuyos, haga recordar siempre el amor que me
inspiraste.

— Señor — le contestó la joven, poniéndose de
rodillas y besando la orla del manto real —, grande
eres y para ti no hay imposible. Venciérasme con tu
nobleza, a no tener ya el alma esclava de otro dueño.
Nada debo pedirte, que quien dones recibe, obligada
queda ; pero si te satisface la gratitud de mi pueblo,
ruégote que des agua a esta comarca. Siembra
beneficios y tendrás cosecha de bendiciones. Reina,
señor, sobre corazones agradecidos más que sobre
hombres que, tímidos, se inclinan ante ti, deslumbrados por tu esplendor.

— Discreta eres, doncella de la negra crencha, y así me cautivas con tu palabra como con el fuego de tu mirada. ¡ Adiós, illusorio, ensueño de mi vida ! Espera diez días, y verás realizado lo que pides. ¡ Adiós, y no te olvides de tu rey !

Y el caballeresco monarca, subiendo al *anda de oro* que llevaban en hombros los nobles del reino, continuó su viaje triunfal.

• **Questions**

1. ¿ Qué visitaba Pachacutec ?
2. ¿ Dónde se detuvo ?
3. ¿ Quién acompañaba a la anciana ?
4. ¿ Por qué la joven resiste a los ruegos del soberano ?
5. ¿ Qué toma Pachacutec entre sus manos ?
6. ¿ Cómo se pone la joven al hablar a Pachacutec ?
7. ¿ Qué pide la joven al soberano ?
8. ¿ Cómo llama el soberano a la joven ?
9. ¿ Cuánto tiempo tiene que esperar la joven ?
10. ¿ Qué pide el soberano a la joven ?

• **Corrigé**

1. Pachacutec visitaba el territorio que acababa de sujetar.
2. Se detuvo en Tate.
3. Su hija acompañaba a la anciana.
4. Porque ama a un galán de la comarca.
5. Pachacutec toma las manos de la joven.
6. La joven se pone de rodillas.
7. La joven pide que dé agua a la comarca.
8. El soberano la llama « doncella de la negra crencha ».
9. La joven tiene que esperar diez días.
10. El soberano le pide que no se olvide de su rey.

LA RUTA DE ELDORADO

Extrait n° 1, p. 30 :

Todo comenzó, muchas edades antes de que llegaran los conquistadores. Fue justamente el día de la
fiesta de la cosecha, cuando el joven guerrero Siecha
se rebeló, empeñándose en romper tradiciones y se
paró a mirar el sol. Era usanza entre los mayores
caminar de espaldas a Súa, el astro rey.
Una docena de jóvenes, vestidos de rojo, con
guirnaldas de plumas de guacamaya en la cabeza y
un pájaro pequeño, un tominejo en mitad de la
frente, llevaban las resinas perfumadas de los árboles
silvestres para quemarlas en ofrenda a Súa. Pero
Siecha ya había mirado el disco dorado del firmamento ; todos lo notaron, el sol se oscureció y reinaron
las tinieblas. Los sacerdotes advertidos por señales
premonitorias de la desobediencia del guerrero y de
la gravedad de la falta, lo desterraron sin compasión.
El joven guerrero dio media vuelta y se alejó por el
valle. Al rato volvió la luz, pues era el día del eclipse.
Y Siecha siguió caminando solitario hasta alcanzar la
cumbre de la montaña, en donde decidió reincidir
en su desafío a la divinidad solar. Tomó la cerbatana
y disparó, salieron mil chispas que se desintegraron
en los aires hasta hundirse en la tierra. Súa había
sido herido y los rayos hechos trizas doraron desde
entonces las entrañas del mundo. Cayeron en las
montañas, en los valles y en los ríos y ahí comenzó
— ya lo había predicho el sacerdote chibcha — el
desbarajuste del mundo porque nacieron de inmediato
la codicia y la avaricia.

• Questions

1. ¿ Cuándo se rebeló Siecha ?
2. ¿ Qué hizo ?
3. ¿ Qué usanza había entre los mayores ?
4. ¿ Qué llevaban los jóvenes en la cabeza ?
5. ¿ Para qué llevaban resinas perfumadas ?
6. ¿ Qué pasó cuando Siecha miró el sol ?
7. ¿ Qué hicieron los sacerdotes ?

8. ¿ Hasta dónde siguió caminando Siecha ?
9. ¿ Dónde cayeron los rayos del sol ?
10. ¿ Qué nació de inmediato ?

- **Corrigé**

1. El día de la fiesta de la cosecha.
2. Se paró a mirar el sol.
3. Caminar de espaldas a Súa, el astro rey.
4. Guirnaldas de plumas de guacamaya.
5. Para quemarlas en ofrenda a Súa.
6. El sol se oscureció y reinaron las tinieblas.
7. Los sacerdotes desterraron a Siecha.
8. Siguió caminando hasta la cumbre de la montaña.
9. En las montañas, los valles y los ríos.
10. Nacieron la codicia y la avaricia.

Extrait n° 2, p. 38 :

El pueblo lo eligió su cacique y los súbditos comenzaron a amarlo, confiando en su valentía. El día señalado para la fiesta, marchó con cuatro nativos nobles, los sacerdotes y representantes de los clanes vecinos. Atrás venían los súbditos. Todo fue preparado con muchos días de anticipación ; la realeza ayunó para purificarse, el pueblo recogió resinas perfumadas para quemar a las orillas de la laguna y preparó las viandas. La servidumbre real abrillantó las máscaras, los tunjos, las narigueras, los pectorales, los brazaletes y demás adornos. El bastón de mando salió del rincón y en las vasijas de barro se veía fermentar la chicha.

Era el día del perdón y del agradecimiento. La fecha en que se hacían las ofrendas de gratitud, a tiempo que abundaban los sacrificios para alivianar las conciencias. Se convocó a todo el vecindario. Antes de que saliera el sol, el cacique Siecha inició su marcha hacia la laguna. Era la ceremonia del silencio ; nada debía romper el lenguaje mudo de la meditación.

El soberano se adornó con diadema de oro y plumas. Iba desnudo, brillándole en el cuerpo los dijes, sobre la piel dorada con polvo de oro, adherido mediante la miel de las abejas. Toma asiento en la balsa real con el séquito escogido.

1. ¿ Quién eligió al cacique ?
2. ¿ En qué confían los súbditos ?
3. ¿ Qué hizo la realeza ?
4. ¿ Qué recogió el pueblo ?
5. ¿ Qué abrillantó la servidumbre real ?
6. ¿ Dónde se veía fermentar la chicha ?
7. ¿ Qué se hacía ese día ?
8. ¿ A quién se convocó ?
9. ¿ Con qué se adornó el soberano ?
10. ¿ Dónde toma asiento ?

• **Corrigé**

1. El pueblo lo eligió.
2. Los súbditos confían en su valentía.
3. La realeza ayunó para purificarse.
4. El pueblo recogió resinas perfumadas.
5. Las máscaras, los tunjos, las narigueras, los pectorales, los brazaletes y demás adornos.
6. En las vasijas de barro.
7. Se hacían las ofrendas de gratitud.
8. Se convocó a todo el vecindario.
9. Con diadema de oro y plumas.
10. En la balsa real.

LA MUÑECA NEGRA

Extrait n° 1, p. 50 :

Hoy el padre no trabajó mucho, porque tuvo que ir a una tienda ; ¿ a qué iría el padre a una tienda ? y dicen que por la puerta de atrás entró una caja grande ; ¿ qué vendrá en la caja ? ¡ a saber lo que vendrá ! Mañana hace ocho años que nació Piedad. La criada fue al jardín y se pinchó el dedo por cierto, por querer coger, para un ramo que hizo, una flor muy hermosa. La madre a todo dice que sí, y se puso el vestido nuevo, y le abrió la jaula al canario. El cocinero está haciendo un pastel, y recortando en figura de flores los nabos y las zanahorias, y le devolvió a la lavandera el gorro, porque tenía una mancha que no se veía apenas, pero « ¡ hoy, hoy, señora lavandera, el gorro ha de estar sin mancha ! » Piedad no sabía, no sabía. Ella sí vio que la casa estaba como el primer día de sol, cuando se va ya la nieve, y les salen las hojas a los árboles. Todos sus juguetes se los dieron aquella noche, todos. Y el padre llegó muy temprano del trabajo, a tiempo de ver a su hija dormida. La madre lo abrazó cuando lo vio entrar ; ¡ y lo abrazó de veras ! Mañana cumple Piedad ocho años.

• Questions

1. ¿ A dónde tuvo que ir el padre ?
2. ¿ Qué entró por la puerta de atrás ?
3. ¿ A dónde fue la criada ?
4. ¿ Qué le pasó ?
5. ¿ Quién le abrió la jaula al canario ?
6. ¿ Qué recorta el cocinero en figura de flores ?
7. ¿ Por qué le devolvió el gorro a la lavandera ?
8. ¿ De dónde llegó el padre ?
9. ¿ Quién lo abrazó ?
10. ¿ Qué edad cumple Piedad ?

• Corrigé

1. A una tienda.
2. Una caja grande.
3. La criada fue al jardín.
4. Se pinchó el dedo por querer coger una flor.
5. La madre.
6. Los nabos y las zanahorias.
7. Porque tenía una mancha.
8. El padre llegó del trabajo.
9. La madre.
10. Piedad cumple ocho años.

Extrait nº 2, p. 60 :

Por la puerta venía la procesión. La primera era la
criada con el delantal de rizos de los días de fiesta, y
la cofia de servir la mesa en los días de visita ; traía
el chocolate, el chocolate con crema, lo mismo que
el día de Año Nuevo, y los panes dulces en una cesta
de plata ; luego venía la madre, con un ramo de
flores blancas y azules ; ¡ ni una flor colorada en el
ramo, ni una flor amarilla ! ; y luego venía la lavandera, con el gorro blanco que el cocinero no se quiso
poner, y un estandarte que el cocinero le hizo, con
un diario y un bastón, y decía en el estandarte, debajo
de una corona de pensamientos : « ¡ Hoy cumple
Piedad ocho años ! » Y la besaron, y la vistieron con
el traje color de perla, y la llevaron, con el estandarte
detrás, a la sala de los libros de su padre, que tenía
muy peinada su barba rubia, como si se la hubieran
peinado muy despacio, y redondeándole las puntas,
y poniendo cada hebra en su lugar. A cada momento
se asomaba a la puerta, a ver si Piedad venía ;
escribía, y se ponía a silbar, abría un libro, y se
quedaba mirando a un retrato, a un retrato que tenía
siempre en su mesa, y era como Piedad, una Piedad
de vestido largo. Y cuando oyó ruido de pasos, y un
vozarrón que venía tocando música en un cucurucho
de papel ¿ quién sabe lo que sacó de una caja
grande ? y se fue a la puerta con una mano en la
espalda : y con el otro brazo cargó a su hija.

• **Questions**
1. ¿ Por dónde venía la procesión ?
2. ¿ Quién era la primera ?
3. ¿ Qué traía ?
4. ¿ Qué tenía la madre ?
5. ¿ Qué hizo el cocinero ?
6. ¿ Con qué traje vistieron a Piedad ?
7. ¿ A dónde la llevaron ?
8. ¿ Qué hacía el padre a cada momento ?
9. ¿ Qué se quedaba mirando ?
10. ¿ Cómo se fue el padre a la puerta ?

- **Corrigé**

1. Por la puerta.
2. La criada era la primera.
3. Traía el chocolate y los panes dulces.
4. Un ramo de flores blancas y azules.
5. El cocinero hizo un estandarte.
6. Con el traje color de perla.
7. A la sala de los libros de su padre.
8. Se asomaba a la puerta, a ver si Piedad venía.
9. Un retrato que tenía siempre en su mesa.
10. Con una mano en la espalda.

EL VAGO

Extrait n° 1, p. 74 :

Cierta vez, me enamoré. Nadie está libre de romperse una pierna. La chica era de lo más guapa,
retozona y pizpireta que yo he visto. Calle arriba,
calle abajo, me pasaba yo los días de claro en claro
y las noches de turbio en turbio rondando por enfrente
de su casa. La chica no me ponía tan malos ojos :
primero, porque los tenía muy buenos, y después
porque solía mirarme en el cupé de algún amigo y
presumía por ende, que, según las trazas, era yo,
cuando menos, un marqués. Dejé de fumar tres meses
y tres días ; ahorré los cuartos que antes convertía
en humo, y con la suma ahorrada compré a la
costurera de la casa. A los tres billetitos perfumados
que escribí a la niña, obtuve una respuesta favorable.
La señorita me exigía nada más que me entendiese
con sus padres. Mejor hubiera querido entenderme
con mi sastre ; mas como ya no había remedio alguno,
hice de tripas corazón, pedí prestado un par de
guantes, y entré, tarareando una habanera, a la casa
de mi novia. Ella — ¡ me la comería a besos ! —
estaba en el corredor, mordiendo un clavel rojo y
leyendo una novela muy moral del señor Pérez
Escrich. Verme y correr más colorada que una grana
fue obra de un instante.

• Questions

1. ¿ Qué le pasó al narrador ?
2. ¿ Cómo era la chica ?
3. ¿ Cómo se pasaba el narrador los días y las noches ?
4. ¿ Cómo tenía los ojos la chica ?
5. ¿ Qué presumía la chica ?
6. ¿ Cuántos días dejó de fumar el narrador ?
7. ¿ Qué ahorró el narrador ?
8. ¿ Qué le exigía la señorita ?
9. ¿ Qué pidió prestado el narrador ?
10. ¿ Qué estaba haciendo la novia del narrador ?

• Corrigé

1. Se enamoró.
2. La chica era guapa, retozona y pizpireta.
3. Rondando por enfrente de su casa.
4. La chica tenía los ojos muy buenos.
5. Que el narrador era un marqués.
6. Tres meses y tres días.
7. Los cuartos que antes convertía en humo.
8. La señorita le exigía que se entendiese con sus padres.
9. Un par de guantes.
10. Estaba mordiendo un clavel y leyendo una novela.

Extrait n° 2, p. 76 :

El corazón me hacía tic, tac, tac, tic, como si estuviera encaramado en el sillón de un sacamuelas. La suegra me veía de arriba abajo, y la seda finísima de su bigote se iba erizando poco a poco como las púas de un puerco espín.

— Perfectamente, caballero — dijo — ; yo tomé los informes necesarios y daré a usted mi respuesta. Si la niña quiere...
— ¡ Pues ya lo creo, señora !
— ¿De qué vive usted ?
— ¿Decía usted... ?
— ¿Cuál es la profesión de usted ?
— Señora, profesión propiamente hablando, yo no tengo. Busco diez pesos diarios.

A los ocho días, volví a la casa en busca de la respuesta deseada.

— Caballero, ¡ es usted un desesperado !
— ¡ Señora !
— ¡ Me ha engañado usted !
— ¿Esas tenemos ?...
— ¡ Conque buscaba usted diez pesos diarios ! ¡ Embustero ! No tiene usted oficio ni beneficio : ¡ es usted un vago !
— Perdone usted, señora ; yo he dicho a usted que *buscaba* diez duros diarios ; y eso es tan cierto como que hay un Dios. ¡ Los busco, señora, pero no los hallo !

• Questions

1. ¿ Qué se iba erizando como las púas de un puerco espín ?
2. ¿ Cuál es la preocupación de la suegra ?
3. ¿ Tiene profesión el narrador ?
4. ¿ Cuándo volvió el narrador a casa de la novia ?
5. ¿ Cómo llama la suegra al narrador ?
6. ¿ Cuántos pesos diarios busca el narrador ?
7. ¿ Qué pretende la suegra ?
8. ¿ Por qué la suegra llama vago al narrador ?
9. ¿ Qué ha dicho el narrador en cuanto a los pesos ?
10. ¿ Gana diez pesos diarios el narrador ?

• Corrigé

1. La seda finísima del bigote de la suegra.
2. Saber de qué vive el narrador.
3. No, no tiene profesión.
4. A los ocho días.
5. Lo llama desesperado y embustero.
6. Diez.
7. Que el narrador la ha engañado.
8. Porque no tiene oficio ni beneficio.
9. Que buscaba diez pesos diarios.
10. No, los busca pero no los halla.

EL VELO DE LA REINA MAB

Extrait n° 1, p. 86 :

La reina Mab, en su carro hecho de una sola perla, tirado por cuatro coleópteros de petos dorados y alas de pedrería, caminando sobre un rayo de sol, se coló por la ventana de una buhardilla donde estaban cuatro hombres flacos, barbudos e impertinentes, lamentándose como unos desdichados.

Por aquel tiempo, las hadas habían repartido sus dones a los mortales. A unos habían dado las varitas misteriosas que llenan de oro las pesadas cajas del comercio ; a otros unas espigas maravillosas que al desgranarlas colmaban las trojes de riqueza ; a otros unos cristales que hacían ver en el riñón de la madre tierra oro y piedras preciosas ; a quiénes, cabelleras espesas y músculos de Goliat, y mazas enormes para machacar el hierro encendido ; y a quiénes, talones fuertes y piernas ágiles para montar en las rápidas caballerías que se beben el viento y que tienden las crines en la carretera.

Los cuatro hombres se quejaban. Al uno le había tocado en suerte una cantera, al otro el iris, al otro el ritmo, al otro el cielo azul.

• Questions

1. ¿ Cómo viajaba la reina Mab ?
2. ¿ Por dónde se coló la reina Mab ?
3. ¿ Cuántos hombres estaban en la buhardilla ?
4. ¿ Cómo eran ?
5. ¿ Qué hacían ?
6. ¿ Qué habían repartido las hadas ?
7. ¿ A quiénes ?
8. ¿ Para qué daban las hadas mazas enormes ?
9. ¿ Qué le había tocado al primer hombre ?
10. ¿ Y al tercero ?

• Corrigé

1. En un carro hecho de una sola perla.
2. Por la ventana de una buhardilla.
3. Cuatro hombres.

4. Eran flacos, barbudos e impertinentes.
5. Se lamentaban como unos desdichados.
6. Las hadas habían repartido sus dones.
7. A los mortales.
8. Para machacar el hierro encendido.
9. Le había tocado una cantera.
10. El ritmo.

Extrait n° 2, p. 94 :

Entonces la reina Mab, del fondo de su carro hecho
de una sola perla, tomó un velo azul, casi impalpable,
como formado de suspiros, o de miradas de ángeles
rubios y pensativos. Y aquel velo era el velo de los
sueños, de los dulces sueños, que hacen ver la vida
del color de rosa. Y con él envolvió a los cuatro
hombres flacos, barbudos e impertinentes. Los cuales
cesaron de estar tristes, porque penetró en su pecho
la esperanza, y en su cabeza el sol alegre, con el
diablillo de la vanidad, que consuela en sus profundas
decepciones a los pobres artistas.

Y desde entonces, en las buhardillas de los brillantes
infelices, donde flota el sueño azul, se piensa en el
porvenir como en la aurora, y se oyen risas que
quitan la tristeza, y se bailan extrañas farándulas
alrededor de un blanco Apolo, de un lindo paisaje,
de un violín viejo, de un amarillento manuscrito.

• **Questions**

1. ¿ Qué hizo la reina Mab ?
2. ¿ Cómo era el velo ?
3. ¿ De qué estaba formado el velo ?
4. ¿ Era el velo de qué ?
5. ¿ A quién envolvió la reina Mab ?
6. ¿ Por qué cesaron los hombres de estar tristes ?
7. ¿ A quién consuela la vanidad ?
8. ¿ Qué flota en las buhardillas ?
9. ¿ Qué se oye en las buhardillas ?
10. ¿ Qué se baila ?

- **Corrigé**

1. Tomó un velo azul.
2. El velo era casi impalpable.
3. Estaba formado de suspiros o de miradas de ángeles.
4. Era el velo de los sueños.
5. A los cuatro hombres.
6. Porque penetró en su pecho la esperanza.
7. La vanidad consuela a los artistas.
8. El sueño azul.
9. Risas que quitan la tristeza.
10. Extrañas farándulas.

EL CUARTO DE ENFRENTE

Extrait n° 1, p. 98 :

La noticia voló de boca en boca : hacía varios días que venía apareciendo en Caracas un tipo raro. Una tarde lo vieron en El Paraíso cruzar veloz el paseo, jineteando a la europea y con un traje exótico, un caballo enjaezado de la manera más pintoresca ; otra tarde recorría las calles de la urbe en una victoria de lujo, en compañía de un hermoso galgo blanco.

— ¿ Te fijaste en ése que va ahí ? — preguntó una, desde su ventana, a la vecina de enfrente.

— Sí. Ése debe ser el extranjero de quien tanto se habla en Caracas.

— ¿ No sabes cómo se llama ?

— No. Parece que nadie lo conoce.

— Dicen que es argentino o mexicano y muy rico y de lo principal.

— ¡ Anjá !

— El padre y que es millonario. Dicen que lo mandó a viajar porque y que tenía unos amores con una mujer inferior a él.

— ¡ Pero si nadie lo conoce ! ; ¿cómo saben esos detalles ?

¡ Ay, chica ! Tú sabes que en Caracas todo se descubre al vuelo.

Y así comenzó la leyenda que dio al extranjero una buena porción de su resonante fama.

• Questions

• Corrigé

1. La noticia.
2. En Caracas.
3. Jineteaba a la europea.
4. En una victoria de lujo.
5. La de un hermoso galgo blanco.
6. A la vecina de enfrente.
7. No. Nadie lo conoce.
8. Que es argentino o mexicano y muy rico.
9. Porque tenía unos amores con una mujer inferior a él.
10. Porque en Caracas todo se descubre al vuelo.

Extrait n° 2, p. 108 :

La víspera de la boda fue a casa de las Reinoso y llamando aparte a don Juan le exigió una entrevista, pues tenía algo grave que comunicarle. Encerróse con él el señor Reinoso en su escritorio y allí estuvieron largo espacio.

Cuando salieron de allí y Arriolas se hubo despedido, don Juan congregó a las hijas y a Gertrudis, la cuñada, para decirles :

— ¿ Saben lo que pasa ? Este Arriolas ha resultado ser un aventurero, un vagabundo.

— ¡ Cómo va a ser posible, Juan ! — exclamó Gertrudis, sintiendo que el mundo se desplomaba sobre las cabezas de todos ellos.

— ¡ Siéndolo ! Me ha confesado que todo lo que nos ha contado de su familia es pura leyenda. Que su padre no tiene más dinero que el que le produce una *charcuterie*, es decir : una salchichería. Que lo mandó a Venezuela porque las autoridades mexicanas lo perseguían a causa de una locura que cometió por allá. Imagínense lo que será. Que no tiene un centavo para hacer los gastos del civil, porque su padre no le manda sino lo necesario para comer. En fin, que es un bribón, un caballero de industria.

• **Questions**

1. ¿ Cuándo fue Arriolas a casa de las Reinoso ?
2. ¿ Dónde se encerró con él el señor Reinoso ?
3. ¿ A quiénes congregó don Juan ?
4. ¿ Qué es Gertrudis para don Juan ?
5. ¿ Qué ha resultado ser Arriolas ?
6. ¿ Qué ha confesado Arriolas ?
7. ¿ Qué dinero tiene su padre ?
8. ¿ Por qué el padre mandó al hijo a Venezuela ?
9. ¿ Tiene Arriolas dinero para los gastos del civil ?
10. ¿ Por qué ?

• **Corrigé**

1. La víspera de la boda.
2. En el escritorio.
3. A las hijas y a Gertrudis.
4. Gertrudis es la cuñada de don Juan.
5. Un aventurero, un vagabundo.
6. Que todo lo que ha contado de su familia es leyenda.
7. Su padre tiene el dinero que produce una salchichería.
8. Porque las autoridades mexicanas lo perseguían.
9. Arriolas no tiene un centavo para los gastos del civil.
10. Porque su padre sólo le manda lo necesaria para comer.

Extrait n° 3, p. 112 :

— Bien, Juan. ¿ Qué has pensado hacer ? — preguntó luego Gertrudis.
— ¡ Mandarlo a paseo con mil demonios ! ¡ No

faltaba más ! Lo que es ese bribón no pisa más esta casa.

Saltó Marisa :

— No, papá. No. Así y todo yo lo quiero y estoy dispuesta a casarme con él.

— Pero hija... ¿ Te has vuelto loca ?

— Yo lo quiero, papá. Yo lo quiero y me caso con él, cueste lo que cueste...

— ¡ Lo que cueste ! ¡ Qué sabes tú lo que me va a costar a mí !

— Lo quiero y me caso y me caso y me caso.

— Sí. Ya comprendo lo que te sucede. Por no dar tu brazo a torcer, por no quedar en ridículo entre tus amiguitas, serías capaz de sacrificar tu felicidad, hasta tu vida. Así son ustedes las mujeres. Y después se quejan.

— Yo no me quejaré nunca. Acepto la vida que él me ofrezca, si es necesario trabajar como una negra, trabajaré.

— Muy laudable resolución. Eso se llama hacer sacrificios.

— Los haré y si tú no convienes en el matrimonio, yo...

— Cállate. ¡ Qué vas a decir, desgraciada !

— ¡ Papá !... — comenzaron a suplicar las otras.

Y Gertrudis intervino :

— Reflexiona, Juan. Ella está enamorada. Porque sea pobre no va a ser malo Arriolas. Ella lo quiere y trabajará ; tú mismo, en el almacén, puedes emplearlo. Quién te asegura que ésa no sea la felicidad de tu hija.

- **Questions**

  1. ¿ Qué pregunta Gertrudis a don Juan ?
  2. ¿ A dónde quiere mandar don Juan a Arriolas ?
  3. ¿ Qué quiere hacer Marisa ?
  4. ¿ Por qué ?
  5. ¿ Qué piensa don Juan de las mujeres ?
  6. ¿ Qué aceptará Marisa ?
  7. ¿ Qué hacen las hermanas de Marisa ?
  8. ¿ Qué piensa Gertrudis ?
  9. ¿ Quién puede emplear a Arriolas ?
  10. ¿ Dónde ?

- **Corrigé**

1. Gertrudis pregunta a don Juan lo que piensa hacer.
2. Quiere mandarlo a paseo con mil demonios.
3. Marisa quiere casarse con Arriolas.
4. Porque lo quiere.
5. Don Juan piensa que a las mujeres no les gusta quedar en ridículo.
6. Marisa aceptará la vida que le ofrezca Arriolas.
7. Las hermanas apoyan a Marisa ante su padre.
8. Gertrudis piensa que Arriolas puede no ser malo.
9. Don Juan puede emplear a Arriolas.
10. En el almacén.

ESTOS OJOS VIERON
SIETE SICILIANOS MUERTOS

Extrait, n° 1, p. 120 :

En el corredor de la pensión Libanesa — N° 8 de Samán a Salas — sólo quedaron cinco huéspedes de la cena. En un rincón, sentada en una silla de lona, una señora encinta dormitaba frente a la televisión. En el extremo del comedor, junto a un pasamanos lleno de tiestos de flores, cuatro hombres conversaban fumando, sentados aún a la mesa donde habían tomado el café. Hablando en dialecto italiano. Aunque sólo hubiera sido por la manera de gesticular, se habría descubierto que era un dialecto meridional, y que uno de ellos, el mejor vestido, comandaba la conversación. Después de un segundo café, a las 9.30, los cuatro se levantaron de la mesa con el propósito de ir al cine.

Un largo automóvil negro permaneció estacionado más de una hora, en la sombra, frente a la pensión, con dos hombres a bordo. Cuando los cuatro italianos salieron a la calle y comenzaron a descender, en un grupo bullicioso, hacia la avenida principal, el automóvil se puso en marcha. Fue como una señal para otro automóvil estacionado al final de la cuadra, que se puso en marcha a su vez, muy lentamente, sin separarse un metro del andén. Antes de llegar a la esquina, los cuatro italianos se vieron rodeados por seis hombres. Uno de ellos había descendido del primer automóvil. Los otros cinco del segundo. No hubo diálogo. Sólo una orden seca y terminante. Un momento después, los cuatro italianos fueron obligados a subir en los automóviles. Fue la última vez que se les vio.

• Questions

1. ¿ Cuántos huéspedes quedaron en el corredor ?
2. ¿ Dónde estaba la señora encinta ?
3. ¿ Qué hacía ?
4. ¿ Qué hacían los cuatro hombres ?
5. ¿ En qué hablaban ?
6. ¿ Qué hicieron a las 9.30 ?
7. ¿ Qué hizo el automóvil cuando los italianos salieron ?
8. ¿ Qué ocurrió a los italianos ?
9. ¿ De dónde habían bajado los seis hombres ?
10. ¿ Qué tuvieron que hacer los italianos ?

• Corrigé

1. Cinco huéspedes.
2. La señora estaba en un rincón.
3. Dormitaba frente a la televisión.
4. Los cuatro hombres conversaban fumando.
5. Hablaban en dialecto italiano.
6. A las 9.30 se levantaron de la mesa.
7. El automóvil se puso en marcha.
8. Los italianos se vieron rodeados por seis hombres.
9. De dos automóviles.
10. Tuvieron que subir en los automóviles.

Extrait nº 2, p. 132 :

El hilo de la investigación había llevado al redactor de la « Voce d'Italia » hasta la « Gestoría Capri », una agencia de turismo situada en la Urbanización El Bosque, que se encargaba de arreglar la documentación de los sicilianos de Caracas. La propietaria de la agencia, una italiana atractiva, enérgica e irascible tenía un grupo de amigos que podían ser la explicación de la rapidez y la eficacia con que su agencia de turismo tramitaba la documentación de sus compatriotas. Ese grupo de amigos era el sexteto de la muerte, el siniestro brazo derecho de Pedro Estrada. La propietaria de la « Gestoría Capri » tenía un nombre absolutamente desconocido en 1955, que hace tres semanas es uno de los más conocidos de Caracas : Ada Di Tomaso.

Nacida en Buganra, en el Abruzzo, Ada Di Tomaso había entrado en contacto con la S.N. a través de su marido, un oscuro portugués llamado Angiolino Apolinario. Ferrantelli frecuentaba la « Gestoría Capri ». Bafile llegó a la conclusión de que era allí donde había empezado todo el drama. Según él, Giuseppe Ferrantelli, enterado de que el marido de Ada Di Tomaso pertenecía a la S.N. le preguntó :

— ¿ Y yo no podría entrar también en la Seguridad ?

• Questions

1. ¿ Qué era la « Gestoría Capri » ?
2. ¿ Dónde estaba situada ?
3. ¿ De qué se encargaba ?
4. ¿ Cómo era la propietaria de la agencia ?
5. ¿ Qué tenía la propietaria de la agencia ?
6. ¿ Quién era el brazo derecho de Pedro Estrada ?
7. ¿ Dónde había nacido Ada Di Tomaso ?
8. ¿ Quién era el marido de Ada Di Tomaso ?
9. ¿ Dónde, según Bafile, había comenzado el drama ?
10. ¿Qué quería Ferrantelli ?

• Corrigé

1. Una agencia de turismo.
2. En la Urbanización El Bosque.
3. De arreglar la documentación de los sicilianos de Caracas.
4. Atractiva, enérgica e irascible.
5. Tenía un grupo de amigos.
6. El brazo derecho de Pedro Estrada era el grupo de amigos de la propietaria de la agencia.
7. En Buganra, en el Abruzzo.

8. Un oscuro portugués, llamado Angiolino Apolinario.
9. Según Bafile, el drama había comenzado en la « Gestoría Capri ».
10. Ferranteli quería entrar en la Seguridad.

EN EL FORD AZUL

Extrait n° 1, p. 144 :

Tenían el automóvil, que era lo importante. Para trasladar algo hacen falta cuatro ruedas y lo demás es secundario. El « movimiento » les prestó el Ford azul que, con una bujía defectuosa, podía subir a ochenta en menos de cien metros.

Antonio lo parqueó en el garaje y caminó hasta la casa.

— ¿ Está bueno ?
— Camina bien.
— Pero...¿ bueno ?
— ¿ Qué tú quieres ? Camina. Hasta corre.
— Ayúdame a cargar.
— ¿ Así, en la calle ?
— La casa no está quemada.
— ¿ No hay chivatos ?
— Casi seguro que no.

Entraron en la casa. La sala estaba vacía. En el primer cuarto había un catre de lona y una pistola en el piso. En el segundo cuarto, cubierta con un nailon, reposaba la *multilit*. Junto a ella, cuatro paquetes.

— Lleva tú dos y yo dos — dijo Yoyi.
— Ponlos en el asiento de delante.
— En el maletero es mejor.
— Es lo primero que registran. En el asiento es más inocente.

• Questions

1. ¿ Qué era lo importante ?
2. ¿ Qué les prestó el « movimiento » ?
3. ¿ A qué velocidad podía subir el Ford ?

4. ¿ Dónde parqueó Antonio el Ford ?
5. ¿ Hasta dónde caminó Antonio ?
6. ¿ Está bueno el coche ?
7. ¿ Cómo estaba la sala ?
8. ¿ Qué había en el primer cuarto ?
9. ¿ Qué había en el segundo cuarto ?
10. ¿ Dónde ponen los paquetes ?

• Corrigé

1. Lo importante era tener el automóvil.
2. El « movimiento » les prestó un Ford azul.
3. El Ford podía subir a ochenta.
4. Antonio parqueó el Ford en el garaje.
5. Antonio caminó hasta la casa.
6. Sí, camina bien.
7. La sala estaba vacía.
8. Había un catre de lona y una pistola.
9. La *multilit* y cuatro paquetes.
10. En el asiento de delante del automóvil.

Extrait n° 2, p. 150 :

El cabo se acodó en la ventanilla y vio los paquetes.
— ¿ Qué llevan ahí ?
— Medicinas — dijo Antonio.
— ¿ Para los rebeldes ? — dijo el cabo sonriendo.
— No juegue con eso, cabo, yo trabajo en un laboratorio.
— ¿ De quién es este carro ?
— Mío.
— Bueno, pues tiene la chapa vencida.
— ¿ Vencida ?
— Vencida.
— Pero ¿cómo es posible ?
— Ya lo sabes.
— ¿ Qué puede hacerse ?
— Me tengo que llevar el carro.
— Por favor, cabo, déjemelo aunque sea un día más. Hoy mismo le saco la chapa. Es que he tenido mucho trabajo...
— De eso nada, me lo tengo que llevar.
El cabo disfrutaba obviamente con el trastorno que

le producía al muchacho y Antonio insistió para satisfacer el sadismo del policía en la negación.

— Déjemelo aunque sea un día más, cabo, aunque sea un día.

— No, no, tá bueno ya. Vamos para la novena estación. ¿Sabes dónde es ?

— Sí, ahí en Zapata.

— Bueno, dale. Nosotros te seguimos.

Antonio encendió el motor y esperó que los policías subieran a la perseguidora para poner la primera.

— ¿ Qué hacemos ? — preguntó Yoyi.

— Te tienes que bajar — dijo Antonio —. Agarra los paquetes y apéate en 12 y 23. Hazlo natural, no te apures.

• **Questions**

1. ¿ Dónde se acodó el cabo ?
2. ¿ Qué vio ?
3. ¿ Dónde dice Antonio que trabaja ?
4. ¿ De quién es el carro ?
5. ¿ Qué tiene el carro ?
6. ¿ Qué tiene que hacer el cabo ?
7. ¿ Qué le ruega Antonio al cabo ?
8. ¿ A dónde tienen que llevar el carro ?
9. ¿ Qué hizo Antonio ?
10. ¿ Qué tiene que hacer Yoyi ?

• **Corrigé**

1. El cabo se acodó en la ventanilla.
2. Vio los paquetes.
3. Antonio dice que trabaja en un laboratorio.
4. El carro es de Antonio, según él.
5. El carro tiene la chapa vencida.
6. El cabo tiene que llevarse el carro.
7. Antonio le ruega al cabo que le deje el carro un día mas.
8. A la novena estación.
9. Antonio encendió el motor y esperó.
10. Yoyi tiene qué apearse con los paquetes.

LICANTROPÍA

Extrait n° 1, p. 164 :

Cuando ayer lo vi en la calle, tan cadavérico, me vino a la memoria la cantidad de rumores que corría por el pueblo a propósito del tío Cabrilla y de la tía Lalí. « Mentiras », decía mi madre ; « calumnias », sentenciaba, más severo, mi padre, coreado por los comentarios indignados de sus hermanas. Aunque luego, hasta mamá pareció cambiar de opinión, o por lo menos guardaba silencio cuando se hablaba de la cosa.

Y todo eso me volvió a la memoria cuando el tío Cabrilla se me cruzó por la misma vereda, sin siquiera reparar en mi presencia. En la mía o en la de cualquiera otra persona. Iba con la mirada opaca perdida en algún lugar vacío del espacio o del limbo. Descarriado y ausente, paseaba lentamente su esqueleto, con la marca neta de los huesos bajo la piel, verdosa de tan amarillenta o cerosa. Era la primera vez que notaba tan claramente estos detalles, quizá olvidados por los años o disimulados por la mirada neutra del niño hacia seres tan poco atractivos, como estos tíos entrevistos en medio del ajetreo apasionado del mundo de los trompos, escondites, arroyos y caballos en el intenso tiempo de las vacaciones o feriados largos que nos devolvía al pueblo.

• Questions

1. ¿ Qué pasó cuando el narrador vio al tío Cabrilla ?
2. ¿ Qué decía la madre ?
3. ¿ Cómo iba el tío Cabrilla ?
4. ¿ Cómo era la piel del tío Cabrilla ?
5. ¿ Había notado antes el narrador esos detalles ?
6. ¿ Qué podía haber disimulado los detalles ?
7. ¿ Cómo eran el tío y la tía ?
8. ¿ En qué mundo vivían los niños ?
9. ¿ Cuándo venía el narrador al pueblo ?
10. ¿ Además de las vacaciones, cuándo venían los niños al pueblo ?

- **Corrigé**
  1. Le vino a la memoria cantidad de rumores.
  2. La madre decía que eran mentiras.
  3. El tío Cabrilla iba con la mirada opaca.
  4. La piel del tío Cabrilla era verdosa.
  5. El narrador notaba esos detalles por primera vez.
  6. La mirada neutra del niño.
  7. Eran poco atractivos.
  8. En un mundo de trompos, escondites, arroyos y caballos.
  9. En el tiempo de las vacaciones.
  10. Durante los feriados largos.

Extrait n° 2, p. 178 :

Justamente, el matrimonio Cabrilla era el que ofrendaba la misa vespertina del sábado, en sufragio del alma del abuelo, padre de Lalí. La misa cantada, luego del toque del ángelus, había comenzado en la iglesia abarrotada de gente. Los pudientes y los humildes habían acudido a rendir homenaje a don Cipriano, que, en vida, fuera caudillo y generoso semental en la comarca. Que no se los viera a los Cabrilla durante el día, no era muy sorprendente. Pero que no aparecieran en la misa aniversario que comenzó con retraso para esperarlos — era causa de comentarios susurrados en la iglesia. Entre el *agnus dei* y el *sanctus,* la pareja hizo su aparición. El tío Jacinto más pálido, huesudo y descuajeringado, se apoyaba en el brazo derecho de su esposa. Atravesaron la nave lentamente hasta ganar el banco que les corresponde por derecho de donación. Un silencio sepulcral acompañaba la leve cojera del tío Jacinto. El mismo Padre Laya, que en esos momentos se había vuelto para impartir la bendición a los fieles, no pudo evitar dirigir la mirada consternada al pie izquierdo que el orgulloso caballero posaba lenta, cuidadosa y parsimoniosamente en el suelo ; un pie vendado y enfundado en una amplia alpargata que contrastaba con el brillo oscuro de su zapato de charol lustroso en el pie derecho. Al Padre Laya le quedó un pedazo de la bendición en el aire.

- **Questions**

1. ¿ Quién ofrendaba la misa verspertina del sábado ?
2. ¿ Cuándo había comenzado la misa ?
3. ¿ Quién había acudido a rendir homenaje a don Cipriano ?
4. ¿ Quién había sido don Cipriano ?
5. ¿ Por qué comenzó la misa con retraso ?
6. ¿ Cómo estaba el tío Jacinto ?
7. ¿ Dónde se sentaron los tíos ?
8. ¿ Hacia qué dirigió el Padre Laya la mirada ?
9. ¿ Cómo posaba el pie izquierdo el caballero ?
10. ¿ Qué llevaba el tío Jacinto en cada pie ?

- **Corrigé**

1. El matrimonio Cabrilla ofrendaba la misa.
2. La misa había comenzado después del toque del ángelus.
3. Los pudientes y los humildes.
4. Don Cipriano había sido un caudillo de la comarca.
5. Porque esperaban a los Cabrilla.
6. El tío Jacinto estaba pálido.
7. En el banco que les corresponde por derecho de donación.
8. Hacia el pie izquierdo del tío Jacinto.
9. El caballero posaba el pie izquierdo lenta, cuidadosa y parsimoniosamente.
10. Una alpargata en el pie izquierdo y un zapato de charol en el pie derecho.

Extrait n° 3, p. 180 :

Pero claro, todo esto es vieja historia de comadreos pueblerinos, de la que no me acuerdo el epílogo. Vagamente recuerdo que el domingo temprano era el duro momento del fin de las vacaciones. Después, alguien de la familia me comentó que los Cabrilla se habían ausentado por un tiempo largo del paraje. Y luego el tiempo pasó, yo dejé de ir más a menudo al pueblo : papá murió, mamá vino a vivir a la capital. Supe que la tía Lalí estuvo enferma, de una dolencia rara, que recurrió a los mejores especialistas de la plaza, que viajó a Buenos Aires varias veces, en consulta con otros especialistas, recurriendo a centros aún más especializados. Y luego la noticia de su muerte. La enterraron en el pueblo, y como yo andaba por entonces escondido, en prisión o expulsado — no recuerdo bien —, no pude asistir a su sepelio.Hubiera querido hacerlo, porque la tía Lalí fue el puente con ese mundo insólito del luisón de la infancia y al mismo tiempo, posiblemente un parapeto para el sospechoso héroe de esa aventura : Jacinto Cabrilla, su marido.

- **Questions**

  1. ¿ Se acuerda el narrador del epílogo ?
  2. ¿ Cuándo se terminaban las vacaciones ?
  3. ¿ De dónde se habían ausentado los Cabrilla ?
  4. ¿ Más tarde, iba el narrador a menudo al pueblo ?
  5. ¿ A dónde fue a vivir la madre del narrador ?
  6. ¿ Qué supo el narrador ?
  7. ¿ A quién recurrió la tía Lalí ?
  8. ¿ A dónde viajó ?
  9. ¿ Dónde enterraron a la tía Lalí ?
  10. ¿ Por qué no pudo el narrador asistir a su sepelio ?

- **Corrigé**

  1. El narrador no se acuerda del epílogo.
  2. El domingo temprano era el fin de las vacaciones.
  3. Los Cabrilla se habían ausentado del paraje.
  4. No, el narrador dejó de ir a menudo al pueblo.
  5. La madre del narrador fue a vivir a la capital.
  6. El narrador supo que la tía Lalí estuvo enferma.
  7. La tía Lalí recurrió a los mejores especialistas.
  8. Viajó a Buenos Aires.
  9. La enterraron en el pueblo.
  10. Porque andaba escondido, en prisión o expulsado.

VOCABULAIRE ESPAGNOL-FRANÇAIS

Le numéro renvoie à la page. La traduction donnée est généralement celle du mot dans son contexte.

abarrotado, a, *bourré*, 178
abrazar, *étreindre*, 52
abrazo (el), *accolade*, 68
abrumador, a, *accablant*, 110
abrumar, *accabler*, 92
abuela (la), *grand-mère*, 82
abuelo (el), *grand-père*, 14
acabar, *finir*, 18
acariciar, *caresser*, 68
acaso, *peut-être*, 158
acelerar, *accélérer*, 152
acequia (la), *rigole*, 64
acera (la), *trottoir*, 152
acerca de, *au sujet de*, 182
acercarse, *s'approcher*, 126, 148
acodarse, *s'accouder*, 150
acomodado, *aisé*, 126
acostarse, *se coucher*, 160
acreditar, *confirmer*, 100
acudir, *venir*, 174
adivinar, *deviner*, 180
adorno (el), *ornement*, 128
aduana (la), *douane*, 138
adular, *flatter*, 88
adusto, a, *austère*, 166
afición (la), *goût*, 130
agarrar, *saisir*, 152
agasajar, *fêter*, 104
agotar, *épuiser*, 160
agradecimiento (el), *reconnaissance*, 40
agregar, *ajouter*, 176
agua (el), *eau*, 12, 64
aguantar, *supporter*, 158
airoso, a, *élégant*, 100
ajetreo (el), *affairement*, 164
ajorca (la), *bracelet*, 36
ajuar (el), *trousseau*, 106
alambique (el), *alambic*, 170
alborotado, a, *ébouriffé*, 60
aldea (la), *village*, 16
alejarse, *s'éloigner*, 42
alfiler (el), *épingle*, 36
aliento (el), *haleine*, 92
alma (el), *âme*, 178
almacén (el), *magasin*, 114
almena (la), *créneau*, 148
almendra (la), *amande*, 54
almohada (la), *oreiller*, 52
almorzar, *déjeuner*, 90, 152
alpargata (la), *espadrille*, 178
alquilar, *louer*, 138
altar (el), *autel*, 44

alzarse, *se redresser*, 70
amarillento, a, *jaunâtre*, 40, 168
amenaza (la), *menace*, 124
amenazar, *menacer*, 38
a menudo, *souvent*, 168
ametralladora (la), *mitrailleuse*, 150
amordazar, *bâillonner*, 126
anclarse, *s'établir*, 44
anda (el), *pavois*, 24
andar, *marcher*, 66, 138
andén (el), *trottoir, quai*, 120
anfitrión (el), *l'hôte*, 122
angustia (la), *embarras*, 126
angustioso, a, *angoissé*, 110
anhelar, *désirer*, 38
animar, *encourager*, 182
anoche, *hier soir*, 180
anochecer (el), *tombée de la nuit*, 160
antecedentes judiciales (los), *casier judiciaire*, 126
antepasados (los), *ancêtres*, 44
añoso, a, *vieux*, 30
apaciguar, *apaiser*, 110
apearse, *descendre*, 152
apenas, *à peine*, 82
a pesar de, *malgré*, 18
apresuradamente, *hâtivement*, 124
apretar, *serrer*, 70
aprisionar, *emprisonner*, 90
aprovechar, *profiter*, 146
apuntar, *viser*, 174
apurarse, *se presser*, 152
araña (la), *araignée*, 12
arañar, *griffer*, 172
archivo (el), *archives*, 138
arena (la), *sable*, 174
argolla (la), *anneau*, 36
arisco, a, *sauvage*, 126
armadillo (el), *tatou*, 36
armar (escándalo), *déclencher*, 132
arracacha (la), *panais*, 36
arrancar, *arracher*, 18, 80
arreglar, *arranger*, 116, 132
arrimarse, *s'approcher*, 150
arrojar, *jeter*, 88
arropar, *couvrir*, 70
asaltar, *assaillir*, 108
a salvo, *à l'abri*, 160
asediar, *assiéger*, 122

asedio (el), *attaque,* 104
asemejarse, *ressembler,* 168
asesino, *assassin,* 152
asiento (el), *siège,* 40, 74, 144
asomarse, *apparaître,* 62, 106
asunto (el), *affaire,* 104
asustarse, *s'effrayer,* 172
atarazar, *mordre,* 88
atardecer (el), *crépuscule,* 128
atemorizar, *terroriser,* 38
atractivo, a, *attirant,* 132
atraer, *attirer,* 172
atragantarse, *s'étrangler,* 182
atravesar, *traverser,* 126
atreverse, *oser,* 110
aullador, a, *hurlant,* 172
aullar, *hurler,* 168
aura (la), *atmosphère,* 166
avenirse, *s'entendre,* 22
a ver, *voyons,* 158
averiguación (la), *vérification,* 138
avío (al), *à l'œuvre,* 82
ayunar, *jeûner,* 40

badulaque, *vaurien,* 114
balsa (la), *radeau,* 40
bandera (la), *drapeau,* 68
baranda (la), *rampe,* 146
barnizar, *vernir,* 106
barro (el), *terre, boue,* 40
bastante, *assez (de),* 12
bastón (el), *canne,* 62
basura (la), *ordure,* 172
baúl (el), *malle,* 38
bebedor, a, *buveur,* 158
befar, *railler,* 92
bendición (la), *bénédiction,* 178
beneficio (el), *profit,* 78
bigote (el), *moustache,* 76
blancuzco, a, *blanchâtre,* 42
blandir, *brandir,* 172
boda (la), *noce,* 104
bofetada (la), *gifle,* 100
bohío (el), *hutte,* 34
bolívar (el), *bolívar,* 126
bolsillo (el), *poche,* 158
bombillo (el), *ampoule,* 52
bonanza (la), *prospérité,* 126
borrachero (el), *(arbre) enivrant,* 36
bosque (el), *bois,* 132
botar, *jeter,* 152
brazalete (el), *bracelet,* 34
bribón, a, *coquin,* 110
brillo (el), *éclat,* 168
brotar, *jaillir,* 92, 110
bucear, *nager sous l'eau,* 30

buey (el), *bœuf,* 92
buhardilla (la), *mansarde,* 86
bullicioso, a, *bruyant,* 120
bulto (el), *sac, masse,* 36, 156
buró (el), *bureau,* 148
buscar, *chercher,* 64
búsqueda (la), *recherche,* 174

caballero (el), *chevalier,* 110
cabello (el), *cheveux,* 52
cabo (al), *au bout,* 110, 114
cabo (el), *brigadier,* 150
cacique (el), *chef indien,* 16, 30
cachipay (el), *fruit du palmier royal,* 36
caer, *tomber,* 14, 68, 152
caja (la), *boîte,* 50
cáliz (el), *calice,* 44
calzada (la), *chaussée,* 150
callado, a, *silencieux,* 170
calle (la), *rue,* 148
calleja (la), *ruelle,* 170
cama (la), *lit,* 160
camarón (el), *crevette,* 12
cambiar, *changer,* 10
caminar, *marcher,* 122, 144
camisa (la), *chemise,* 156
campesino (el), *paysan,* 168
can (el), *chien,* 172
candente, *brûlant,* 92
cangrejo (el), *crabe, écrevisse,* 36
cansar, *fatiguer,* 160
cantar claro, *parler net,* 76
cantera (la), *carrière, pierre,* 86
canutillo (el), *tube de jonc,* 34
capaz, *capable,* 130
caprichoso, a, *capricieux,* 66
cara (la), *figure,* 66, 106
caracol (el), *escargot, coquillage,* 36
caramañola (la), *gourde,* 176
carecer, *manquer,* 22
carga (la), *charge,* 108
cargar, *charger,* 16, 62, 122
caribe, *caraïbe,* 34
cariño (el), *affection,* 182
carrera (la), *course,* 108
carretel (el), *bobine,* 56
carrillo (el), *joue,* 80
carro (el), *char, voiture,* 86, 152
carroña (la), *charogne,* 172
cartera dactilar (la), *carte d'identité,* 156
casa (en), *chez,* 64, 170
casa de dormir (la), *asile de nuit,* 160
casadera, *à marier,* 102

cascabel (el), *grelot*, 36
casco (el), *casque*, 92
casona (la), *manoir*, 166
caspitas (las), *pellicules, pépi-tes*, 34
castaño, a, *marron, châtain*, 56
castillo (el), *château fort*, 148
casualidad (por), *par hasard*, 124
catre (el), *lit de camp*, 144
cauce (el), *lit (rivière)*, 26
caudillo (el), *chef*, 178
celda (la), *cellule*, 92
cementerio (el), *cimetière*, 150, 166
ceniciento, a, *cendré*, 168
centavo (el), *centime*, 56, 114
centelleante, *scintillant*, 172
cercado (el), *terrain*, 34
cercar, *entourer, cerner*, 106
cerebro (el), *cerveau*, 88
cereza (la), *cerise*, 54
ceroso, a, *cireux*, 164
cerradura (la), *serrure*, 54
cerrar, *fermer*, 10, 124
certidumbre (la), *certitude*, 182
cesta (la), *panier*, 60
cetro (el), *sceptre*, 36
cierto, a, *vrai*, 50
cigarra (la), *cigale*, 88
cimbreante, *ondulant*, 100
cincel (el), *ciseau*, 86
cinta (la), *ruban*, 58
cintura (la), *ceinture, taille*, 156
cita (la), *rendez-vous*, 134
clavel (el), *oeillet*, 64
cobre (el), *cuivre*, 170
cocinero (el), *cuisinier*, 52, 58
cochecito (el), *petite voiture*, 50
cofia (la), *coiffe*, 60
coger, *cueillir, prendre*, 50, 148
cohibir, *intimider*, 166
cojera (la), *boiterie*, 178
cola (la), *queue*, 50
colarse, *se glisser*, 86
colcha (la), *couvre-lit*, 56
colgadura (la), *tapisserie*, 62
colmar, *combler*, 86
colmena (la), *ruche*, 122
colmillo (el), *défense (d'élé-phant), croc*, 88
colorado, a, *rouge*, 58, 76
collar (el), *collier*, 36
comadreo (el), *commérage*, 180
comandar, *diriger*, 120
comarca (la), *contrée*, 24
comedor (el), *salle à manger*, 120

comienzo (el), *commencement*, 170
comino (el), *cumin*, 82
compañero (el), *camarade*, 134
compartir, *partager*, 124
comprar, *acheter*, 66, 128
comprobar, *constater*, 174
concertar, *combiner*, 134
conducir, *conduire*, 10
conejo (el), *lapin*, 80
confesar, *avouer*, 114
congregar, *réunir*, 108
conjunto (el), *l'ensemble*, 40
conocer, *connaître*, 122
conque, *ainsi donc*, 66
consolar, *consoler*, 94
consonante (el), *vers*, 92
contador (el), *compteur*, 80
contar, *compter, raconter*, 68, 82
contertulio (el), *habitué*, 130
contestar, *répondre*, 152
convertir, *transformer*, 88
corazón (el), *coeur*, 70, 108
cordero (el), *agneau*, 58
corear, *faire chorus*, 164
corona (la), *couronne*, 62
coronel (el), *colonel*, 134
corotos (los), *trucs*, 116
corte (la), *cour (rois)*, 44
corte (el), *coupe (costumes)*, 100
cortina (la), *rideau*, 128
corto, a, *court*, 100
correazo (el), *coup de courroie*, 14
corredor (el), *couloir*, 120
correr, *courir, couler*, 64
correrse, *glisser*, 158
cosa (la), *chose, question*, 164
cosecha (la), *récolte*, 24
costar, *coûter*, 106, 112, 170
costurero (el), *boîte à ouvrage*, 54
coyabra (la), *demi-calebasse*, 36
crecer, *grandir*, 126
creer, *croire*, 136
crencha (la), *bandeau*, 24
criatura (la), *bébé*, 12
cruz (la), *croix*, 172
cruzar, *traverser*, 146, 164
cuadra (la), *distance (90 m) entre deux coins de rue*, 120, 138
cuadrilla (la), *équipe*, 106
cuadro (el), *tableau*, 58
cuarto (el), *chambre*, 52, 98,

discreto, a, *sage*, 24
disfrutar, *profiter*, 126
disolverse, *fondre*, 150
disparar, *tirer (armes)*, 174
disparo (el), *coup de feu*, 174
distante, *éloigné*, 128
divisar, *apercevoir*, 92
doblar, *plier*, 56, *tourner*, 150
documentación (la), *papiers*, 124
dolencia (la), *maladie*, 180
domar, *dompter*, 88
domingo (el), *dimanche*, 180
doncella (la), *jeune fille*, 22
dondequiera, *partout où*, 30
dormitar, *somnoler*, 120
dotado, a, *doué*, 130
dueño (el), *propriétaire*, 24
dulcería (la), *confiserie*, 56
duro (el), *peso*, 78

ecuánime, *impartial*, 180
echar a, *se mettre à*, 64, 152
echar a perder, *abîmer*, 102
edificio (el), *immeuble*, 148
ejército (el), *armée*, 26
elegir, *choisir*, 38
embarazada, *enceinte (femme)*, 10
embotar, *émousser*, 74
embustero, a, *menteur*, 78
empapelar, *tapisser (avec du papier)*, 106
empezar, *commencer*, 26
empleíllo, *petit emploi*, 80
emprender, *entreprendre*, 22, 104, 108
empuñar, *empoigner*, 38
enamorarse, *s'éprendre*, 74, 102
encanecer, *blanchir (cheveux)*, 106
encaramarse, *se percher*, 14, 76
encargarse, *se charger*, 132, 182
enceguecer, *aveugler*, 42
encender, *allumer*, 62, 70, 152
encerrarse, *s'enfermer*, 108
encierro (el), *claustration*, 170
encinta, *enceinte (femme)*, 120
encogerse, *se serrer*, 108, 150
encomendar, *recommander*, 136
encuentro (el), *rencontre*, 160
encumbrar, *hisser*, 42
enfrentarse, *affronter*, 140
enfundado, a, *gainé*, 178
engañar, *tromper*, 78
engaño (el), *tromperie*, 16
enjaezar, *harnacher*, 98

enjugarse, *s'essuyer*, 106
enlazar, *unir, relier*, 90
enloquecedor, a, *affolant*, 102
enojarse, *se fâcher*, 68
enojo (el), *courroux*, 16
ensanche (el), *nouveau quartier*, 146
ensartar, *enfiler*, 82
en seguida, *tout de suite*, 158
enseñar, *apprendre, enseigner*, 66
ensueño (el), *rêverie*, 24, 102
entender, *comprendre*, 16
enterar, *mettre au courant*, 134
enterrador (el), *fossoyeur*, 80
entonces, *alors*, 136
entrañas (las), *entrailles*, 34
entregar, *remettre*, 38, 136, 150
entretanto, *entre-temps*, 92
entrevista (la), *entrevue*, 134
envidia (la), *envie, jalousie*, 104
envolver, *envelopper*, 94
equipaje (el), *bagages*, 138
equivocarse, *se tromper*, 10
erguir, *dresser*, 102
esbozar, *ébaucher*, 36
escala (la), *gamme*, 90
escasamente, *rarement, peu*, 166
escoger, *choisir*, 40
esconderse, *se cacher*, 124
escritorio (el), *bureau*, 108
escuálido, a, *maigre*, 176
escuchar, *écouter*, 44
escudriñar, *fouiller*, 34
esgrimir, *agiter, brandir*, 172
esmerado, a, *très soigné*, 100
espantar, *chasser, épouvanter*, 172
esperar, *attendre, espérer*, 68
espiga (la), *épi*, 86
espina (la), *arête, épine*, 12
esposa (la), *épouse*, 148
esquina (la), *coin (de rue)*, 148, 166, 174
estación (la), *poste (police)*, 152
estallar, *éclater*, 92
estandarte (el), *étendard*, 62
estómago (el), *estomac*, 150
estrambótico, a, *extravagant*, 170
estrangular, *étrangler*, 110
estrecho, a, *étroit*, 130
estremecimiento (el), *frémissement*, 90
estruendo (el), *fracas*, 42
exhausto, a, *épuisé*, 88
extender, *étendre*, 42

extraer, *extraire*, 158
extranjero, a, *étranger au pays*, 98
extranjería (la), *les étrangers*, 124
extraño, a, *étranger (au groupe)*, *étrange*, 44

facha (la), *allure*, 74
faldón (el), *pan*, 156
falta (la), *faute, manque*, 32
fama (la), *renommée*, 98, 170
farándula (la), *farandole*, 94
farsa (la), *farce*, 138
fe (la), *foi*, 40
feligrés (el), *fidèle, paroissien*, 172
feo, a, *laid*, 60, 70
feraz, *fertile*, 22
feriado, a, *férié*, 164
fijarse, *faire attention*, 34, 98
flaco, a, *maigre*, 86
flamante, *flambant neuf*, 100
fleco (el), *frange*, 62
flechar, *percer de flèches*, 14
forastero, a, *étranger (à la région)*, 44
forcejear, *lutter*, 10
fotuto (el), *grande trompette*, 42
frente (la), *front (visage)*, 32
fuente (la), *source*, 92
fuga (la), *évasion*, 42

gacho, a, *penché*, 18
gajes (los), *profits, gages*, 80
galán (el), *jeune premier*, 130
galgo (el), *lévrier*, 98
ganas de (con), *avec l'envie de*, 16
ganancia (la), *bénéfice*, 126
garganta (la), *gorge*, 44
gasto (el), *dépense, frais*, 110, 128
gestiones (las), *démarche*, 124
gestoría (la), *agence*, 132
golpe (el), *coup*, 16
golpe (de), *tout à coup*, 180
golpear, *frapper*, 88
goma (la), *pneu*, 150
gorro (el), *bonnet*, 52
gozo (el), *joie, bonheur*, 166
gritar, *crier*, 172
guaca (la), *tombe précolombienne, trésor*, 30
guacamaya (la), *ara*, 32
guagua (la), *autobus*, 148
guapa, *jolie*, 74
guardia (la), *garde*, 134

guayaba (la), *goyave*, 36
guindar, *pendre, hisser*, 18
gustarle (algo a alguien), *aimer (qqch)*, 66

habladurías (las), *racontars*, 166
hacer, *faire*, 12, 48, 62
hacer daño, *faire mal*, 70, 168
hacer gracia, *amuser*, 82
hacer memoria, *se souvenir*, 168
hacer trizas, *mettre en pièces*, 32
hada (el), *fée*, 86
hálito (el), *souffle*, 42
hallar, *trouver*, 92
hambre (el), *faim*, 80
hasta, *jusqu'à, même*, 44
he aquí, *voici*, 86
hebra (la), *fil, poil*, 62
heredad (la), *propriété, demeure*, 26
herir, *blesser*, 88, 174
hermana (la), *sœur*, 164
hermosura (la), *beauté*, 88
hierro (el), *fer*, 92
higo (el), *figue*, 54
hilo (el), *fil*, 36, 132, 168
hoguera (la), *feu de joie*, 42
hoja (la), *feuille*, 152
hombro (el), *épaule*, 158
horquilla (la), *épingle à cheveux*, 36
huelga (la), *grève*, 152
huésped (el), *pensionnaire*, 120
humareda (la), *nuage de fumée*, 42
humildad (la), *modestie*, 40
humilde, *humble, modeste*, 178
hundirse, *s'enfoncer*, 32, 52
huracán (el), *ouragan*, 92

icotea (la), *petite tortue*, 36
impartir, *accorder*, 178
impedir, *empêcher*, 38, 74, 156
indagatoria (la), *interrogatoire*, 140
índole (la), *nature, caractère*, 22
inesperado, a, *inattendu*, 122
infeliz, *malheureux*, 94
ingresar, *entrer*, 134
iniciar, *commencer*, 124
intachable, *irréprochable*, 100
inventariar, *faire l'inventaire*, 100
investigar, *enquêter*, 130
iqueño, a, *habitant d'Ica (Pérou)*
ira (la), *colère*, 110

iris (el), *arc-en-ciel,* 86
izquierdo, a, *gauche,* 174

jarra (la), *vase, pichet,* 56
jaula (la), *cage,* 50
jauría (la), *meute,* 168
jefe de redacción (el), *rédacteur en chef,* 130
jinetear, *chevaucher,* 98
jorobadita, *petite bossue,* 68
jugar, 52, 150
juntarse, *se réunir,* 92
juntos, as, *ensemble,* 14, 130
juzgado (el), *tribunal,* 140

labia (la), *bagout,* 130
labio (el), *lèvre,* 80
lacayo (el), *laquais,* 66
lado (el), *côté,* 66
ladrar, *aboyer,* 168
lagarto (el), *caïman,* 14
lágrima (la), *larme,* 110
laja (la), *pierre plate,* 30
langosta (la), *sauterelle,* 166
lástima (la), *dommage, pitié,* 146
laudable, *louable,* 112
lavandera (la), *blanchisseuse,* 52
lazo (el), *nœud (ruban),* 60
leche (la), *lait,* 58
letra (la), *écriture, lettre,* 48
levantapiés (el), *tabouret pour les pieds,* 56
licantropía (la), *lycanthropie,* 164
lienzo (el), *toile (peinture),* 90
limbo (el), *limbes,* 164
limonada (la), *citronnade,* 160
limpio, a, *propre, limpide,* 60
lindo, a, *joli,* 66
lirio (el), *iris (fleur),* 92
locuaz, *bavard,* 171
lograr, *réussir,* 12
loma (la), *colline,* 148
lona (la), *bâche,* 144
loro (el), *perroquet,* 80, 166
loza (la), *vaisselle,* 54
luego, *puis, ensuite,* 44, 62, 134
luisón (el), *loup-garou,* 168
lujo (el), *luxe,* 90
luz (la), *lumière,* 146

llamada (la), *appel,* 160
llamar aparte, *prendre à part,* 108
llamar la atención, *attirer l'attention,* 166

llave (la), *clé,* 146
llevar, *emmener, emporter, porter,* 66, 152
llorar, *pleurer,* 110

machucar, *bosseler, meurtrir,* 54
madera (la), *bois,* 38
madre (la), *mère,* 86
maduro, a, *mûr,* 80
mago (el), *mage, magicien,* 88
maldito, a, *maudit,* 176
maletero (el), *coffre à bagages,* 144
mameyazo (el), *coup,* 158
manada (la), *troupeau,* 172
mancillar, *tacher, souiller,* 42
mandar, *envoyer,* 112, faire (+ inf.), 116
mando (el), *commandement,* 40
manecitas (las), *menottes (mains),* 66
manejar, *conduire, manier,* 104, 136
manicomio (el), *asile,* 92
maniquí (el), *mannequin,* 100
mano (la), *couche (peinture),* 106
manotazo (el), *tape,* 158
mansión (la), *manoir,* 106
manta (la), *couverture,* 36
mantener, *entretenir, maintenir,* 80
mañana, *demain,* 52
marcharse, *s'en aller,* 182
marear, *donner mal au cœur,* 36
marido (el), *mari,* 10
mariposa (la), *papillon,* 52
marta cebellina (la), *martre zibeline,* 80
mas, *mais,* 10
más bien, *plutôt,* 130
masticar, *mâcher,* 34
matar, *tuer,* 68
matrimonio (el), *couple marié,* 116
mazapán (el), *massepain,* 54
mediante, *moyennant,* 40
medias (las), *bas, chaussettes,* 58
medicinas (las), *médicaments,* 150
medio, a, *demi,* 80
mensaje (el), *message,* 44
mensajero (el), *messager,* 122
mentira (la), *mensonge,* 164
mentiroso, a, *menteur,* 158

219

mercancía (la), *marchandise,* 128

meterse, *se glisser, se mêler,* 14, 128

miedo (el), *peur,* 124

mientras, *pendant que,* 138, 150

milagroso, a, *miraculeux,* 126

mimoso, a, *câlin,* 102

mirada (la), *regard,* 44, 102, 182

mirar, *regarder,* 110

misa (la), *messe,* 178

mochila (la), *sac,* 44

modista (la), *couturière,* 106

modorra (la), *somnolence,* 74

morada (la), *demeure,* 92, 106

mono (el), *singe,* 10

moña (la), *nœud de rubans,* 58

montón (el), *tas,* 172

mordisco (el), *morsure,* 80

morir (p.p. : muerto), *mourir,* 14

mortaja (la), *linceul,* 182

mortificar, *mortifier,* 160

mortuorio (el), *maison mortuaire,* 106

mosquitero (el), *moustiquaire,* 56

muerte (la), *mort (la),* 134

multilit (la), *machine à polycopier,* 144

muñeca (la), *poupée,* 48

murmuraciones (las), *médisances,* 114

mustio, a, *livide,* 106

nabo (el), *navet,* 52

nailon (el), *nylon,* 144

nalga (la), *fesse,* 18

nariguera (la), *ornement pour le nez,* 34

natural, *natif, originaire,* 128

negación (la), *refus,* 152

negar, *nier,* 122

nieto (el), *petit-fils,* 14

nimbo (el), *nimbe, auréole,* 90

nomeolvides (el), *myosotis,* 64

no obstante, *néanmoins,* 12, 100

no sólo... sino, *non seulement... mais,* 34

noticia (la), *nouvelle (donnée),* 98, 122, 146, 180

novia (la), *fiancée, mariée,* 76

nube (la), *nuage,* 50

nudo (el), *nœud,* 132

obviamente, *évidemment,* 152

ocurrir, *arriver, survenir,* 122

oficial (el), *officier,* 134

oficina (la), *bureau,* 130

oficio (el), *métier,* 78

ofrecer, *offrir,* 112

ofrenda (la), *offrande,* 32

ofrendar, *donner en offrande,* 178

ojera (la), *cerne,* 106

ojo (el), *œil,* 96, 110

oler, *sentir (odeur),* 10, 58

oloroso, a, *odorant,* 38, 92

olla (la), *bassine, marmite,* 58

ondear, *ondoyer, flotter,* 92

orden (la), *ordre (commandement),* 120

orejera (la), *boucle d'oreille précolombienne,* 34

orilla (la), *rivage, bord,* 18, 64

oriundo,a, *originaire,* 128

orla (la), *bordure,* 24

osamenta (la), *ossements,* 168

padecer, *souffrir,* 76

padrino (el), *parrain,* 106

pago (el), *domaine,* 22

palacio (el), *palais, château,* 62

pámpano (el), *pampre,* 88

pandilla (la), *bande,* 166

papa (la), *pomme de terre,* 36

papaya (la), *papaye,* 36

para, *pour,* 32

paraje (el), *site,* 180

parecer, *sembler, paraître,* 44, 68

parecerse a, *ressembler,* 14, 128

pareja (la), *couple,* 168

parentesco (el), *parenté,* 128

parlanchín, a, *bavard,* 166

parquear, *garer, stationner,* 144

partida (la), *bande,* 126

partir, *casser,* 14, partager, 92

parra (la), *vigne vierge,* 164

parroquial, *paroissial,* 176

pasamanos (el), *rampe, balustrade,* 120

pasaje (el), *passage, billet,* 132

Pascuas (las), *Noël,* 54

paseo (el), *promenade,* 112

paso (el), *pas, passage,* 10, 34, 132

pavorizante, *effrayant,* 108

peatón (el), *piéton,* 152

pectoral (el), *ornement de poitrine,* 34

pecho (el), *poitrine,* 16, 62

pedir, *demander (qqch., à qqn. de faire qqch.),* 24

pedrería (la), *pierrerie,* 86

pegar, *coller,* 12, 44, frapper,

pegar un salto, *faire un bond,* 174

pelambre (la), *le poil,* 172

pelear, *lutter, combattre,* 58

peligro (el), *danger,* 16

pensamiento (el), *pensée,* 62

percha (la), *portemanteau,* 100

perdón (el), *pardon,* 38

pereza (la), *paresseux (animal), paresse,* 18

perfeccionamiento (el), *mise au point,* 136

periódico (el), *journal,* 126

periodista (el, la), *journaliste,* 130

permanecer, *rester, demeurer,* 120

perseguidora (la), *voiture de police,* 150

pertenecer, *appartenir,* 134

perrazo (el), *molosse,* 172

peso (el), *peso, poids,* 78

pesquisa (la), *perquisition,* 174

pícaro, a, *coquin,* 54, 74

piececita (la), *chambrette,* 116

piel (la), *peau,* 40, 122

pincharse, *se piquer,* 50

pistola (la), *pistolet,* 144

pizpireto, a, *guilleret,* 74

plan (el), *plan, projet,* 136

plantear, *poser (un problème),* 134

plato (el), *assiette,* 54

plazoleta (la), *placette,* 166

plegaria (la), *prière,* 42

poder, *pouvoir,* 44, 90

poderío (el), *puissance, pouvoir,* 34

polvo (el), *poudre, poussière,* 40

pomo de olor (el), *flacon de parfum,* 58

poner, *mettre, poser,* 50, 120, 128

poner al tanto, *mettre au courant,* 136

poner boca abajo, *renverser, mettre sur le ventre,* 56

poner cuidado, *faire attention,* 10

por eso, *c'est pourquoi,* 18

por supuesto, *naturellement,* 56

portada (la), *façade,* 150

portal (el), *vestibule,* 160

portezuela (la), *portière,* 152

porvenir (el), *avenir,* 90

postre (a la), *au bout du compte,*

prácticas (las), *exercices, stage,* 146

precavido, a, *avisé,* 124

predecir, *prédire,* 32

preguntar, *interroger, demander,* 112

preguntar por, *demander des nouvelles de,* 148

prenda (la), *pièce (vêtement), gage,* 106

prender, *accrocher,* 64

presagio (el), *présage,* 122

prestarse, *se prêter,* 136

primo (el), *cousin,* 148, 166

príncipe (el), *prince,* 22, 148

probar, *essayer,* 14

proceso (el), *processus,* 136

proeza (la), *prouesse,* 100

prometer, *promettre,* 134

pronto (de), *soudain,* 42, 110

proponer, *proposer,* 22

propósito (el), *intention,* 140

providente, *prudent,* 116

provecho (el), *profit,* 136

púa (la), *piquant,* 76

pudiente, *puissant,* 178

pueblano, a, *villageois,* 100

pueblerino, a, *villageois,* 180

pueblo (el), *peuple,* 38, *village,* 164

puerco espín (el), *porc-épic,* 76

puerta (la), *porte,* 80

pues, *donc,* 82, *car, eh bien,* 140, 150

pulga (la), *puce,* 80

pulir, *polir,* 106

puntería (la), *adresse,* 14

puntillas (de), *sur la pointe des pieds,* 48

quedar, *rester (choses),* 12

quedarse (+ adj.), *demeurer, devenir,* 68

quedarse (+ gérondif), *se mettre à,* 62

quejarse, *se plaindre,* 86, 112

quemar, *brûler,* 144

querer (algo), *vouloir,* 12, 50, 62, 66

querer (a alguien), *aimer (qqn),* 60

querida (la), *maîtresse, amante,* 90

querubín (el), *chérubin,* 90

quincena (la), *quinzaine,* 114

quinta (la), *villa,* 146

sencillo, a, *simple*, 136
sentencia (la), *arrêt, sentence*, 164
sentir, *sentir*, 62, 158, *regretter*
señal (la), *signe, signal*, 30, 120
sepelio (el), *enterrement*, 180
séquito (el), *suite d'un souverain*, 40
serenata (la), *sérénade*, 170
servidumbre (la), *domesticité*, 40
sexteto (el), *sextette*, 134
si bien, *bien que*, 22
sierra (la), *montagne*, 146
silbar, *siffler*, 62
silenciar, *faire taire*, 138
silvestre, *sauvage (fleur, fruit, animal inoffensif)*, 32
simulacro (el), *statue*, 88, *simulacre*
sindicar, *accuser (justice)*, 140
sinsabor (el), *désagrément*, 104
sirvienta (la), *servante*, 170
soberbio, a, *orgueilleux*, 88
sobrellevar, *supporter*, 108
sobremesa (la), *propos d'après table*, 106
sobrino (el), *neveu*, 124, 138
soler, *avoir l'habitude, être généralement*, 74, 132, 168
solicitar, *demander*, 136
soltar, *lâcher, libérer*, 138
someter, *soumettre*, 22, 140
sonar, *résonner, retentir*, 88
sonrisa (la), *sourire*, 102
sonsacar, *tirer (qqch. de qqn.)*, 166
sopa (la), *soupe, potage*, 160
soplo (el), *souffle*, 92
sorber, *absorber, engloutir*, 42
sordo, a, *sourd*, 114
sortija (la), *bague*, 50
sospechar, *soupçonner*, 18
sospechoso, a, *suspect*, 180
sótano (el), *cave*, 170
súbdito (el), *sujet (d'un roi)*, 38
subrayar, *souligner*, 42
suceder, *arriver, survenir*, 18, 112
sucio, a, *sale*, 104
sueco, a, *suédois*, 50
suegra (la), *belle-mère (mère du conjoint)*, 76
suelo (al), *par terre*, 52
sueño (el), *rêve*, 44, *sommeil*
sumergirse, *plonger*, 40
suministrar, *fournir*, 26
suponer, *supposer*, 78, 136, 182

suspiro (el), *soupir*, 94
susurrar, *murmurer*, 178

tabaco (el), *cigare*, 154
taconear, *taper du talon*, 102
tan pronto, *dès que*, 40
tapar, *couvrir*, 56, 152
tararear, *fredonner*, 76
techo (el), *toit*, 14, *plafond*
techorraso (el), *combles*, 108
tejer, *tisser*, 168
tema (el), *sujet, thème*, 182
temblar, *trembler*, 88, 122
temer, *craindre*, 90, 114
tempranito, *de très bonne heure*, 68
temprano, *tôt*, 180
teniente (el), *lieutenant*, 158
teñir, *teindre, colorer*, 40
terciopelo (el), *velours*, 64
terminante, *catégorique*, 120
terno (el), *costume trois-pièces*, 100
tertulia (la), *réunion*, 122
tía (la), *tante*, 156
tienda (la), *boutique*, 50
tieso, a, *raide*, 56
tiesto (el), *pot de fleurs*, 120
tinajo (el), *paca, agouti*, 36
tintero (el), *encrier*, 50
tintineo (el), *tintement*, 34
tío (el), *oncle*, 124, 164
tirador (el), *tireur*, 136
tiro (el), *coup de feu*, 174
tocador (el), *coiffeuse*, 52
tocar en suerte, *recevoir en partage*, 86
tocar música, *jouer de la musique*, 62
tomillo (el), *thym*, 56, 92
tominejo (el), *variété d'oiseau-mouche*, 32
tonto, a, *sot, bête*, 18
toque (el), *sonnerie, coup de cloche*, 178
torcer, *tordre*, 112
tormenta (la), *tempête*, 110
tornillo (el), *vis*, 56
totumada (la), *bolée (contenu de la totuma)*, 36
traer, *apporter*, 138
tragar, *avaler*, 126
trago (el), *boisson alcoolisée*, 174
traje (el), *costume*, 98
tramitación (la), *mise en route de démarches*, 124
tramitar, *faire des démarches*,

IMPRIMÉ EN FRANCE PAR BRODARD ET TAUPIN
Usine de La Flèche (Sarthe), le 14-08-1990.
1131D-5 - N° d'Éditeur 2290, septembre 1986.

PRESSES POCKET · 8, rue Garancière · 75006 Paris
Tél. 46.34.12.80